젊은 베르테르의 슬픔

요한 볼프강 폰 괴테 지음 | **변학수** 옮김

미래지식

젊은 베르테르의 슬픔

Die Leiden des jungen Werther

초판 1쇄 인쇄 2023년 9월 4일
초판 1쇄 발행 2023년 9월 8일

지은이 요한 볼프강 폰 괴테
옮긴이 변학수
펴낸이 박수길
펴낸곳 (주)도서출판 미래지식
편집 김아롬
디자인 design ko

주소 경기도 고양시 덕양구 통일로 140 삼송테크노밸리 A동 3층 333호
전화 02)389-0152
팩스 02)389-0156
홈페이지 www.miraejisig.co.kr
전자우편 miraejisig@naver.com
등록번호 제2018-000205호

* Noun Project의 아이콘을 활용했습니다.

ISBN 979-11-91349-87-0 04800
979-11-91349-33-7 (세트)

* 미래지식은 좋은 원고와 책에 관한 빛나는 아이디어를 기다립니다.
이메일(miraejisig@naver.com)로 간단한 개요와 연락처 등을 보내주시면
정성으로 고견을 참고하겠습니다. 많은 응모바랍니다.

차례

불쌍한 베르테르의 가슴 아픈 이야기에 관해 가능한 한

모든 것을 열심히 찾아서 여기 글로 내어놓습니다.

이에 대해 독자들은 저에게 감사할 것입니다.

그의 정신과 개성을 보고 감동하고 사랑하게 되며,

그의 운명에 눈물 흘리지 않을 수 없기 때문입니다.

그리고 그대, 선한 마음을 가진이여, 그대가 베르테르와

같은 충동을 느낀다면 그의 슬픔에서 위로받으십시오.

그리고 운명 때문이든, 자신의 잘못 때문이든,

그대가 어떤 친구도 사귈 수 없는 때가 오거든

이 작은 책을 당신의 친구로 삼으십시오.

Die Leiden des jungen Werther

제1부

1771년 5월 4일

떠나온 것이 얼마나 기쁜지 모르네! 친구여, 인간의 감정이란 게 도대체 뭔지! 내가 그렇게 좋아한 자네를, 결코 헤어질 수 없었던 자네를 떠나오면서 이렇게 기뻐하다니! 자네가 용서해 주리라 믿겠네. 아무 생각 없이 만난 관계들이 나 같은 사람의 마음에 두려움을 주려고 운명이 고르고 고른 것인가? 불쌍한 레오노레! 하지만 난 잘못이 없어. 그녀의 여동생이 고집스러운 매력을 뿜어내는 동안 나는 그게 재미있었고, 그러다가 그녀의 마음에 어떤 사랑의 감정이 생긴 걸 나보고 어쩌란 말인가? 그렇다고 해서 내 책임이 전혀 없겠는가! 내가 그녀의 감정이 생기도록 부채질하지는 않았는가? 그리 웃을 만한 일이 아닌 데도 나를 자주 웃게 했던, 그녀의 천성적인 행동들을 내가 즐겼던 것은 아닐까? 오, 이렇게 자책하는 나라는 사람은 어떤 사람인가? 사랑하는 친구여, 약속할게. 내가 말이야, 고쳐 볼게. 늘 그렇게 살아왔지만, 이제는 운명이 몰고 오는 조그만 불행이라도 되씹는 일은 하지 않겠어. 현재를 즐기겠어. 지나간 것은 지나간 대로 두고 말이야. 그래, 친구여, 확실해. 자네 말이 옳았어. 인간이 — 인간이 왜 그렇게 만들어졌는지 하나님만이 아시겠지만! — 묵묵히 현실을 견디는 대신 부단한 상상력을 동원하여 과거의 불행한 기억을 자꾸 불러오지만 않는다면, 고통은 훨씬 줄어들 거야.

부탁인데 어머니께 좀 전해 주길 바라네. 내게 맡긴 일은 잘 처리했고, 되도록 빨리 소식을 알려드리겠다고 말이야. 고모[1]와 이야기를 나눠 보았어. 고모는 우리가 알던 것처럼 그렇게 나쁜 사람은 아니었어. 정이 많은 사람으로 쾌활하고 괄괄한 성격이었어. 나는 유산

지분에 대한 어머니의 이의 제기를 말씀드렸지. 고모는 내게 그렇게 된 사정과 원인을 설명해 주었고, 최종적으로 어떻게 해야 그 유산을 다 내어줄 수 있는지 조건을 말했어. 그 조건만 갖춘다면 우리가 요구한 것보다 더 줄 수도 있다고 했어. 간단히 할게. 지금 그 문제를 모두 쓸 수는 없어. 어머니에게 모든 게 잘될 거라고만 말해 주게. 친구여, 이런 작은 일을 처리하는 데도 새삼 오해와 태만이 간계나 악의보다 세상에 더 많은 갈등을 일으킨다는 걸 알게 되었어. 그리고 최소한 간계나 악의는 흔히 일어나는 일도 아니잖아.

그건 그렇고, 나는 여기서 잘 지내고 있어. 고독은 여기 이 천국 같은 마을에서 내 마음에 귀한 위안이 된다네. 이 청춘의 계절은 자주 불안에 떠는 나의 심장을 충분히 따뜻하게 해주고, 여기 나무 한 그루, 울타리 하나하나가 내게는 모두 다 꽃다발이라네. 나는 한 마리 풍뎅이가 되고 싶어. 그러면 이 향기의 바다에 떠다니며 그 안에 있는 모든 자양분을 얻을 수 있겠지.

이 도시 자체는 마음에 들지 않아. 그에 반해 이 도시 주위의 자연은 말로 표현할 수 없이 아름답다네. 이 자연이 작고한 M 백작을 감동시켜 이 언덕 중 하나를 자기 정원으로 만들게 했네. 이 언덕에는 갖가지 아름다움이 직조되어 있고, 멋진 계곡이 있어. 백작의 정원은 무척 소박해. 내가 발을 들여놓는 순간, '이것은 전문 정원사가 아니

* * *

1 독일어 Tante(아주머니)는 숙모나 고모, 이모를 지칭한다. 숙모는 베르테르와 유산 문제로 얽히는 일이 없을 것이고, 이모가 될 수도 있겠으나 그렇다면 베르테르의 어머니가 아들을 통할 필요 없이 직접 해결하면 된다. 결국 이 Tante는 고모일 가능성이 크다. 베르테르의 어머니는 자신의 아들에게 이미 사망한 자신의 남편이 받을 유산을 해결하고 오라고 부탁했을 것이다. 당시 독일의 민법 상, 어머니는 자기 남편 또는 베르테르가(家)의 유산을 시누이에게(베르테르의 고모에게) 직접 요구할 권한이 없었기 때문이다. 이런 송사는 오늘날 독일에서도 자주 생긴다.

라 심장의 떨림으로 설계했구나!' 하는 느낌이 들었어. 만들어서 자기 스스로 즐기고자 하는 사람 말이야. 고인이 된 그분이 즐겨 거닐었던, 그리고 지금은 덕분에 내가 즐겨 거닐게 된, 그 허물어진 별장에서 나는 그분을 생각하며 여러 번 울컥했지. 나는 곧 이 정원의 주인이 될 거야. 그 정원사가 불과 며칠 만에 나의 환심을 사버렸다네. 그렇다고 그가 나를 불편해하지는 않겠지?

5월 10일

환상적인 즐거움이 내 마음 전체를 가득 채우고 있어. 마치 달콤한 봄날 아침 같은 기분을 온몸으로 즐기고 있어. 나는 혼자 살며, 이곳에서 사는 내 삶에 만족하고 있어. 이 마을은 나 같은 사람의 마음을 위해 만들어진 것 같아. 친구여, 나는 너무 행복하다. 이 고요한 존재가 주는 감정에 온전히 가라앉아서 이제 그림 그리는 일이 힘들어졌어. 나는 그림을 그릴 수 없을 것 같아. 터치 하나 할 수가 없어. 하지만 이 순간들보다 더 위대한 화가가 되었던 적이 없는 것 같아. 내 주위에 있는 아름다운 골짜기에 안개가 피어오르고, 높이 떠 있는 해가 내가 거니는 숲의 빼곡한 어둠을 뚫지 못한 채 변두리만 비추고, 단지 몇 줄기 빛만이 이 캄캄한 성소에 숨어들지. 그럴 때면 나는 콸콸 쏟아지는 시냇가의 푹신한 풀밭에 누워, 땅에 얼굴을 가까이 대고 아주 다양한 풀들을 신기한 눈으로 바라보곤 해. 풀 줄기 사이의 작은 생물체들이 북적대는 소리, 수많은 신비로운 벌레와 곤충들의 모습을 가슴으로 절실히 느낄 때면, 나는 당신의 형상대로 우리를 만든, 우리를 영원한 기쁨의 날개 위에 싣고 다니며 우리를 지키시는 전능하신 하나님이 살아 계심을 느낀다네. 친구여! 이런 순간에 내 눈은 아득해지고, 주위의 세상과 천국은 완전히 마음속에 들어와 연인의 모습처럼 안식을 취하고 있어. 그러면 난 자주 몽상에 사로잡혀 이런 생각을 하게 되지. '아, 이렇게 충만하고, 이렇게 따스하게 마음속에 살아 있음을 다시 표현할 수만 있다면! 그리고 그 글에 숨을 불어넣을 수만 있다면! 그 글은 네 마음의 거울이 될 거야. 마치 네 마음이 무한한 하나님의 거울인 것처럼!' 하고 말이야. 친구여, 하지만 만약 그리된다면 나는 영원히 사라지고 말겠지? 이런 현상들의 장엄함에 짓눌려서 말이야.

5월 12일

이 마을에 미혹하는 정령들이 떠도는지, 아니면 따뜻하고 멋진 환상이 내 가슴에 펼쳐져서 그러는 것인지 잘 모르겠지만, 내 주위가 온통 천국처럼 보여. 마을 바로 앞에 우물이 하나 있어. 멜루진[2]과 그 자매들처럼 나도 우물의 마법에 걸렸다네. 언덕을 하나 내려가 보면 둥근 천장의 문이 보여. 거기서 스무 계단을 내려가면 맑은 물이 솟아나는 대리석 샘이 나오지. 우물의 위쪽에 둘러쳐진 작은 장벽, 마당을 온통 뒤덮고 있는 키가 큰 나무들, 그곳의 시원함, 이 모든 것은 상쾌하면서도 숭고한 느낌을 주네. 나는 그곳에 한 시간쯤

2 유럽 전설에 등장하는 물의 요정으로 상반신은 아름다운 미녀이고, 하반신은 뱀이나 물고기 등 비늘 달린 동물의 형상이다.

앉아 있지 않은 날이 단 하루도 없어. 그곳에는 도시에 사는 하녀들이 물을 길으러 오곤 하지. 예전에는 왕의 딸들조차 해야만 했던 아주 소박한 일이면서도 중요한 일이지. 거기 앉아 있을 때면 족장 시대에 그랬던 것처럼 가부장적 시대의 삶이 떠오르곤 해. 우물가에서 사람을 사귀고 혼담을 나누던 족장들 시대 말이야. 마치 우물과 샘물에 정령들이 떠도는 것 같아. 오, 힘든 여름날 유목을 마치고 차가운 우물에서 목을 축이는 상쾌함을 모르는 사람은 그것을 알 리 없겠지!

5월 13일

지난번 편지에 자네가 내게 책을 부쳐 줄까 물었지? 친구여, 제발 부탁인데, 나를 책으로부터 좀 내버려 둬. 지시를 받고 칭찬을 받고 격려를 받는 일이 이제는 힘겨워. 내 심장은 스스로 잘 뛰고 있어. 내게 정작 필요한 것은 자장가라네. 그리고 그런 자장가는 내가 읽는 호메로스의 작품 속에 얼마든지 있어. 난 들끓는 피를 식히려고 얼마나 애쓰는지 몰라. 정말이지 내 심장이 이렇게 불안하고, 변덕이 심한 것을 자네는 본 적이 없을 거야. 친구여, 항상 나 때문에 힘들어 했던 자네에게 이 말을 해야 할지 모르겠어. 걱정에 빠져 있다가도 금방 어디론가 사라지고, 달콤한 우수에 젖어 드는 듯하다가도 다시 심한 열정에 빠지는 것을 자네가 보았잖나. 나도 내 감정이 아픈 아이 같다는 생각이 들어. 그런 아이는 제 마음대로 하도록 내버려 두는 게 좋은 걸 자네도 알 거야. 다른 사람에게는 말하지 마. 나를 나쁜 사람 취급하는 사람들이 많을 테니까.

5월 15일

이 마을 하층민들은 이미 나를 알아보고 나를 좋아하네. 특히나 아이들이 나를 좋아해. 한번은 씁쓸한 일을 겪었어. 여기 온 지 얼마 되지 않아 이 사람들에게 다가가 싹싹하게 이것저것 물어보자 몇몇 사람들은 내가 자신들을 놀리는 줄 알고 건성으로 대하더군. 하지만 크게 신경 쓰지 않았어. 다만 아주 인상 깊게 느낀 것이 있다네. 어느 정도 지위가 높은 사람들은 서민을 대할 때면 무슨 손해라도 보는 것처럼 냉정하게 거리를 둔다는 사실 말이야. 그리고 이 마을에는 도망자나 광대들도 있어. 이들은 가난한 사람들이 자신들의 거만함을 더욱 민감하게 의식하도록 자신을 더욱 낮추는 자들이야.

우리가 동등하지도 않고 또 동등해질 수도 없다는 것을 나도 잘 알아. 그러나 존경받기 위해 하층민들을 멀리해야 한다는, 반드시 멀리해야 한다는 논리에 난 동의할 수 없어. 그건 패배할까 두려워 적 앞에서 숨어 버리는 비겁한 자들과 같아.

지난번 내가 우물가에 갔을 때 젊은 하녀 한 명을 만났어. 그 하녀는 물동이를 계단 맨 아래에 놓고서 또래 여자가 그 물동이를 머리에 이는 데 도와주러 오지 않나 둘러보고 있더군. 나는 계단을 내려가 그녀를 바라보았지. 그러고는 "아가씨, 내가 도와 드릴까요?" 하고 말했지. 그녀는 얼굴이 점점 빨개지더군. 잠시 후 "아, 아니에요, 선생님! 괜찮아요." 하고 말했다네. 하지만 난 그녀가 똬리를 머리에 얹자마자 바로 도와주었네. 그녀는 고맙다는 말을 남기고 총총히 계단을 올라가더군.

5월 17일

나는 온갖 계층의 사람들과 사귀었어. 하지만 아직 모임에 끼지는 못했어. 아직 사람들이 어떤 종류의 사람을 좋아하는지 잘 모르겠어. 여기 많은 사람이 나를 좋아하고 나를 가까이하려 하지만 안타까운 일은 그 만남이 오래 가지 못한다는 사실이야. 여기 사람들이 어떠냐는 자네의 질문에 굳이 대답하자면, 어디를 가나 사람은 비슷하다는 말밖에 할 수가 없어. 인간은 모두 다 비슷한가 봐. 사람들은 그저 살기 위해 주어진 시간을 소비하는 것 같아. 그러나 어쩌다 조금의 자유라도 생기면 온갖 수단을 동원하여 그 자유에서 벗어나려고 조급해하지. 아, 인간의 숙명이란!

그러나 여기 사람들은 참으로 성품이 좋아! 나는 종종 자신을 잊고 그들과 인간이라면 누릴 수 있는 기쁨을 나눌 때가 많아. 풍성하게 차린 식탁에서 흉금을 터놓고 진솔한 이야기를 나누든가, 때에 따라 산책이나 무도회에 가는 것 말이야. 그런 일들은 내게 좋은 영향을 준다네. 다만 내 마음속에는 뭔가 다른 에너지들이 있고, 그것이 사용되지 못하고 썩어간다는 것, 그것을 내가 이들에게 조심스럽게 감추어야 한다는 생각만 떠오르지 않는다면 말이야. 하지만 그런 생각이 가끔 왜 나지 않겠나! 오해를 받는 것이 우리 같은 사람의 운명인가 보군.

내가 학창 시절 알았던 여자 친구가 죽었다고 해! 아, 그녀가 죽다니! 마음속으로 이런 말을 할 수밖에 없어. 나는 바보야! 나는 이 세상에서 찾을 수 없는 것을 찾고 있어. 하지만 나는 그녀를 가졌어. 그녀의 심장을 느꼈고 그녀의 훌륭한 마음을 느꼈어. 그 마음 앞에 서면 실제 나보다 더 훌륭한 나를 느낄 수 있었지. 그 순간 내가 될 수 있는 모든 것이 되었기 때문이야. 선하신 하나님! 그 당시 조금이라도 쓰지 않고 남았던 내 마음이 있었던가요? 내가 그녀 앞에 서면 생기는, 자연까지도 안을 수 있는 아주 놀라운 감정을 자제할 수 있었던가요? 우리의 만남은 섬세한 감정과 날카로운 지성을 가지고 짠 영롱한 직조물이 아니었던가요? 그때 우리의 모습은 작은 장난에 이르기까지 천재성의 낙인으로 보아야 하는 것들이 아니었던가요? 그런데 이제는! — 아, 미인박명이라더니, 뛰어난 그녀의 삶이 나보다 그녀를 무덤에 먼저 데려갔다네. 난 그녀를 절대 잊을 수 없을 거야. 그녀의 확고한 심지와 지고의 인내를 말이야.

며칠 전에 V라는 청년을 만났어. 그는 활달한 성격이었고 밝은 얼굴을 하고 있었지. 대학을 갓 졸업한 사람이었는데, 똑똑하다는 생각은 들지 않지만 다른 사람보다 많이 아는 것은 분명해 보였어. 또한 여러 가지 면에서 볼 때 부지런하고, 간략히 말하자면 아주 많은 것을 알고 있었지. 내가 그림을 자주 그리고, 그리스어를 할 줄 안다(이 지방에서는 유성 두 개 같은 일이지)는 소식을 듣고 그가 나를 보러 왔어. 그러고는 자기의 지식을 많이 늘어놓았어. 바퇴[3]에서 우드[4]까지, 그리고 드 필[5]에서 빈켈만[6]까지 말이야. 그러고는 줄처[7]의 이론 1부

* * *

3 샤를 바퇴(Charles Batteux,1713-1780) 프랑스의 미학자
4 로버트 우드(Robert Wood, 1717-1771) 영국의 여행가, 고전학자, 정치가
5 로제 드 필(Roger de Piles, 1635-1709) 프랑스의 화가, 비평가, 외교관
6 요한 요하임 빈켈만(Johann Joachim Winckelmann, 1717-1768) 독일의 고고학자, 문헌학자, 미술사학자
7 요한 게오르크 줄처(Johann Georg Sulzer, 1720-1779) 스위스의 계몽주의 신학자, 철학자 미학자

를 완독했고, 고대 연구에 대한 하이네[8]의 원고를 가지고 있다고 하더군. 난 그가 말하는 대로 그냥 들어주기만 했지.

그리고 또 훌륭한 사람 한 분을 만났어. 그분은 독일 기사단의 영지 행정관[9]인데 호쾌하고 진실한 분이야. 사람들은 아홉 명의 자녀를 데리고 다니는 그를 바라보는 게 기쁨이라고들 하더군. 그중 첫째 딸에 대해 입을 떼지 않는 이가 없어. 그런 분이 나를 초대했어. 가능한 한 빨리 그분을 만나고 싶어. 그분은 여기서 한 시간 반 정도 떨어진 곳에 후작의 사냥 별장에 살고 있어. 자기 부인과 사별한 후 이 도시의 관사에 있는 것이 마음 아파서 거기로 이사하겠다고 부탁해 허가를 받았다는군.

그리고 몇몇 이상한 사람들도 알게 됐어. 이 사람들은 모든 면에서 참을 수 없는 일이 많아. 가장 참을 수 없는 일은 친절한 척하는 이 사람들의 태도야.

잘 있게. 이 편지 읽으면 기분이 좋을 거야. 있는 그대로를 쓴 편지니까 말이야.

＊ ＊ ＊

8 크리스티안 코트로프 하이네(Christian Gottlob Heyne, 1729-1812) 독일의 고전문헌학자

9 중세 이래, 독일의 여러 공국 또는 제후국에서 영주(또는 군주, 제후)가 비교적 큰 마을(우리나라의 면(面) 정도의 영지)을 다스리기 위해(법과 질서, 즉 치안과 행정) 영지 행정관(Amtmann)을 두었다. 그러나 여기서 말하는 영지 행정관은 가톨릭이 관장한 독일 기사단의 행정관으로서 여러 군데 산발적으로 흩어져 있었던 독일 기사단의 영지인 도시나 마을의 행정과 치안을 담당하는 직책이었다. 작품 배경이 된 실제 샤를로테의 아버지 부프(Buff)는 작은 지역의 영지 행정관이었다.

5월 22일

인간의 삶이 그저 꿈일 뿐이라는 것을 누구나 한번은 느꼈을 거야. 나 역시 그런 감정이 늘 맴돌고 있어. 인간이 살아가고 탐구하면서 부딪히는 그 한계들을 바라보노라면, 그리고 인간이 욕구 충족을 위해 하는 모든 노력도 결국 우리의 하찮은 삶을 더 연장하는 것 외에는 아무런 목적이 없다는 것을 알게 된다면, 알고 싶어 하는 것들에 대한 모든 위무 또한 그저 몽롱한 체념이라는 느낌이 들어. 우리를 가두고 있는 벽들에 우리 스스로 온갖 형상들과 밝은 기대들만을 그리고 있으니. 빌헬름, 이 모든 일이 할 말을 잃게 한다. 나는 내 마음 속으로 돌아와 하나의 세계를 봐! 물론 이것도 말로 표현된 생생한 힘이라기보다는 계시와 어두운 충동에 더 가깝지만 말이야. 그러면 여기 나의 감각 앞에서 모든 것이 떠다니곤 해. 그러면 나는 웃으며 세계 속으로 꿈꾸듯 걸어가지.

아이들은 자기가 원하는 것이 무엇인지 모른다고 해. 이것은 학교 선생님이나 가정교사나 의견이 일치하는 부분이야. 하지만 어른들도 아이들처럼 이 땅 위에서 허우적거리며 살잖아. 마치 아이들이 어디서 와서 어디로 가는지를 모르듯이 어른들도 진정한 목적을 상실한 채 행동하는 거야. 아이들처럼 비스킷이나 케이크, 나무 회초리로 다뤄지고 있어. 아무도 믿으려 하지 않겠지만, 이 부분에 대해서 내 생각은 분명하다고.

자네가 내 생각에 대해 뭐라고 말할지 아니까 솔직하게 말할게. 행복한 사람들은 아이들처럼 일상을 살아가는 사람들이야. 인형을 이리저리 끌고 다니며 그 인형에게 옷을 벗겼다가 다시 입히고, 엄마가 과자를 넣어둔 서랍 주위를 아주 부러워하는 마음으로 맴도는 아이들처럼 말이야. 그러다가 결국 자기가 원하는 것을 얻었을 때, 그것을 한입 가득 물고는 '더 줘!' 하고 소리치는 게 아이들이란 말이지. — 이게 행복한 인간의 실상인 거야. 자기들의 쓰레기 같은 일에다가, 심지어 자기들의 취미에다가도 거창한 이름을 붙이고, 이것들이 인류의 구원과 복지에 필요한 거대한 기획이라도 되는 듯 말하고 다니는 자들이 복된 자들이라고 하는 거야. — 그럴 수 있는 자에게 복 있기를! 그러나 이 모든 것이 어떤 결과를 가져올지 겸손하게 아는 사람, 자신의 작은 정원을 천국같이 꾸밀 줄 아는 서민들이 멋있다는 것을 아는 사람, 불행한 사람이 무거운 짐을 지고 자기 길을 허덕이며 끈기 있게 가는 것을 보는 사람, 모두가 햇빛을 단 일 분이라도 더 오래 보는 것에 공통으로 관심을 보인다는 것을 아는 사람 — 그래, 그런 사람은 조용히 내면에서 자신의 세계를 창조하는 사람이고, 그런 사람은 모두 행복해하지. 물론 그 역시 인간이기 때문에 제약은 받겠지만, 어떤 제약을 받는다 하더라도 그는 마음속에 자유라는 달콤한 감정이 있어. 그리하여 그는 언제든지 자기가 원하는 때에 그런 감옥을 벗어날 수 있는 거야.

5월 26일

자네는 내가 오래전부터 어떤 방식으로 살아가는지 알고 있지? 나는 마음이 가는 곳에 작은 집 하나를 짓고 모든 불편함을 참고 살아가고 싶어. 여기서도 마음 가는 곳을 또 한 군데 찾았어.

이 도시에서 약 한 시간 거리에 발하임[10]이라는 마을이 있다네. 언덕 위에 있는 이 마을의 위치는 정말 마음에 들어. 오솔길을 따라 올라가 마을에서 내려다보면 골짜기 전체가 한눈에 펼쳐져. 그곳에는 나이에 비해 싹싹하고 건강한 식당 여주인이 포도주와 맥주, 커피를 팔고 있지. 가장 마음에 드는 것은 보리수나무 두 그루야. 그 가지가 뻗어 교회 앞 작은 광장을 뒤덮고 있어. 그 광장 주위로는 농가들 그리고 헛간과 함께 농가의 뜰이 펼쳐져 있어. 그렇게 친밀하고 고향 같은 광장은 어디서도 보지 못했어. 나는 작은 테이블과 의자를 그곳으로 좀 내달라고 해서 커피를 마시며 호메로스의 작품을 읽곤 해. 어느 날씨 좋은 날 오후에 우연히 그 보리수나무 아래에 갔더니 처음으로 광장이 텅 비어 있었어. 모두 들판에 일을 나갔던 거야. 한 네 살쯤 된 사내아이 하나만이 땅에 주저앉은 채 6개월쯤 된 다른 아이 하나를 자기 다리 사이에 두고서는 두 팔로 안고 있었어. 마치 자기가 안락의자라도 되는 것처럼 그 작은 아이가 활발하게 눈을 굴려 주위를 둘러보는 것도 개의치 않고 아주 조용히 앉아 있었어. 정말 보기 좋았지. 나는 그 아이들 건너편에 있던 쟁기 위에 걸터앉아

* * *

10 원주 : 독자는 여기서 언급한 장소를 찾으려 하지 말길 바란다. 원본에 있는 실명을 바꾸어야 할 부득이한 이유가 있었다.

아주 즐거운 마음으로 이 형제의 모습을 그렸다네. 가까이에 있는 울타리, 헛간의 문, 부서진 마차 바퀴를 서 있는 순서대로 그림에 그려 넣었지. 한 시간쯤 지났을까. 그때쯤 비로소 구도가 잘된 아주 흥미로운 그림을 완성했다는 생각이 들었어. 내 생각에 의한 의도적인 것은 조금도 가미하지 않았고. 그러자 다음부터는 자연에만 의존해서 그려야겠다는 의지가 더욱 강해지더군. 자연만이 끝없이 풍성하고, 자연만이 위대한 예술가를 만들어. 사람들이 예술의 규칙이 중요하다고 많이 말들 하는데, 이것은 시민사회를 예찬하는 것과 비슷하다고 생각해. 예술의 규칙에 따라 작업하는 사람은 몰개성적인 작품, 졸렬한 작품을 만들지는 않을 거야. 법규나 규범에 따라 사는 사람이 나쁜 이웃이나 기괴한 악당이 될 수 없듯이 말이야. 하지만 반대로 규칙이란 언제든지, 소위 말하는 자연에 대한 진실한 감정을, 자연에 대한 진정한 표현을 파괴할 수도 있지! '그건 너무 편협한 생각이야! 규칙이란 그저 제한적으로 생각하는 거야. 지나친 넝쿨을 잘라내는 거지.'처럼 말할 수 있지. 참 좋은 친구여, 내가 비유를 한번 들어 볼까? 가령 사랑에 비유해 보겠네. 어떤 젊은 남자가 한 처녀를 사랑한다고 해 보세. 그 남자는 매일 그녀와 함께 시간을 보내며 자신의 모든 정력과 재산을 그녀에게 쏟아붓는 거야. 자기가 그녀에게 헌신하고 있다는 것을 알리기 위해서 말이야. 그런데 그때 공직을 가진 문외한 하나가 나타나서 그에게 이렇게 말한다고 가정해 보게. "잘생긴 젊은 친구! 사랑도 먹고사는 일이라네. 그러니 먹고살면서 사랑을 하게. 시간을 잘 쪼개서 쓰게. 하나는 일을 하는 데 쓰고, 남은 여유시간을 당신의 여자에게 쓰란 말이네. 자네의 재산을 잘 계산해 보게. 자네가 위급할 때 쓰고 남은 것을 그 여자에게 쓰되, 너무 자주 쓰지만 않는다면 말리지는 않겠네. 가령 그녀의 생일이라든가 수호성인의 날에 쓰는 것 정도는 말이야." 이런 식으로. ― 그 젊은 남자가 그 말을 따른다면 규모 있는 사람은 되겠지. 내가 나서서 군주들에게 그 친구를 공직자로 쓰라고 천거하겠어. 다만 그렇게 하면 사랑하는 남자로서는 끝이야. 그가 만약 예술가라면 그의 예술도 끝장일 테고. 오, 친구들이여! 왜 천재성의 샘물은 아주 드물게 터질까, 어째서 큰 물줄기로 변하지 않을까, 우리의 마음을 흔들지 못하는 건 왜일까? 사랑하는 친구들이여, 그건 강의 양쪽 기슭에는 여유만만한 귀족들이 살고 있기 때문이지. 이들은 자신들의 가든 하우스, 튤립 꽃밭과 채소밭이 그 강가에 있으니, 혹시 이것들이 강물에 쓸려갈까 걱정이 되어 제때 제방을 치고, 앞으로 닥쳐올 위험에 대비하기 위해 물줄기를 돌리곤 하지.

5월 27일

돌아보니, 내가 감정에 도취하여 비유와 설교에 빠지고 말았군. 그러다가 내가 만난 그 아이들이 어떻게 되었는지 결론을 말하는 것을 잊어버렸네. 어제 편지에서 자세히 말한 대로, 그림을 감상하는 것 같은 감정에 몰입된 채, 나는 쟁기 위에 족히 두 시간은 앉아 있었네. 저녁때쯤 한 젊은 부인이 그렇게 꼼짝 않던 아이들에게 다가오더군. 팔에는 바구니를 끼고 멀리서 "필립스, 참 착하구나." 하고 말했어. 그러고는 나한테도 인사를 건넸어. 나도 감사하다고 인사한 후 일어서서는 그녀에게로 가까이 다가가서 물었지. 이 아이들의 엄마냐고.

그녀는 그렇다고 말하고 큰아이에게 흰 빵 반 조각을 주고는 작은아이를 받아서는 그 아이에게 엄마의 사랑을 듬뿍 담아 입맞춤을 하는 거야. "제가 아들 필립스에게 동생을 돌보라고 맡겼어요." 그녀는 이렇게 말하더군. "맏아들과 함께 흰 빵과 설탕 그리고 죽 만드는 도자기로 된 프라이팬을 사러 갔었어요." 그녀가 말한 물건들이 뚜껑이 열린 바구니 안에 있는 게 보였어. "우리 한스(막내 아이의 이름이네)에게 저녁에 죽을 끓여 주려고요. 장난꾸러기 큰아들이 어제 프라이팬을 박살 냈답니다. 죽 누룽지를 서로 먹으려고 다투다가 그만 깨버렸지 뭐예요." 나는 큰애는 어디 갔느냐고 물었다네. 그녀는 그 아이가 거위 몇 마리를 쫓아다닌다고 했는데 이 말이 채 끝나기도 전에 그 애가 달려와 자기 동생 둘째에게 개암나무 가지를 갖다 주었어. 계속 이야기를 나누다가 그녀가 교장 선생님의 딸이라는 것을 알게 되었어. 그리고 그녀의 남편은 사촌의 유산을 받기 위해 스위스로 여행 중이라는 것도 알게 되었고. 그녀는 계속 "친척들은 모두 이 사람을 속이려고 했어요. 그래서 이 사람이 쓴 편지에 답도 안 한 거 있죠?" 하고 말했어. 그래서 자기 남편이 직접 간 것인데 "아무 소식이 없어 혹시 사고라고 당한 것이 아니길 바라요!" 하고 말하더군. 그 부인과 헤어지기가 힘들었네. 그래서 아이들에게 1크로이처씩 주었지. 그리고 막내 아이를 위해서 그 엄마에게 1크로이처를 더 주면서, 시내 나가서 수프와 같이 먹을 흰 빵을 사주라고 했네. 그리고 우리는 헤어졌다네.

친구여, 자네도 알겠지만 마음이 불안해질 때 그런 사람을 만나면 내 마음의 불안이 잠잠해져. 그런 사람들은 자기 존재의 좁은 테두리 안에서 여유 있는 행복감으로 하루하루를 잘 견딘다네. 나뭇잎이 떨어지는 걸 보면서 겨울이 온다는 것 이외에는 다른 생각을 하지 않지.

그날 이후 자주 밖으로 나가 산책을 하고 있어. 아이들은 나에게 익숙해져서 내가 커피를 마실 때면 설탕을 얻어가고 버터 바른 빵을 서로 나누고, 저녁이면 발효 우유를 나눠 먹기도 해. 일요일이면 내게서 항상 돈을 받지. 혹시라도 내가 예배에 가면 식당 여주인이 대신 주도록 미리 맡겨 놓는다네.

애들은 이제 친해져서 나에게 온갖 이야기를 다 하기 시작해. 나는 무엇보다 마을 아이들이 와서 신나게 놀아대는 모습이나 욕심을 생각 없이 드러내는 것을 보면 즐거워.

이 아이들이 신사 아저씨에게 불편을 끼칠까 염려하는 엄마의 걱정을 덜어 주는 것이 너무 힘이 들긴 하지만 말이야.

5월 30일

내가 최근에 자네에게 말한 그림에 대한 생각이 문학에도 분명 적용될 거야. 그것은 다름 아닌 탁월한 것을 보고 그것을 표현해 낼 줄 아는 거야. 그렇게 하면 적은 것으로 많은 것을 표현할 수 있어. 내가 오늘 체험한 한 장면을 그대로 모사만 해도 세상에서 가장 아름다운 목가가 될 거야. 그렇고말고, 시나 드라마, 목가라는 게 이것 말고 대체 무엇이란 말인가? 우리가 자연 현상을 서술할 때 그 하나하나를 세심하게 다듬고 깎아야 할까?

만약 자네가 내가 꺼내는 말에서 고귀하고 고상한 사람 이야기를 기대한다면 다시 속았다고 느낄 거야. 내 정신을 쏙 빼놓은 한 사람은 농부 머슴에 불과해. 늘 그렇듯 내가 이야기하는 방법은 서툴러서 자네 또한 늘 그렇듯 내가 과장한다고 생각할지도 몰라. 이 이야기 역시 발하임에서 들었던 거야. 이런 특별한 이야기가 나오는 곳은 늘 발하임이니까.

마을 밖에 있는 보리수 아래서 사람들이 모여 커피를 마시고 있었네. 그 사람들이 내게 별로 친절하지 않았기에 미적거리며 앞으로 나가지 않았네.

그때 옆집에서 한 농부 머슴이 나오더니 내가 요전에 스케치했던 쟁기를 고치고 있더군. 그 사람의 품성이 마음에 들어서 말을 걸어 보았어. 그리고 무얼 하고 사는 사람인지 묻고 우리는 서로 알고 지내기로 했지. 이런 부류의 사람들을 만날 때마다 느끼는 거지만, 우리는 곧 친해졌네. 그 사람은 남편과 사별한 부인 집에서 머슴으로 일하고 있으며, 그 부인에게 머슴 이상의 대우를 받는다고 하더군. 이 사람은 그 부인에 대해 여러 가지를 이야기했는데 그게 결국 그녀에 대한 칭찬이더군. 나는 곧 알아챘지만, 그는 그녀에게 몸과 마음을 다 바치는 것 같았어. 그에 따르면 그 부인은 나이가 들었으며, 생전에 죽은 남편으로부터 학대를 받았고, 그래서 이제 다시는 결혼하지 않겠다고 했다는군. 그 사람의 이야기를 통해 그가 얼마나 그녀를 좋아하는지, 죽은 남편에 대한 나쁜 기억을 지우기 위해 자기와 결혼해 주길 얼마나 바라는지를 알 수 있었어. 이 남자의 순수한 정열과 사랑, 진실함을 제대로 실감 나게 만들기 위해서 이 남자가 한 말을 그대로 반복해야만 했을 것 같네. 그래, 자네에게 이 남자가 보여준 몸짓, 천상의 목소리, 그의 눈에서 번득이는 비밀의 불꽃을 생생하게 그려내려면 위대한 시인의 재능이 필요할 거야. 아니, 그의 타고난 기품과 몸짓에서 나오는 매력은 어떤 말로도 충분하지 않아. 내가 나의 언어로 재현해 보았자 매우 어설플 거야. 특히 나를 감동시킨 부분은 그가 그녀와 맺은 관계를 이상하게 생각하지 말 것과 그녀가 한 행동을 의심하지 말아 달라는 부탁이었네. 그가 그녀의 자태와 그녀의 몸매에 대해 이야기할 때 얼마나 흥분이 되던지. 젊음이라는 매력도 없는 그녀가 그를 끌어당기고, 그를 속박했을 때가 얼마나 매혹적인지 내 마음 깊은 곳에서만 다시 떠올릴 수 있을 뿐이라네. 인생에서 이처럼 순수하게 밀려드는 충동적인 욕구, 뜨겁고 동경에 싸인 갈망을 느껴본 적이 없었네. 그래, 솔직히 말해 이런 순수함을 한 번도 생각해 보거나 꿈꾼 적도 없었다네. 이런 순진함과 진실함을 떠올리면 내 몸이 달아오른다고 말해도 나를 비난하지 말게. 그리고 이런 진실한 사랑과 매력이 어디든 나를 항상 따라다니고 있어. 그 모습을 생각하면 저절로 불이 붙어서 나도 그러고 싶은 갈망으로 가득 찬다네.

이젠 나도 그녀를 정말 한번 보고 싶어. 아니야, 잘 생각해 보면 오히려 그런 마음은 갖지 않는 게 좋겠지? 그녀를 사랑하는 애인이 말한 모습으로 보는 것이 더 좋을 거야. 내가 직접 그녀를 만난다면 지금 내가 떠올리는 모습이 아닐 수도 있잖아. 굳이 그 아름다운 모습을 망가뜨릴 필요가 있겠나?

6월 16일

편지를 왜 쓰지 않느냐고? 그걸 묻는 자네를 지식인이라고 할 수 있겠나? 무소식이 희소식이라는 것쯤은 알고 있겠지. 농담일세. 여하튼 간단히 말해, 잘 지내고 있네. 마음이 쏠리는 여자를 알게 되었어. 내가 알게 된 사람은 ─ 뭐라고 말해야 할지 모르겠네.

일이 어떻게 벌어졌는지, 내가 어떻게 가장 매혹적인 창조물 중 한 사람을 알게 되었는지 자네에게 차분하게 설명하려면 힘들 것 같아. 나는 만족스럽고 행복해. 어쨌든 나는 자세히 모든 것을 기술하는 역사가는 못 될 것 같아.

그 사람은 천사라네! ─ 흥! 누구나 자기 애인보고는 다 천사라고 하지, 안 그런가? 하지만 나는 그녀가 얼마나 완벽한지, 왜 그녀가 완벽한지, 그녀가 어떻게 내 모든 감정을 송두리째 앗아갔는지 말할 수 있는 능력이 없어.

지성을 갖추고 있으면서도 단순함을 지니고 있고, 꿋꿋함을 지니면서도 다정다감하고, 힘든 삶과 생활 속에서도 마음의 여유를 잃지 않는 사람 ─

그러나 그녀에 관해 여기에 쓴 이 모든 말은 쓸데없는 수다에 불과하네. 그리고 실제 그녀의 모습과는 맞지 않는 괴이한 추상에 불과할 것이고. 다음 기회에 ─ 아니, 다음 기회라고 할 것도 없이 지금 당장 말해야겠어. 지금 말하지 않으면 절대 말할 기회가 오지 않을지도 몰라. 우리가 서로 편지를 쓰기 시작한 후, 나는 벌써 세 번이나 쓰던 펜을 놓고 말에 안장을 얹어 그녀에게로 달려가려 했지. 하지만 오늘 아침에 난 달려가지 않기로 맹세했네. 그 대신 매 순간 해가 아직도 높이 솟아 있나 보기 위해 창가로 가 보았을 뿐이네.

하지만 결국 나는 견딜 수가 없었네. 그래서 그녀를 찾아갔지. 빌헬름, 지금은 집에 다시 돌아와 버터를 바른 빵을 먹고 자네에게 편지를 쓰고 있어. 그녀가 사랑스럽고 유쾌한 여덟 명의 동생에게 둘러싸여 있는 것을 보는 것이 내 마음에 얼마나 큰 기쁨을 주는지 몰라!

내가 계속 이런 식으로 나가면 자네는 시작할 때 안 것 외에는 아무것도 달라진 게 없겠지. 한번 들어 보게. 내가 최대한 자세히 말하도록 노력해 볼 테니.

최근에 편지를 쓴 적이 있지. 독일 기사단의 영지 행정관 S씨를 알게 되었고, 그 사람이 나를 자기의 거처로, 아니 더 정확히 말하자면 그의 작은 왕국으로 와 달라고 했다고. 그러나 나는 차일피일 미루었네. 만약 우연한 기회에 그 은밀한 장소에 숨겨져 있었던 보석을 찾지 못했다면, 나는 끝내 그곳에 가지 않았을지도 몰라.

젊은 사람들끼리 시골에서 무도회를 열기로 했었어. 나도 기꺼이 가고 싶었지. 그래서 나는 근처에 사는 얌전하고 예쁘고, 그밖에는 특별할 것 없는 한 여자에게 파트너가 되어 달라고 부탁했어. 나는 마차를 불러 나의 파트너와 그녀의 사촌 언니를 태우고 그 향연의 장소로 가기로 했어. 가는 도중에 샤를로테 S.라는 여자도 같이 태워 가자고 하더군. 그런데 나무를 베어 낸, 상당한 거리의 숲을 지나 사냥 별장으로 가던 중 내 파트너가 이렇게 말하는 것이 아닌가. "당신은 아주 예쁜 여자를 보게 될 거예요." 그 말을 듣고는 곧, "그 여자에게 반하지 않게 조심하세요." 하고 그녀의 사촌 언니가 거들더군. "왜 안 되는데요?" 하고 내가 물었지. 그러자 내 파트너가 "이미 약혼했거든요." 하고 말하더군. "아주 괜찮은 남자랑 약혼했어요. 지금은 그 남자가 출장 중이라나 봐요. 아버지가 돌아가셔서 아버지 유산을 정리하고, 자신도 괜찮은 자리를 얻으려고요." 하지만 별 관심이 없었던 나는 그냥 흘려들었지.

그 별장 앞에 도착했을 때 해는 아직 산자락에 걸쳐 있었네. 날씨는 후덥지근하고, 같이 타고 간 여자들은 혹시나 비가 올까 걱정을 했어. 사실 물기를 머금은 회색 구름 뭉치가 지평선 위에 모여드는 것 같았어. 추측성 기상 예보로 그들의 불안을 덜어 주려 했지만, 나도 우리의 즐거운 무도회가 장애물을 만날지도 모른다는 예감이 들기 시작했어.

나는 마차에서 내렸지. 대문 앞에 그 집 하녀가 나타나더니 로테 아가씨가 곧 올 것이니 죄송하지만 잠시만 기다려 달라고 하더군. 나는 뜰을 가로질러 참하게 지은 집으로 들어갔어. 앞에 있는 계단을 올라가 문을 열고 들어가려는 순간 이때까지 보지 못한, 아주 매혹적인 연극 같은 장면이 펼쳐지는 것이 아닌가? 그 현관방에서 두 살에서 열한 살에 이르는 여섯 명의 아이들이 아름답게 치장한 여자 주위에서 소란을 피우고 있었어. 아름다운 여자는 중간쯤의 키에 소박한 흰 드레스를 입고 있었는데, 그 드레스의 팔과 가슴 부분에는 연분홍 띠가 달려 있었어. 그녀가 검은 빵을 안고서는 자기 주위에 모여든 아이들 모두에게 나이와 양에 맞게 한 조각씩 먹을 만큼 잘라주고 있는 것이 아닌가. 줄 때마다 애정을 듬뿍 담아 주더군. 그러면 아이들은 빵을 다 자르기도 전에, 작은 손을 오랫동안 높이 쳐들고는 모두 "고마워!"라고 말하면서 천진난만하게 외치는 거야. 빵을 받고 만족한 아이는 팔짝 뛰어가거나 아니면 조용한 아이는 천천히 문 쪽으로 걸어가 낯선 사람들과 로테가 타고 갈 마차를 보려고 했어. "죄송해요." 그 순간 로테가 입을 떼더군. "저 때문에 여기까지 들어오게 해서 미안해요. 제가 옷을 갈아입고 집을 비우는 사이 필요한 일들을 신경 쓰느라 애들에게 줄 간식을 잊어버렸지 뭐예요. 애들은 다른 사람이 주는 빵은 안 받고 꼭 제게서만 받아먹으려고 해요." 나는 물론 괜찮다고 했어. 하지만 내 마음은 그녀의 모습에, 목소리에, 몸동작에 빠져 버렸어. 그녀가 장갑과 부채를 가지러 방에 들어간 사이에 이 갑작스러운 상황에서 잠깐 숨을 돌릴 겨를이 생겼네. 아이들은 좀 떨어진 옆쪽에서 나를 쳐다보더군. 그래서 가장 행복한 표정을 짓는 막내에게 가까이 다가갔어. 그러자 이 아이가 뒷걸음질을 치는데 바로 그 순간 로테가 방에서 나오면서 "루이스, 사촌 형께 인사해." 하는 게 아니겠어. 그러자 아이는 힘차게 손을 내밀더군. 나는 주저할 이유가 없었지. 비록 그의 코에서 콧물이 흘러내리고 있었지만, 괘념하지 않고 진심으로 입을 맞추었네. "사촌 형이라고 하셨나요?" 그녀에게 손을 내밀면서 물었어. "제가 당신과 친척이 되는 영광을 받을 만하다고 생각하세요?" 그러자 가벼운 미소를 지으며 그녀가 이렇게 말하더군. "우리는 촌수가 아주 먼 친척도 사촌이라고 한답니다. 그중에서 당신이 가장 먼 분이라면 죄송합니다." 떠날 때 로테는 자기 다음으로 가장 나이가 많은 열한 살쯤 된 여자애 소피에게 다른 동생들을 잘 돌보라고 부탁하더군. 그리고 아버지가 산책을 끝내고 말을 타고 돌아오면 인사도 잘하라고 부탁하고. 다른 아이들에게는 언니이자 누나인 소피를 마치 자기인 것처럼 생각하고 잘 따르라고 일렀어. 그러자 몇몇 동생들은 그렇게 하겠다고 분명하게 대답을 하더군. 금발의 작고 똑똑한, 여섯 살쯤 되어 보이는 애는 이렇게 말하더군. "언니는 로테 언니가 아니잖아. 언니, 우리는 로테 언니가 더 좋아." 가장 나이 많은 두 아이는 마차 뒤에 매달렸어. 내가 그냥 두라고 부탁하자 로테는 그러면 저기 숲까지만 같이 타고 가라고 말하더군. 다만 그 애들이 장난치지 않고 마차를 꼭 붙잡고 있겠다는 조건을 걸고 말이야.

우리가 자리에 앉자마자 여자들은 인사하며 서로의 의상에 대해, 특히나 모자에 대한 칭찬을 이어갔어. 그리고 저녁에 만날 사람들에 대해 이런저런 말들을 했지. 그때 로테는 마차를 세우더니 자기 남동생들을 내리게 하고, 자기 손에 입맞춤을 해 달라고 하더군. 그러자 열다섯 살은 됨직한 큰 애가 애정을 담아 입맞춤을 하고, 작은 아이는 가볍고도 활기차게 했어. 그녀는 다시 한번 동생들에게 인사하라고 시켰고, 그 후 우리는 마차를 타고 계속 갔지.

그 사촌 언니라는 여자가 로테에게 최근에 자기가 부친 책은 다 읽었느냐고 물었어. 그러자 "안 읽었어. 책이 맘에 들지 않았어. 언니가 다시 가져가도 좋아. 그 앞에 보낸 것도 마찬가지고." 그게 어떤 책들이냐는 내 질문에 대한 그녀의 대답에 나는 놀라고 말았어.[11] 그녀는 정말 특별한 것 같아. 그녀의 말 한마디 한마디에 새로운 매력과 새로운 정신의 휘광이 얼굴에서 새어 나왔지. 그녀 또한 내가 자기 말에 공감한다는 것을 알고 차츰 만족한 표정이 되어 빛나기 시작했어.

그녀가 말을 이어갔어. "제가 어렸을 적에는 소설보다 더 좋은 것이 없었어요. 정말이지, 얼마나 좋았는지 일요일이 되면 구석에 앉아서 온 마음을 다해 미스 제니의 행복과 불행에 빠졌답니다. 지금도 그런 내용의 책에 끌린다는 것을 부정하지 않겠어요. 그러나 이제 책과 마주할 시간이 적기 때문에 정말 내 취향에 맞는 책이 아니면 읽지 않아요. 저는 작품에서 저의 세계를 찾을 수 있는 작가를 가장 좋아해요. 말하자면 작가가 다루는 세계가 내가 겪는 것과 같은 것이어야겠지요. 집에서 겪는 것과 같은 이야기가 재미있고 가슴에 와닿아요. 물론 우리 집이 천국은 아니지만, 어느 정도는 말로 표현할 수 없는 행복의 샘이니까요."

나는 이런 말들을 듣고 감동한 모습을 감추려고 애를 썼어. 하지만 오래 가지 않았다네. 그녀가 진지한 표정으로 《웨이크필드의 목사》[12]나 OO[13]에 대해 스치면서 언급하는 것을 듣는 중에 나도 모르게 내 마음속 말을 다 털어놓아 버렸어. 한참 후 로테가 다른 여자들에게 말을 돌리고 난 후에야 알게 되었어. 이 여자들이 눈을 휘둥그레 뜨고 그 자리에 없는 사람들처럼 앉아 있었다는 사실을 말이야. 사촌 언니라는 여자는 코웃음을 치며 몇 번이나 나를 보았지만 크게 신경 쓰지 않았다네.

대화는 춤추는 즐거움으로 옮겨 갔어. 로테가 말을 했어. "춤에 대한 열정이 잘못인지 모르겠으나, 저는 고백하지만 춤을 넘어설 만한 게 무엇인지 모르겠어요. 머릿속이 복잡할 때, 조율이 엉망인 클라비코드[14]라고 하더라도 춤곡을 치면 모든 것이 다시 좋아진답니다."

* * *

11 원주 : 편지에 이 부분은 쓰지 않기로 한다. 그것은 혹시라도 어떤 사람에게 해를 끼치지 않기 위해서이다. 물론 어떤 작가도 근본적으로는 어느 처녀의 판단이나 생각 없는 젊은이의 판단에 대해 크게 신경 쓰지는 않겠지만 말이다.

12 올리버 골드스미스가 쓴 소설로 1766년 영국에서 처음으로 출간되었다. 이 소설의 주인공은 목사이자 박사인 프림로즈로 자신과 자신의 가족이 겪은 일들을 기술하고 있다. 적은 월급을 받지만 행복한 시골 목사 생활을 하는 프림로즈는 곧 재산을 다 날리게 되고 딸이 집을 나가 버리는 어려움을 겪는다. 그러나 이 작품은 시종일관 솔직함과 유머를 통해 독자를 매혹한다. 괴테는 《시와 진실》에서 슈트라스부르크 시절 이 작품을 감명 깊게 읽었노라고 고백한다.

13 원주 : 나는 여기서 우리나라 몇몇 작가들의 이름을 지워 버렸다. 로테와 취향이 같은 사람이라면 이 부분을 읽고 난 뒤에 공감했을 테고, 그렇지 않은 사람이면 알 필요가 없기 때문이다.

14 클라피어(Klavier)는 18세기 독일에서 사용되던 클라비코드를 말하며, 오늘날 피아노의 전신이다. 피아노는 19세기가 되어서야 만들어졌다.

대화하면서 내가 그녀의 검은 눈동자를 얼마나 애무했는지 — 그 붉은 입술, 그 싱싱하고 생기로운 뺨에 얼마나 빠졌는지 — 그녀가 한 이야기가 품은 고매한 의미에 사로잡혀, 그녀가 표현한 세밀한 의미를 여러 번 놓치고 말았어. 어떤 모습이었는지 상상이 갈 거야. 네가 나를 잘 아니까. 한 마디로, 마차가 무도회장에 도착했을 때 나는 꿈꾸는 사람처럼 비몽사몽 마차에서 내렸어. 내 주위의 황혼 녘과 더불어 더욱 넋을 잃고 있었지. 위층에서 흘러나오는 음악조차 들리지 않을 정도였어.

아우드란 씨와 모 씨 — 대체 누가 사람들의 이름을 일일이 다 기억할 수 있겠나! — 두 사람은 각기 그 사촌 언니와 로테의 파트너였는데, 기다렸다는 듯이 내려와서는 자기 여자들을 낚아채 갔어. 나도 내 파트너를 데리고 위층으로 올라갔지.

우리는 미뉴에트를 윤무로 추었어. 나도 차례로 다른 여자들을 파트너로 만나 춤을 췄지. 마음에 안 드는 여자들일수록 다른 남자에게 건네주고 춤을 끝내기가 힘들었어. 로테와 그 파트너 남자는 영국 미뉴에트를 추었어. 그녀가 우리 대열에 끼어 춤추기 시작했을 때 내 기분이 얼마나 좋았을지 상상해 봐. 춤추는 그녀를 보았어야 해! 그녀는 온몸과 마음을 다해 춤을 춰. 조화롭고, 천진난만하고, 거리낌이 없는 동작이지. 마치 모든 것이 그런 것처럼, 춤추는 일 외에는 아무런 생각이나 아무런 다른 느낌이 없는 것처럼 말이야. 춤추는 순간 다른 모든 것이 완전히 그녀에게서 사라진 것처럼 춘다고.

두 번째 대무對舞 때 나는 그녀에게 내 파트너가 되어 달라고 부탁했어. 하지만 그녀는 세 번째 대무의 파트너가 되겠다고 말했어. 그녀는 세상에 없는 깜찍한 목소리로 독일 춤을 꼭 추고 싶다고 약속을 했어. 그녀는 이렇게 말을 이어갔어. "같이 춤을 추는 사람이 독일 춤을 출 때는 파트너를 바꾸지 않는 것이 일반적이에요. 내 파트너는 왈츠를 잘 추지 못해서, 내가 파트너를 바꾸겠다고 하면 고마워할 거예요. 당신의 파트너도 왈츠를 못 추고, 추고 싶어 하지도 않을 거예요. 영국 춤을 출 때 당신이 왈츠를 잘 추는 걸 보았어요. 저랑 독일 왈츠를 추고 싶으시면 가셔서 제 파트너에게 부탁하세요. 그러면 제가 파트너가 되어 드릴게요." 나는 기꺼이 그녀의 제안에 동의하고, 그녀의 파트너는 우리가 춤추는 동안 나의 파트너와 이야기하고 있기로 했어.

다시 춤이 시작되었지. 우리는 한동안 이 사람 저 사람 팔을 돌려 끼면서 다양한 윤무를 즐겼어. 그녀의 몸매는 얼마나 매혹적으로 물이 흐르듯 유연하게 움직였는지! 왈츠가 시작되자 각자의 춤 위치를 이동하면서 빙글빙글 돌았어. 처음에는 서로 이 춤을 잘 추지 못했기 때문에 약간은 뒤엉키기도 했어. 우리가 대처를 잘해서 못 추는 이들은 마음대로 추도록 내버려 두었지. 그러다가 결국 춤을 잘 못 추는 사람들이 물러서자 우리는 더 정열적으로 춤을 추었고, 남은 다른 한 쌍인 아우드란과 그 파트너와 함께 힘차게 끝까지 춤을 추었어. 그렇게 시원하게 끝맺을 줄이야. 나는 마치 인간의 경지를 뛰어넘은 것만 같았다네. 가장 사랑스러운 여자를 팔에 안고 바람처럼 날아다녔더니 주위의 모든 것은 사라지고 없었네. 그리고 — 빌헬름, 솔직하게 말하자면 마음속으로 나는 맹세했다네. 내가 차지하고 있는 이 사랑스러운 처녀가 어떤 남자와도 춤을 추지 못하도록 해야겠다고 말이야. 내가 설령 목숨을 내놓는 일이 있더라도 말이지. 나를 이해해 주리라고 믿어!

우리는 숨을 고르기 위해 홀 안을 걸어서 몇 바퀴 돌았어. 그 후 그녀는 자리에 앉았고, 내가 옆으로 치워 두었던 오렌지가 분위기를 만드는 데 아주 큰 역할을 했어. 다만 로테가 조각을 떼어서 주는 대로 받아먹는 염치없는 여자를 보자 심장에 비수가 꽂히는 듯했지.

세 번째 라운드에서 영국 춤을 출 때 우리는 두 번째 파트너가 되었네. 사람들 사이사이로 춤을 끝까지 추었을 때는 정말 얼마나 기뻤는지, 솔직하고 순수한 만족감이 진정으로 표현된 그녀의 팔과 눈에 얼마나 매료되었는지 모르겠어. 어떤 젊은 부인 옆을 스쳤을 때, 그녀는 사실 젊지 않은 얼굴이었지만 사랑스러운 표정 때문에 눈에 좀 띄었다네. 그녀가 로테를 쳐다보며 웃더니, 경고하는 듯이 손가락을 치켜들고는 지나가는 말로 '알베르트'라는 이름을 두 번이나 의미심장하게 부르는 것이 아닌가.

"알베르트가 누군가요?" 나는 로테에게 물었어. "혹시 묻는 것이 실례가 되지 않다면요." 여덟 명이 하는 대무를 준비하기 위해 서로 떨어질 때쯤, 그녀는 뭔가 대답하려는 참이었어. 그리고 춤을 추며 서로를 비껴가는 순간 그녀의 이마에서 뭔가를 생각하는 것 같은 표정을 읽었어. "숨길 이유가 없지요." 로테가 롱델을 추기 위해 나에게 손을 건네며 말했어. "알베르트는 약혼한 것이나 다름없는 훌륭한 사람이에요." 내가 이제야 안 것은 아니었지만(오는 도중 마차 안에서 여자들이 이미 말했지) 그녀와 새로운 관계가 된 이 순간에 들으니 그것은 너무나 갑작스러웠어. 그 짧은 시간에 그녀는 내게 아주 귀중한 사람이 되고 말았어. 그래, 나는 혼란스러웠고 정신을 못 차린 나머지 잘못된 파트너 속에 끼어들고 말았네. 모든 것이 엉망이 되어 버렸어. 결국 로테가 다가와서 다시 무도회장의 질서를 바로잡았어.

그런데 무도회가 채 끝나기도 전에 이번에는 지평선에서 번개가 치고 천둥이 크게 울리기 시작했어. 한참 전에 단순한 번갯불로만 여겼던 그 번개는 서서히 무도회장의 음악을 제압하고 말았어. 세 명의 여자가 줄에서 이탈하자 그 남자 파트너들이 그들을 따라갔어. 연이어 무도회는 뒤죽박죽이 되었고 음악도 멈추고 말았어. 신나게 즐기고 있을 때 누가 죽거나 어떤 끔찍한 일이 벌어지면, 그 어느 때보다 더욱 강렬한 인상을 남기지. 너무 갑작스럽기 때문일 수도 있고, 우리의 고무된 감정이 감각을 더욱 강렬하게 만들어 외부의 인상을 더 빨리 받아들이기 때문일 수도 있어. 여자들 여럿이서 얼굴을 찡그리는 것을 보았는데 그것 때문이었을 거야. 영리한 여자들은 구석에 웅크리고 앉아서 창문 쪽에 등을 대고는 귀를 막고 있었어. 한 여자는 그 여자 앞에 무릎을 꿇고 허벅지에 얼굴을 묻고 있었다네. 또 한 여자는 여동생 같은 두 사람 사이에 끼어들어 그들을 껴안고 눈물을 흘리고 있었어. 몇몇 여자들은 집으로 가려고 했고, 또 몇몇 여자들은 지금 무슨 행동을 하는지 모르고 정신이 없어서 우리 엉큼한 남자들의 사악한 생각을 뿌리칠 수 있을 것 같지 않았어. 이 사내 녀석들은 하늘에서 시작된 일로 두려움에 떨며 기도하는 여성들의 입술에서 나오는 기도를 몰아내고 키스를 해보려고 달려드느라 정신이 없었어. 우리 중에 있던 귀족들 몇몇은 조용히 담배를 피우는 데 몰두하고 있었어. 나머지 사람들은 무도회장 여주인이 커튼이 있는 방이 있다고 넌지시 유혹하자 거절하지 않았다네. 우리가 그 방에 갔을 때, 로테는 의자를 둥글게 갖다 놓고는 사람들에게 앉아서 놀이를 하자고 제안하더군. 많은 이가 호된 벌칙이라도 달게

받으려고 다리를 쭉 뻗었지. "우리 숫자 놀이해요!" 로테가 말했어. "자, 여기 보세요! 제가 오른쪽에서 왼쪽으로 돌아갈 테니 여러분은 순서대로 숫자를 헤아리세요. 자기 차례가 오면 숫자를 크게 말하는데 번개 치듯 빨리 말해야 해요. 숫자를 못 헤아리거나 틀리면 그 사람은 저에게 따귀를 맞는 거예요. 그렇게 천까지 계속 세어 가는 놀이예요." 그 후 재미있는 광경이 펼쳐졌어. 로테는 팔을 뻗고는 빙빙 돌고 있었어. "하나." 첫 번째 남자가 수를 세었어. 옆에 있던 남자가 "둘.", "셋.", 그다음 사람 그리고 계속해서 세어 갔지. 그러더니 그녀가 더 빠르게, 점점 더 빠르게 달려가는 거야. 그때 한 남자가 숫자를 놓치고 말았어. 철썩! 따귀 한 대, 모두 웃는 사이에 다음 남자도 철썩! 그녀는 점점 속도를 높였어. 나 또한 따귀를 두 대나 맞았어. 그녀가 다른 사람들 때리는 것보다 더 세게 때린 것 같아 기분이 좋았어. 모두 웃고 떠드는 가운데 숫자가 천까지 가기 전에 놀이는 끝나고 말았어. 친한 사람들끼리 어울려 자리를 뜨고 천둥 번개도 그쳤기 때문에 나는 무도회장에 홀로 남은 로테를 따라 들어갔어. 가는 도중에 그녀가 말했지. "다들 따귀를 맞느라 날씨에 대한 것은 모두 잊어버렸어요!" 나는 대답을 할 수가 없었어. 그녀가 계속 말했어. "저도 무서워한 사람 중 하나예요. 다른 사람에게 용기를 주려고 마음먹으니까 용기가 생겼어요." 우리는 함께 창문으로 걸어갔어. 저 아래쪽에서 천둥이 치고, 장엄한 비가 땅으로 쏟아졌지. 상쾌한 냄새가 대지의 온기를 타고 곳곳에서 치솟으며 다가왔어. 그녀는 팔꿈치를 턱에 괴고 바깥을 응시하고 있었어. 그녀는 하늘을 쳐다보더니 곧 나를 바라보았어. 그런데 그녀의 눈에 눈물이 가득 고여 있는 거야. 그녀가 손을 내 손 위에 얹더니 "클롭슈토크!" 하고 말했어. 나는 즉시 그녀가 생각했을 그 위대한 송가[15]를 떠올리고는 그녀의 이 짧은 기도문에 내가 쏟아부은 감정의 물결에 휘말리고 말았네. 나는 견딜 수가 없어서 그녀에게 다가가 그녀의 손에 키스하고 눈물을 쏟았어. 그녀의 눈을 다시 바라보았지. 고귀한 시인이여! 당신이 이 여자의 시선에 담긴 황홀한 모습을 보셨기를 바랍니다. 그리고 아무나 마음대로 부른 시인의 이름이 이제 다시는 사람들 입에 오르내리지 않기를 원합니다!

6월 19일

지난번에 어디까지 이야기했는지 모르겠네. 그때 자러 간 게 밤 두 시쯤인 걸로 아는데, 편지를 쓰는 대신 자네와 수다를 떨었다면 아마 날이 하얗게 세도록 했을 거야.

무도회를 끝내고 돌아오는 길에 일어난 일은 아직 이야기하지 못했네. 오늘 또한 이야기할 시간이 충분하지 않을 거야.

아침 해가 떠오를 때는 장관이었네. 숲에서는 이슬이 떨어지고 들판은 신선한 공기로 가득 찼지. 그날 동행한 여자들은 모두 깜박 졸았다네. 나도 잠시 눈을 붙이라고 로테가 권하더군. 자기는 신경 쓸 것 없다고 하면서 말이야. 나는 "깨어 있는 당신의 눈을 보는 한 그럴 위험은 없을 겁니다."라고 말하고는 그녀를 똑바로 바라보았어. 우리 둘은 그녀의 집 문 앞에 도착할 때까지 잠을 견뎌냈지. 그리고

* * *

15 클롭슈토크의 <봄의 제전>이라는 송가를 말한다.

하녀가 나와서 문을 열었고, 로테의 질문에 아버지와 동생들 모두 잘 지냈고 지금은 다들 잠들었다고 하더군. 작별하면서 날이 밝으면 다시 한번 만났으면 좋겠다고 했어. 그녀는 그러겠다고 약속했고 나는 돌아왔어. 그리고 그 시간 이후 해와 달과 별들은 편안히 제 길을 갔겠으나, 나는 낮인지 밤인지를 구분할 수 없었다네. 온 세계가 내 주위에서 길을 잃고 말았다네.

6월 21일

나는 하나님이 성자들에게 주신 행복한 나날들을 보내고 있어. 내 일이 앞으로 어떻게 흘러간다고 하더라도 내가 삶의 기쁨을, 삶의 순수한 기쁨을 향유하지 못했다고 말할 수는 없네. 자네는 내가 발하임을 좋아하는 걸 알 거야. 나는 이 마을에 거의 정착한 거나 다름없어. 이 마을에서 로테가 사는 곳까지는 30분밖에 안 걸려. 여기서 나는 나 자신을 느낄 뿐만 아니라 인간에게 주어진 모든 행복을 느끼고 있어.

내가 발하임을 산책하기 좋은 곳으로 골랐을 때는 이곳이 하늘과 이렇게 가까이 있으리라는 것은 생각지도 못했어. 이제는 나의 모든 소망을 이뤄줄 로테가 사는 그 별장을 때로는 산에서, 때로는 들판에서, 강 너머로 얼마나 자주 볼 수 있는지!

사랑하는 빌헬름! 나는 넓은 곳을 바라보고, 새로운 것을 찾아내고, 여러 곳을 방랑하는 인간의 호기심에 대해 많이 생각해 보았네. 그리고 또 속박에 기꺼이 자신을 내맡기고, 습관의 굴레를 따르고,

좌고우면하지 않으려는 내적 충동에 대해서도 생각해 보았네.

여기 올 수 있었던 것, 언덕에서 아름다운 계곡을 내려다보는 것까지 무척이나 좋아. 주변 경치가 얼마나 내 마음을 사로잡는지. ― 저기에 있는 작은 숲! ― 아, 내가 저기 저 그늘에 몸을 드리울 수 있다면! ― 저기 보이는 산꼭대기! ― 아, 내가 저 산 위에서 저 광활한 들판을 내려다볼 수 있다면! 서로 겹쳐서 이어지는 산들과 정겨운 골짜기를 볼 수 있다면! ― 아, 저곳에서 내가 사라졌으면! 하지만 그곳으로 달려갔으나 나는 그냥 돌아오고야 말았네. 내가 바라던 것을 아무것도 보지 못했기 때문이야. 저 멀리 있는 것은 마치 미래와 다를 것이 없어! 크고도 어둑한 세계 전체가 바로 우리 마음 앞에 놓여 있어. 우리의 감정이나 눈빛은 그 안에서 떠돌고 있지. 우리는 동경하고 있어. 아! 우리의 존재를 바치고, 우리를 유일하고, 위대한, 장엄한 감정이 베푸는 모든 환희로 채우고자 말이야. 아! 그곳으로 달려가, 그곳이 이제 여기가 되어 버리면 전과 같은 상태가 되어 버리지. 우리는 다시 가난과 속박 속에 있게 되는 거야. 우리의 몸은 흘러가 버린 청량제를 갈망하게 되고.

불안한 방랑자는 결국 다시 고향을 찾아가길 원해. 자기의 옛 오막살이집을 찾고, 아내의 다정한 품에 안겨, 아이들에게 둘러싸여서, 가족들을 먹여 살릴 일을 하면서 먼 곳에서 찾지 못했던 기쁨을 찾겠지.

아침에 해가 뜨면 나는 발하임으로 가서 식당 정원에서 직접 딴 완두콩 껍질의 줄기를 벗기면서 내가 좋아하는 호메로스의 작품을 읽곤 한다네. 그러고는 작은 부엌에서 냄비를 하나 꺼내어 버터를 한 숟갈 떠 넣고는 뚜껑을 닫아 불에 올리고는, 그 옆에 앉아 가끔 뒤집어 주지. 그럴 때면 나는 파렴치한 페넬로페의 구혼자들이 소와 돼지를 잡아, 고기를 얇게 잘라 불에 굽는 장면을 아주 생생하게 그려 본다네. 족장 시대 삶처럼 고요하고 진실한 감정만큼 나를 충만하게 채워 주는 것은 없어. 다행히도 나는 그런 감정을 자연스럽게 내 삶의 방식에 짜 넣고 있고.

소박하고 솔직한 인간의 기쁨을 느끼는 것이 얼마나 행복한지. 스스로 가꾼 양배추를 식탁에 올려놓고는, 양배추뿐만 아니라 그 모든 날, 무엇보다 그 양배추를 심었던 아침, 그 양배추에 물을 주던 아늑했던 저녁, 그리고 양배추들이 나날이 쑥쑥 자라날 때 얻었던 기쁨의 저녁을 그 채소를 보면서 함께 즐길 수 있는 것이 얼마나 행복한지.

6월 29일

그저께 한 의사가 시내에서 이곳까지 영지 행정관 집에 찾아왔어. 나는 그때 땅바닥에서 로테의 동생들과 놀고 있었어. 몇몇은 내 주위에서 장난을 걸고 몇몇은 나를 놀려대고, 나는 또 그 아이들을 간질이자 그들은 소리를 지르고 난리를 치던 참이었지. 꼭 인형극의 꼭두각시 같던 그 완고한 의사는 말할 때 주름 잡힌 소맷부리를 바로 잡고는 그 주름을 거듭 바로 세우고 있었어. 이렇게 해야 똑똑한 사람의 위엄을 지켜준다고 믿는 것 같았어. 그의 태도를 보면 알 수 있다고. 하지만 그러거나 말거나 난 신경 쓰지 않았어. 똑똑한 체하며 뭐라고 말하더라도 내버려 두었고. 난 아이들이 부순 상자로 만든 집을 다시 세워 주었어. 그런 일이 있고 난 후 그 사람은 도시를 이리저리 다니며 영지 행정관의 아이들이 버릇이 없는 데다가 베르테르라는 사람이 아예 아이들을 망쳐 놓을 것이라고 소문을 내고 다닌다네.

사랑하는 빌헬름, 사실 아이들은 이 땅에서 내 심장에 가장 가까운 존재들이라네. 그 아이들에게는 아주 작은 일에서도 모든 덕의 싹, 모든 힘의 싹이 자라고 있다는 것을 알아. 언젠가는 이들에게 이 미덕과 힘이 꼭 필요하겠지. 아이들이 부리는 고집에서 미래의 당당하고 확고한 성격이 생겨난다고 생각해. 불손함 속에서도 세상의 위험을 극복할 유머와 소탈함이 있고. 모든 것이 손상되지 않고, 그대로 온전히 보존된 채 말이야! 인류의 스승이신 예수 그리스도의 말씀을 거듭 말하게 되네. "만약 너희가 여기 있는 아이와 같이 되지 않는다면!" 그런데 선한 친구여, 우리와 같은 아이들을, 우리가 모범으로 여겨야 할 아이들을 우리는 하인처럼 다루고 있다네. 아이들은 자유의지를 가지지 말란 법이 있는가? 우리도 자유의지가 있는데? 도대체 그렇게 할 특권이 어디에 있는가? 우리가 나이를 더 먹고 더 많이 알기 때문이라고! 하늘에 계신 선하신 하나님은 오로지 나이 많은 아이와 나이 적은 아이만 구별할 뿐이라네. 그 외에는 아무런 구별도 없어. 그리고 당신이 어느 쪽을 더 좋아하시는지, 당신의 아들에게 오래전에 선포하셨지. 하지만 그들은 하나님은 믿으나 하나님의 말씀은 믿지 않으니 — 그것이야말로 고리타분한 일! — 자기 아이들을 자기 모습대로 교육하고 있으니 말이야. 안녕, 빌헬름! 쓸데없는 설교는 이제 그만하겠네.

7월 1일

로테가 환자에게 어떤 존재인지는 내 보잘것없는 심장으로도 느낄 수 있어. 병상에 있는 환자보다 더 안 좋은 이 심장으로 말이야. 로테는 도시에서 며칠 동안 어느 반듯한 부인을 간호해야 했어. 의사 말로는 그녀가 이제 죽을 날이 얼마 남지 않았다고 해. 그래서 마지막으로 그 부인은 로테에게 자기 곁을 지켜 달라고 했나 봐. 지난주에는 로테와 함께 St로 시작하는 이름의 마을 교회의 목사를 찾아가 보았어.[16] 산을 따라 한 시간가량 떨어진 곳에 있었어. 4시경에 그곳에 도착했어. 로테는 둘째 여동생을 데리고 왔고. 우리가 두 그루의 키 큰 호두나무 그늘이 덮인 목사관에 도착했을 때, 그 연로하신 선한 목사는 집 현관문 앞 긴 의자에 앉아 있더군. 목사는 로테를 보자 다시 생기를 얻은 듯 옹이가 있는 지팡이를 짚는 것도 잊어버린 채 벌떡 일어섰어. 로테는 목사에게 급히 달려가 앉아 계시라고 하며 자리에 앉히고, 그의 옆에 앉아서 자기 아버지의 안부 인사를 전했어. 그러고는 그 목사가 늘그막에 얻은, 거칠고 꼬질꼬질한 늦둥이를 품에 안더군. 자네가 그 장면을 봤어야 했는데. 로테가 그 목사를 어떻게 보살폈는지, 반쯤 귀가 먼 목사가 알아듣도록 얼마나 큰 소리로 말했는지, 예상치 못하게 젊고 튼튼한 청년이 죽은 이야기를 어떻게 했는지, 그리고 칼스바트 온천이 얼마나 좋다고 하는지

* * *

16 로테의 아버지는 가톨릭의 독일 기사단 행정관이지만, 그와 그의 자녀의 종교는 개신교다. 그 당시, 즉 18세기에는 직장과 신앙고백이 차츰 구분되는 시기였다. 이 작품의 무대였던 베츨라어(Wetzlar)의 제국대법원(Reichskammergericht)에 신교와 구교의 신앙고백을 하는 사람들이 함께 있었다. 그래서 행정관과 그의 자녀들은 개신교를 믿는 것이 가능했다.

말이야. 이번 여름에 거기 가보기로 한 그 목사를 칭찬하고는, 지난번에 뵈었을 때보다 훨씬 건강해 보이고, 훨씬 기분도 좋아 보인다고 말을 했어. 그동안 나는 목사 사모께 정중하게 예의를 갖췄지. 목사는 기분이 좋아졌나 봐. 내가 다른 할 말이 없어 아름다운 호두나무가 그늘을 만들어 주어 좋다고 칭찬을 하자, 그는 힘에 겨운 목소리로 그 나무 이야기를 시작했어. "저 오래된 나무를 누가 심었는지는 잘 몰라요. 어떤 이는 이 목사님이, 또 어떤 이는 저 목사님이 심었다고들 해요. 하지만 저기 있는 저 어린나무는 제 아내랑 나이가 같답니다. 시월이면 쉰 살이 되지요. 딸이 태어나자 장인어른이 다음 날 아침에 그 나무를 심었다고 해요. 장인께서는 이 목사관의 내 전임자이고요. 그분이 이 나무를 얼마나 좋아했는지 말할 필요도 없어요. 나 또한 마찬가지고요. 내가 27년 전에 가난한 신학생으로 처음 이 목사관에 왔을 때, 제 아내는 나무 그늘에 있는 의자에 앉아 뜨개질하고 있었답니다." 목사가 이렇게 말을 했어. 로테가 목사의 딸은 지금 어디 있느냐고 물었어. 그랬더니 슈미트 씨와 함께 목장 너머에서 일하는 사람들에게 갔다고 하더군. 목사는 계속해서 하던 이야기를 이어갔어. 전임 목사가 자기를 얼마나 좋아했는지, 거기다가 그 목사의 딸까지 자기를 좋아하게 되고, 결국 목사가 되어 목사관을 넘겨받게 되었다는 것이었어. 이야기가 끝나자 곧 이 목사의 딸이 그 슈미트라는 사람과 정원으로 들어서더군. 그녀는 로테를 따뜻한 마음으로 반겼고, 사실 나 또한 그녀가 싫지는 않았어. 활달하고 건강한 몸매를 지닌 갈색 머리의 여자였는데, 잠시 시골 길가에서 이야기를 나누면 좋겠다 싶은 사람이었어. 목사 딸의 애인은(슈미트 씨가 취하는 태도를 보고 애인이라는 것을 눈치챘어) 세련되지만 과묵한 사람이었다네. 로테가 틈틈이 그를 이야기에 끌어들이려 해도 그는 우리의 대화에 끼려고 하지 않았어. 얼굴에서 알 수 있기도 했지만, 내가 기분이 상했던 것은 그가 지적인 능력이 부족해서가 아니라 고집이나 나쁜 성정 때문에 말을 극히 아꼈다는 사실 때문이야. 유감스럽게도 그것은 나중에 분명히 밝혀지고야 말았다네. 프리데리케가 로테와 산책을 하고 가끔은 나와도 함께 걸었어. 그 사람의 얼굴이 그러잖아도 어두운데 낯빛이 더 어두워졌어. 결국 로테는 내 소매를 끌어당겨 내가 프리데리케에게 너무 허물없이 대한다고 눈치를 줄 정도였다네. 생각해 보니 사람들이 서로 싸우는 일보다 유쾌하지 않은 일도 없는 것 같아. 특히나 젊은 사람들이 모든 즐거움에 문을 활짝 열어 놓는 인생의 절정기에 얼굴 붉힐 일로 즐거운 날들을 망쳐 버리는 일은 정말 기분 나쁜 일이지. 시간이 흐른 후에야 비로소 이 좋은 시간을 낭비한 것이 정말 안타깝다는 걸 깨닫겠지. 이런 생각이 줄곧 마음에 남아 있었어. 그래서 저녁때 목사관에 돌아와서 식탁에 앉아 우유를 마시면서 인생의 기쁨과 슬픔으로 화제를 옮기자 나는 그 실마리를 붙잡고, 불유쾌한 기분에 대해 흉금을 털어놓고 말했다네. "우리 인간들은 자주 불평을 하지요." 하며 내가 말문을 열었어. "기쁜 날은 아주 적고, 반대로 슬픈 날은 너무나 많다고 말이에요. 하지만 내 생각에 그건 옳지 않아요. 우리가 늘 마음의 문을 활짝 열고 하나님이 날마다 내리시는 은혜를 누린다면, 슬픈 일이 닥치더라도 이를 견뎌낼 힘은 충분하답니다." — "하지만 마음이 우리 뜻대로 되지 않는걸요." 하고 목사의 딸이 대꾸하더군. 그러고는 "기분은 건강한 몸에 달려 있어요. 건강하지 않다면 만사가 귀찮거든요."라고 했어. 나는 그녀의 말에 수긍했어. 그러고는 "그러면 그것을 하나의 병이라고 보고 생각해 봅시다. 그 병을 고칠 약이 없을까요?" 그러자 로테가 말했어. "타당한 말씀인데요. 제 개인적인 생각으로는 우리가 어떻게 대응하느냐에 달린 것 같아요. 저는 이렇게 해요. 화가 나거나 우울한 기분이 들면, 자리에서 벌떡 일어나서 정원을 여기저기 거닐며 춤곡을 몇 곡 불러요. 그러면 그런 기분은 사라집니다." 내가 이어서 말을 했어. "제가 말하고자 했던 것이 바로 그겁니다. 기분이 안 좋을 때는 게으를 때와 비슷합니다. 사실 언짢은 기분은 일종의 게으름이기 때문입니다. 우리의 천성은 게을러지기 쉽습니다. 그러나 일단 용기를 내어 분발하면, 일이 우리의 손에 쉽게 잡히지요. 그리고 우리는 그 활동 속에서 진정한 기쁨을 얻을 것입니다." 프리데리케는 귀를 기울여 내 말을 듣고 있었어. 그러더니 그 젊은 남자가 사람은 자기 마음을 조절할 수 없으며, 더구나 자기 느낌을 바꾸기란 힘들다고 반박하더군. "제가 말하고자 하는 것은 불쾌한 감정입니다." 내가 대답을 했어. "누구나가 잘 벗어나지 못하는 감정 말입니다. 하지만 누구나 시도하기 전까지는 그 힘이 어디까지 미칠지 아무도 모릅니다. 누구나 아프면 의사에게 분명 여러 방면으로 물어볼 겁니다. 건강을 되찾기 위해 절제된 삶을 살고 쓴 약을 먹는 것을 마다하지 않을 것입니다." 나는 그 늙은 목사도 우리의 논의에 끼고 싶어서 귀를 기울이고 있다는 것을 알아차렸어. 그래서 그 늙은 목사가 들을 수 있도록 그를 향해 목소리를 높여 말했어. "나는 죄를 범하지 말라는 설교는 많이 들었지만 유쾌하지 않은 기분에 대해 목사님이 말하는 것을 들어본 적은 결코 없습니다."[17] 하고 말했어. "그런 일은 도시의 목사들이 해야 하는 일이지요." 이어서 그 노 목사가 말했지. "농부들은 유쾌하지 않은 마음이 없어요. 물론 그런 설교가 나쁠 건 없지요. 적어도 목사의 사모나 영지 행정관 같은 분이 알아두면 좋을 일입니다." 그 자리에 있던 사람들이 모두 웃자, 노 목사도 따라 웃고, 그 순간 그만 기침을 하는 바람에 우리가 하던 토론은 잠시 중단되고 말았어. 얼마 후에 그 젊은 남자는 다시 입을 열었어. "당신이 언짢은 기분을 범죄라고 했는데, 그것은 좀 지나친 것 같습니다." 나는 이렇게 대꾸했어. "천만에요. 자기 자신은 물론이고 이웃들에게까지도 해를 끼치는 일은 범죄입니다. 우리가 서로 행복하게 해주지는 못할망정, 마음에 간직할 즐거움마저 서로에게서 빼앗아야 한단 말인가요? 자신은 언짢은 기분이 들면서도, 그것을 감추고, 속으로 꾹 참고 견디면서 주변 사람들의 즐거움을 망가뜨리지 않고 함께 어울릴 수 있는 사람이 있다면 어디 한번 말해 보세요! 한 걸음 더 나아가 언짢은 기분이란 자기가 대접받지 못하는 인간이라는 사실에 대한 내적 불만, 자신에 대한 불만으로써 어리석은 허영심이 부추긴 질투심과 결부된 것 아닌가요? 우리가 행복하게 해주지 않는 데도 행복한 사람들이 있습니다. 그것이 견딜 수 없는 일이지요." 로테는 미소를 지으며 나를 바라보았어. 아마 열을 올리며 내가 이야기하는 몸짓이 재미있었던 모양이야. 프리데리케의 눈에는 눈물이 고였는데 나는 그것에 자극이 되어 이야기를 계속했어. "어떤 이의 마음을 지배하고 그의 마음에서 솟아나는 소박한 기쁨을 빼앗아 가는 자는 저주를 받아야 해요! 이 세상의 어떤 선물도, 어떤 호의도 자신에 대한 만족감을 단 한 순간도 대체

* * *

17 원주 : 우리는 라파터 목사가 여기에 대해 뛰어난 설교를 한 것을 알고 있다. 그중에서도 요나서가 특히 그렇다.

할 수 없습니다. 폭군의 질투로 가득 찬 불쾌감이 망쳐 버렸던 그 만족감 말입니다."

그 순간 내 가슴은 감동으로 울컥했어. 지나간 일들에 대한 기억이 마음속에 밀려오고 눈에는 눈물이 핑 도는 거야.

"누구건 날마다 이렇게 말할 수만 있다면 얼마나 좋겠습니까!" 나는 큰소리로 말했어. "친구들에게 해줄 수 있는 일이라곤, 단지 그들이 기쁨을 즐기고 행복이 넘치도록 하는 것뿐이다. 동시에 그들과 함께 그것을 즐겨야 한다. 친구들이 마음속 깊이 두려운 정열 때문에 고통받기라도 한다면, 슬픔으로 마음이 찢어진다면, 나는 그 친구들에게 한 방울의 진정제라도 줄 수 있는가?

만약 당신에 의해 젊은 날을 망쳐 버린 어떤 여자가 결국에 큰 병에 걸려 있다면, 이제 그녀가 중환자의 침상에 누워 있다면, 그리고 하늘을 향해 멍하니 눈을 뜨고, 창백한 이마에 식은땀을 이따금 흘린다면, 그리고 당신이 그 침상 앞에서 자신의 능력으로 아무것도 할 수 없다는 절망적인 감정을 지닌 채 저주받은 사람처럼 서 있다면, 그리고 불안이 엄습한 당신이 그 죽어가는 사람에게 한 방울 보양제를, 한 줄기 빛 같은 용기를 넣어줄 모든 것을 다 바칠 각오가 되어 있다면?"

이런 이야기를 하는 동안에 언젠가 겪었던 나에 대한 기억이 분명하게 떠올랐어. 나는 손수건을 들어 눈물을 닦으며 그 자리를 떠났어. 로테가 이제 가자고 하는 바람에 비로소 정신을 차렸어. 돌아오는 길에 로테는 내가 모든 일에 너무 마음을 쓴다고, 그러다가는 몸이 망가진다고 주의를 주었네! 몸을 아끼라고 했어! 오, 천사여! 그대 때문에 나는 살아야만 한다!

7월 6일

로테는 그 죽어가는 부인의 집에 늘 다녀온다네. 로테는 변함없는 사람이야. 찾을 때 항상 그 자리에 있는 고귀한 사람이지. 그녀가 눈길을 주는 곳이면 어디서나 고통이 가라앉고 사람들은 행복해하지. 엊저녁에 로테는 마리안네와 함께 어린 말셴을 데리고 산책을 했어. 나는 도중에 만나 함께하게 되었지. 한 시간 반쯤 산책을 하다가 도시 근교로 돌아와서, 원래 내게 값진 것이었고 지금은 천 배도 더 값진 그 우물가로 갔어. 로테는 낮은 돌담 위에 앉았고 우리는 그녀 앞에서 서 있었어. 나는 주위를 둘러보았어. 아! 내 가슴이 무척이나 외로웠던 시기의 기억이 눈앞에 떠오르는 것이 아닌가! “참 좋은 우물이여! 오랫동안 너의 서늘한 품에서 쉬지도 못했구나. 바쁜 일로 인하여 지나치며 너를 바라보지도 못한 적이 많았구나!” 나는 그렇게 말했어. 아래쪽을 내려다보았더니 말셴이 컵에 물을 떠서 아주 급하게 올라오고 있었어. 나는 로테를 바라보았지. 그 순간 로테가 얼마나 내게 귀중한지 느꼈어. 한편 말셴은 물을 한 컵 담아 들고 왔어. 마리안네가 그것을 받으려고 했지. 그러자 말셴이 귀여운 목소리로 외쳤어. “아니야! 아니야, 로테 언니한테 먼저 줄 거야!” 그렇게 소리치는 아이의 진실함과 따뜻함에 황홀한 기분이 들어 내 감정을 어떻게 표현해야 할지 몰랐어. 그래서 나는 아이를 들어 올려 아이의 뺨에 씩씩하게 입을 맞추었어. 그런데 갑자기 그 애가 소리를 치고 울기 시작했어. “그러지 마세요.” 하고 로테가 말했어. 나는 당황스러웠어. “이리 와, 말셴.” 로테는 아이의 손을 잡고 계단을 내려갔어. “자, 얼른 깨끗한 물로 씻어. 얼른! 그러면 괜찮아.” 나는 선 채로 아이가 물에 젖은 작은 손으로 얼마나 열심히 볼을 문질러대는지 물끄러미 바라보았어. 아이는 이 신비한 샘물로 온갖 부정함이 정화되고, 더러운 수염이 생기지 않게 해준다는 믿음을 갖고 씻는 것 같았어. 로테가 "이제 됐다."라고 말해도 아이는 아직 부족하다는 듯 계속 씻어 댔다네. 빌헬름, 고백하건대 이제까지 나는 세례식에도 이보다 더 진실한 마음으로 참석해 본 일이 없어. 로테가 다시 위로 올라왔을 때, 나는 한 백성의 죄를 용서해 달라고 기도했던 선지자 앞에 있는 것처럼 로테 앞에 무릎을 꿇고 싶은 심정이었어.

그날 저녁에 가슴 벅찬 기쁨을 억누를 길이 없어 이 일을 어떤 남자에게 이야기할 수밖에 없었지. 그는 지성을 갖춘 사람으로서 인간미가 있으리라고 생각했는데……. 그는 로테가 아주 잘못했다고 말하더군. 우리는 아이들을 속이려 들어서는 안 된다고 말하면서 말이야. 그렇게 하면 아이들이 시행착오를 겪게 되고 미신을 믿는 계기가 된다는 거야. 아이들에게 그런 일이 일어나지 않도록 어려서부터 잘 교육해야 한다면서. 그 사람이 일주일 전에 세례를 받았다는 사실이 떠올라 그냥 그렇게 말하도록 내버려 두었어. 다만 내 마음속에 이런 진리가 떠올랐어. 우리는 하나님이 우리를 대하듯 어린아이를 대해야 하네. 마치 하나님이 우리가 순진한 상상에 빠져 비틀거릴 때도 우리를 아주 행복하게 만들 듯이 말이야.

7월 8일

내가 얼마나 어린애 같은지 모르겠네! 어떤 눈길 하나를 애타게 기다리다니! 내가 얼마나 어린애 같은지! 우리는 발하임으로 갔었어. 여자들은 마차를 타고 더 멀리 갔고. 산책하면서 로테의 까만 눈을 계속 보았어. — 나는 바보야, 용서해 주게! 자네도 꼭 그 눈을 봐야 한다니까. 까만 눈동자를! — 간략하게 말할게(잠이 와서 눈이 감겨). 여자들이 마차에 올라탔고 그 마차 주위로 청년 W와 아우드란과 나, 이렇게 셋이 서 있었지. 마차에 탄 여자들은 모두 남자들과 즐겁게 수다를 떠는 거야. 물론 이 친구들은 가볍고 경박한 자들이었어. 나는 로테의 눈길을 찾고 있었어. 그런데 아, 그녀는 이 사람 저 사람 모두에게 눈길을 주지 않는가! 안 돼, 나를! 나를! 나를 보라고! 혼자만 외롭게 서서 그녀를 체념하듯 바라보는 나에게 눈길은 오지 않았어! 내 심장은 그녀에게 천 번이나 이별을 고했어! 그녀가 내게 눈길을 주지 않다니! 마차는 떠나고 내 눈에는 눈물이 고였네. 나는 그녀가 떠나는 모습을 바라보고 있었어. 그녀의 모자에 있는 장식은 창문 밖으로 날렸고. 그때 그녀가 뒤를 돌아보더군, 아! 나를 보았을까? 사랑하는 친구여! 이런 불확실함 속에서 내 마음은 떠돌고 있다네. 그게 유일한 위로야. 아마 그녀가 나를 돌아본 것이겠지! 아마도! 여기서 그만, 잘 자게! 아, 나는 얼마나 어린애 같은지!

7월 10일

모임에서 로테에 관한 이야기라도 나오면 내가 얼마나 어린아이 같이 되는지 자네가 봐야 하는데! 게다가 그녀를 좋아하냐고 사람들이 묻기라도 한다면? 좋아하냐고! 이 말은 죽도록 듣기 싫어. 로테를 좋아하는 사람이 그녀의 모든 감각, 모든 감정으로 충만하지 않다면 도대체 사람이라고 할 수 있을까! 좋아하냐고? 얼마 전에 누군가 오시안이 좋았냐고 물었던 적이 있네!

7월 11일

M부인이 위독해. 로테와 슬픔을 함께 나누는 나로서는 그녀가 쾌차하기를 기도하고 있어. 그 일로 로테가 요즘 거의 집에 없다네. 오늘 그녀는 정말 신기한 이야기를 해주었어. 남편 M 노인은 욕심이 많고 자기만 아는 구두쇠였는데, 자기 부인을 들볶고 수전노처럼 굴었다는 거야. 그런데도 부인은 이리저리 살림을 잘 꾸려갔다는군. 며칠 전에 의사가 와서 이제 그녀의 수명이 다했다고 준비하라고 하자 그녀는 남편을 오라고 하여(로테도 방에 함께 있었다고 해) 이렇게 말했다는군. "당신에게 고백할 게 있어요. 내가 죽고 나면 혼란과 싸움이 일지 모르는 일이니까요. 지금까지 나는 집안 살림을 할 수 있는 한, 규모 있게 절약하며 꾸려왔어요. 하지만 내가 30년 동안 당신과 살아오면서 당신을 속인 것을 용서해 주세요. 당신은 결혼 초기에 식비와 다른 생활비 지출 비용을 쥐꼬리만큼 줬어요. 우리 집의 가계 규모가 커지고 우리의 장사가 더 커지는 데도 당신은 그 규모에 따른 주당 생활비를 올려줄 생각을 하지 않았어요. 거두절미하고, 당신이 가장 돈을 많이 벌 때도 주당 7굴덴이면 가계를 꾸리는 데 충분하다고 말한 거 기억날 거예요. 나는 그 말을 거역하지 않고 받아들였어요. 그 대신 모자라는 돈은 매주 판매대금에서 메꿔 넣었답니다.

아무도 부인이 계산대에서 돈을 가져가리라고 생각하지는 못했으니까요. 대신 나는 그 돈을 낭비하진 않았답니다. 그러기에 그 행동을 고백하지 않더라도 편안하게 하나님 나라에 들어갔을 겁니다. 다만 내 뒤에 어떤 여자가 와서 가계를 꾸릴 때 도대체 어떻게 해야 할지 모르는 일이 벌어질까 봐 이러는 겁니다. 아마도 당신이란 사람은 전 부인이 잘해 왔는데 무슨 말이냐며 박박 우길 것이 틀림없기 때문이에요."

나는 인간의 분별력이 이렇게 믿을 수 없을 정도로 무감각할 수 있을까에 대해 로테와 의견을 나누었어. 어떤 사람이 거의 두 배 정도의 비용이 드는 것을 다른 한 사람이 7굴덴이면 충분하다고 한다면 그 뒤에 틀림없이 무언가가 있을 것이라는 점을 의심하지 않다니 말이야. 하지만 선지자가 베푼, 통에 있는 가루 한 움큼과 병에 있는 기름이 영원히 떨어지지 않게 한 기적[18]을 자기 집에서도 당연하게 일어날 거로 생각하는 사람들이 있다는 것을 알게 된 거지.

* * *

18 구약성경 열왕기상 17장의 내용을 말한다. 아합왕 시절 여호와(하나님)는 엘리야 선지자를 통해 땅에 가뭄을 내린다. 여호와의 명으로 엘리야가 사르밧 땅에 가게 되는데 그는 거기서 나뭇가지를 줍고 있는 가난한 과부 한 사람을 만난다. 엘리야 선지자가 처음에는 물을 청하고, 다시 떡(빵) 한 조각을 청한다. 그러자 과부는 자기가 가진 것이 통에 있는 가루 한 움큼과 병에 있는 기름 조금뿐이라고 하며, 아들과 이것을 마지막으로 먹고 죽으려 한다고 말한다. 엘리야는 그러함에도 그것을 가져오라고 했고, 과부는 선지자의 말을 따랐다. 결국 여호와께서는 과부의 통에 있는 가루가 떨어지지 않고, 병에 있는 기름이 없어지지 않게 축복하였다.

7월 13일

아니야, 나 자신을 속일 수는 없어! 나는 그녀의 검은 눈에서 그녀가 나의 운명을 진실로 공감하고 있다는 것을 느꼈어. 그래, 내게는 느낌이 있어. 이것만은 내 느낌을 믿어도 될 것 같아. 그녀가, — 아, 내가 감히 이 말에 성스럽다는 말을 써도 될까? — 그녀가 나를 사랑한다는 것이!

그녀가 나를 사랑한다는 것! 내가 얼마나 가치 있는 사람이 되었는지 자네에게는 말할 수 있을 것 같아. 자네는 그런 분별력을 갖추고 있으니까. 그녀가 나를 사랑한 이후로 내가 얼마나 나 자신을 숭앙하는지!

이것이 착각인가 아니면 진실한 관계에 대한 느낌인가? 로테의 마음에는 내가 두려워할 그 누구도 존재하지 않아. 하지만 그녀가 자신의 약혼자에 대해 이야기할 때면, 진심 어린 마음으로 그 약혼자에 대한 사랑을 이야기할 때면, 나는 모든 명예와 지위를 박탈당하고 칼을 빼앗긴 사람같이 되고 말아.

7월 16일

아, 우연히라도 내 손이 그녀의 손에 닿기라도 할 때면, 탁자 밑에서 발길이 닿기라도 할 때면, 그 느낌이 핏줄을 타고 온몸에 흘러! 뜨거운 불이 닿기라도 한 듯 물러나지만, 나의 비밀스러운 힘은 나를 다시 앞으로 나가게 해. 나는 모든 감각 앞에서 현기증을 느껴. 오!

그녀의 소박함, 그녀의 아이 같은 마음과 그 은밀한 몸짓들에 내가 얼마나 힘들어하는지 몰라.[19] 대화할 때 그녀가 손을 내 손 위에 포개기라도 한다면, 뭔가 물어보려고 내게 바짝 다가앉기라도 한다면, 그래서 그녀가 내뱉는 천국 같은 숨결이 내 입술에 닿을 수 있기라도 한다면! — 번개를 맞은 듯 나는 쓰러질 것만 같아. — 빌헬름! 내가 만약 이 하늘로부터, 이 믿음으로부터 보호받을 수 있다면! 자네는 나를 이해해 줄까, 아닐까? 내 가슴이 그렇게 무너져서는 안 돼! 약해! 너무 약해! — 그게 무너지는 것 아닌가? —

로테는 내게 신성한 여자라네. 그녀 앞에 서면 모든 갈망이 잔잔해지니 말이야. 그녀와 함께 있으면 감정이 어떻게 변하는지 알 수가 없어. 마치 마음이 나의 모든 신경을 뒤집는 것 같아. 그녀는 클라비코드 앞에 앉아 영적인 힘으로 노래 부른다네. 소박하고도 영성이 풍부하게! 그것은 그녀가 몸으로 부르는 노래라네. 그녀가 첫 소절을 연주하기만 해도 내 모든 고통과 혼란, 슬픔은 사라지고 말아.

옛 음악이 지닌 마법은 한 소절도 버릴 게 없어. 소박한 노래가 나를 얼마나 사로잡는지! 그녀가 그런 노래를 불러줄 때는 종종 내 머리에 총을 쏘고 싶을 정도라네! 그땐 마음의 혼란과 두려움이 사라지겠지. 그리고 내가 다시 더 자유롭게 숨을 쉬겠지.

* * *

19 7월 16일자 편지는 루소의 신엘로이즈의 첫 번째 편지와 많이 닮아 있다. "나는 그 놀이들을 하는 동안 당신의 손을 스칠까 봐 항상 불안에 떱니다. […] 당신의 손이 내 손에 닿자마자 나는 어떤 전율에 휩싸입니다."

7월 18일

빌헬름, 사랑이 없는 세상은 우리 가슴에 어떻게 다가올까? 마치 불빛이 없는 환등기 같지 않을까! 내가 불빛을 넣어야 내 마음의 흰 영사막에 다채로운 그림들이 비치겠지! 비록 그것이 잠깐의 환영에 지나지 않는다고 하더라도, 개구쟁이 아이들처럼 그 앞에 서서 기이한 모습을 보고 황홀할 수 있다면 그것 역시 우리에게 행복이 아닐까! 오늘 빠질 수 없는 모임에 참석해야 했기 때문에 로테를 만날 수 없었어. 그래서 어떻게 한 줄 알아? 나는 하인을 그녀에게 대신 보냈어. 로테에게 가까이 있었던 사람이라도 곁에 두고 싶었던 오직 그 마음 하나로. 얼마나 조바심을 내며 그 하인이 돌아오기를 기다렸는지, 그리고 돌아온 그가 얼마나 반가웠던지 모르네! 주책이라는 생각만 들지 않았다면 그의 머리를 두 손으로 잡고 키스라도 퍼부었을 것 같아.

햇빛 아래 두면 중정석은 그 햇빛을 흡수하고 밤에도 잠깐 빛을 발한다고 하네. 내게는 이 젊은 하인이 바로 그 중정석이야. 로테의 시선이 그의 얼굴과 볼, 윗도리의 단추와 외투의 깃에 갔으리라는 느낌이 들면 이 모든 것이 아주 신성하고 귀하게 느껴져. 나는 그 순간 누가 천 탈러의 돈을 준다고 하더라도 그 젊은 하인을 내주지 않았을 거야. 그 젊은이가 내 앞에 있는 것이 얼마나 다행인지 몰라. 제발 나를 비웃지 말게. 빌헬름, 우리를 행복하게 해주는 것은 그저 환영에 지나지 않는 것일까?

7월 19일

"오늘 그녀를 만난다!" 아침에 나는 소리를 질렀어. 일어나서 아주 쾌활한 마음으로 아름다운 태양을 바라보며, "오늘 그녀를 만난다!" 하면 나는 종일 더는 아무런 소원이 없어. 모든 것이, 모든 것이 이 기대감 속에 묻히고 말아.

7월 20일

공사[20]와 함께 OO로 부임지를 옮기라고 한 어머니와 자네의 생각을 아직 나는 따를 생각이 없어. 나는 누구의 부하가 되는 것을 좋아하지 않아. 그리고 그 사람이 누군가를 거느리기에는 힘든 인간이라는 것은 세상이 다 아는 일이 아닌가. 어머니는 내가 활동하기를 바란다고 했는데, 나는 그 말을 듣고 웃고 말았어. 그렇다면 내가 지금 활동하지 않는다는 말인가. 사실 그것은 내가 완두콩을 세나, 편두콩을 세나 마찬가지 아닌가? 사실, 세상의 모든 일이라는 게 덧없는 일이야. 다른 사람의 뜻에 따라 자신만의 정열도 없이, 자신만의 욕구도 없이 돈이나 명예나 기타 등등의 것을 추구하는 사람이야말로 바보란 말이지.

* * *

20 이 작품에 등장하는 공사는 베르테르의 실제 모델이 되었던 칼 빌헬름 예루살렘이 서기관으로 근무하였던 브라운슈바이크 공사관의 공사였다. 그는 1771년 베츨라어에 있는 제국법원에서 재판을 연구하기 위해 왔다가 괴테를 만난 적이 있다. 당시 독일은 수많은 작은 공국과 제후국으로 나누어져 있었기에 같은 독일어를 쓰는 나라에 공사관이 있었다.

7월 24일

내가 그림 그리는 일에 너무 빠져 있다고 진지하게 염려했지만, 나는 그 문제를 별로 언급하고 싶지 않네. 사실은 얼마 전부터 손을 놓고 있었으니 말이야.

지금처럼 내가 행복했던 적은 없었으며, 또 지금처럼 대자연이나 조그만 돌, 풀잎에 대한 감수성이 더 풍부하고 깊어진 적은 없었네. 그런데 나는 그것을 어떻게 표현해야 할지 모르겠어. 내 표현력이 너무나 약하고 내 마음에 비치는 모든 것이 모호하게 떠도는가 하면 자꾸만 흔들리기 때문에 제대로 윤곽조차 그릴 수 없는 지경이야. 그러나 점토와 밀랍이라도 있다면 무엇이든지 빚어낼 수 있을 것만 같으니 이런 상태가 계속된다면 설령 엉뚱하게 과자를 만든다고 할지라도 점토를 손에 쥐게 될 거야.

나는 벌써 로테의 초상화를 세 번이나 그리려고 했지만 모두 실패하고 말았어. 조금 전까지도 제법 일이 잘되어 갔던 만큼, 더욱 울화가 치솟네. 그래서 나는 로테의 실루엣을 그리고 그것으로 만족할 수밖에 없어.

7월 26일

그래요, 사랑하는 로테, 모든 일을 잘 돌보고 처리하겠어요. 어쨌든 더 많은 일을 부탁해 주세요. 언제든지 좋습니다. 한 가지만 부탁할게요. 다음부터 편지 쓸 때는 종이에 모래가 들어가지 않게 해주세요. 오늘 편지를 받자마자 곧바로 입술에 가져갔다가 그만 모래를 씹고 말았답니다.

7월 26일

로테를 너무 많이 만나지 않기로 이미 여러 번 마음을 먹었네. 그러나 과연 그것이 잘 지켜질지! 나는 매일 유혹에 못 이겨 스스로 하나님 앞에서 약속을 한다네. 내일 한 번이라도 가지 말고 버텨 보자고. 그러나 막상 내일이 오면 거부할 수 없는 이유가 생기고, 결심을 다시 돌아볼 겨를도 없이 어느새 그녀에게 와 있는 거야. 전날 저녁에 "내일도 오시는 거죠?" 하든가, 그렇게 말하는데 누가 안 갈 수 있겠는가? 아니면 그녀가 무슨 부탁을 해, 그러면 직접 가서 해결해 주는 게 낫다고 생각한단 말이야. 그것도 아니면 날씨가 너무 좋아, 그러면 발하임으로 가고, 그리고 거기 가면 그녀의 집까지는 반 시간밖에 걸리지 않는 거야! 로테를 만날 수 있는 분위기에 너무 가까이 있는 거지. 그냥! 로테에게 와 있어. 나의 할머니가 자석산 이야기를 들려준 적이 있어. 배가 그 산에 가까이 접근이라도 한다면 갑자기 그 배의 쇠붙이란 쇠붙이는 다 빨려 가 버리니, 못 같은 것들이 산 쪽으로 날아가 버린다네. 그래서 그 배에 탔던 사람들은 모두 허물어져 떨어지는 널빤지 조각 사이로 물에 빠진다는군.

7월 30일

알베르트가 돌아왔어. 나는 떠나야겠어. 그가 아무리 훌륭하고 품위 있는 사람이고, 또 모든 면에서 내가 그 사람보다 못하다는 것을 인정한다 해도, 내가 보는 앞에서 그런 완벽한 로테를 소유한 사람을 보는 건 견딜 수 없는 일이야. — 소유! — 이 말 한마디면 충분해, 빌헬름, 약혼자가 돌아왔어! 그는 아량 있고 친절한 사람으로서 내가 잘 대해야 하는 사람이야. 다행히 그가 오는 자리에 가지는 않았어! 만약 그 자리에 갔더라면 가슴이 찢어졌을 거야. 더구나 알베르트는 아주 예의 바른 사람이어서 내 앞에서 아직 한 번도 로테에게 키스를 한 일이 없어. 반드시 복 받을 거야! 그가 이 처녀를 존중한다는 면에서는 그를 좋아하지 않을 수 없다네. 내게 예의를 갖추는데 아마도 자신의 심성에서 나온 것이라기보다는 로테가 시킨 것이라는 생각이 들어. 사실 여자들은 그런 점에서 세련되었고, 잘하는 일이라고 봐. 자신을 좋아하는 사람 둘이 서로 예의를 갖추게 된다면 그녀한테 나쁠 게 없지. 그런 경우는 드물지만 말이야.

여하튼 알베르트에게 경의를 표하지 않을 수 없어. 여유 있는 그의 태도는 늘 겉으로 드러나는 불안한 내 성격과 뚜렷이 대비돼. 그는 감정도 풍부할뿐더러 로테의 가치를 잘 알고 있어. 그는 불쾌한 기분에 빠지는 일도 별로 없는 것 같아. 말했다시피, 불쾌한 기분에 빠지는 것이야말로 인간이 할 수 있는 가장 큰 범죄라고 생각해.

알베르트는 나를 아주 분별 있는 사람이라고 생각해. 그리고 내가 로테를 좋아하고 그녀의 행동을 볼 때마다 느끼는 기쁨이 오히려 그의 자존심을 세워줌으로써 그가 로테를 더 사랑하게 만들어. 그 친구도 간혹 질투심으로 로테를 괴롭히는지 모르겠지만 내가 알 바 아니야. 아무리 그라도 질투의 늪에서 완전히 벗어날 수 있다고 장담은 할 수 없으니 말이야.

그가 어떻게 하든 상관없어! 문제는 로테와 함께하는 기쁨이 이제 사라져 버리고 없다는 거야. 바보라고 해야 하나, 아니면 눈이 멀었다고 해야 하나? 뭐라 부르든 무슨 상관이람! 현실 자체가 모든 것을 말해 주고 있지 않나! 알베르트가 돌아오기 전부터 이렇게 되리란 걸 알고 있었어. 나는 로테에게 불손하게 해서는 안 된다는 걸 잘 알고 있었고, 또 불손하게 하지도 않았어. 다시 말해, 할 수 있는 대로 그렇게 사랑하는 마음이 끓어오르는 데도 참으려고 노력했지. 그런데 막상 그 다른 남자가 정말로 나타나 그녀를 빼앗아 가는 상황이 되니 찌푸린 얼굴에 눈만 똥그라니 뜨고 마네.

나는 이를 뿌드득 갈면서 내 비참한 모습을 비웃고 있네. 더는 어떻게 할 수 없는 일은 단념하는 게 좋겠다고 말하는 작자에게는 두 배, 세 배로 조롱을 퍼붓고 싶어. 허수아비 같은 이 작자들을 싹 쓸어버리고 말겠어. 나는 숲을 이리저리 헤집고 다니다가, 어쩌다 로테가 있는 곳에 가게 되면 가든하우스 아래 알베르트가 그녀와 함께 앉아 있는 모습을 보지. 그러면 나는 어찌해야 할지를 몰라. 제멋대로 바보 같은 행동을 하고, 익살스러운 행동을 하고, 엉뚱한 짓을 시작해. 로테가 오늘 이렇게 말했어. “제발 부탁이에요. 어제저녁 같은 행동은 제발 하지 말아 주세요! 그렇게 익살스럽게 행동하시면 덜컥 겁이 나요.” 우리끼리 하는 말이지만 나는 알베르트가 일하러 가는 시간만을 노리고 있어. 휙! 밖으로 훌쩍 빠져나가서 로테가 혼자 있는 것을 보면 나는 늘 행복하다네.

8월 8일

사랑하는 친구, 빌헬름, 제발 부탁이야. 정말 자네를 두고 한 얘기는 아니었어. 피할 수 없는 운명에 대해서는 그 운명을 따르는 것이 좋다고 말한 사람들을 싸잡아 비난했던 것 말이야. 자네가 그들과 비슷한 의견을 가졌다고는 정말 생각도 못 했네. 그러나 따지고 보면 자네 말이 옳기도 하지. 그렇지만 친구여, 하나만 말할게. 이 세상에서 이것 아니면 저것이라는 소위 양자택일의 방식으로 처리되는 일은 아주 드물잖아. 매부리코와 납작코 사이에도 수많은 다른 종류의 코가 있듯이 인간의 감정이나 행동에도 가지가지 모습들이 있는 거잖아.

그러니 내가 자네의 의견 전부를 옳다고 인정하면서도 이것 아니면 저것이라는 양자택일의 중간을 슬쩍 빠져나가려 한다고 해서 나쁘게 생각하지는 말게.

자네가 주장하는 이론은 이것이지. 로테에 대해서 희망을 걸 수 있는가, 그렇지 않은가 이 두 가지 중 하나지. 좋아! 희망이 있다면 어디까지나 희망을 버리지 말고 그 소원을 이루도록 노력하자, 그러나 만약 희망이 없다면 용기를 내서 그 모든 정력을 소모하는 비참한 감정에서 벗어나도록 최선을 다하자, 이 말이지. 친구여, 그럴듯한 말이야! 그러나 말하기는 쉬워도, 행동으로 옮기기는 어려워.

자네는 병이 서서히 악화하는 진행성 병변에 걸려 목숨이 끊임없이 좀먹어 들어가는 불행한 사람을 단도로 쿡 찔러 괴로움을 단번에 없애 버리는 것이 좋겠다는 충고를 할 수 있나? 환자의 정력을 소모하는 병변은 동시에 그 병으로부터 자신을 해방하려는 용기마저 빼앗은 것이 아닌가?

하긴 자네도 이와 비슷한 비유를 들어 반론을 제기할 수도 있겠지. 즉 우물쭈물하다가 자기 생명까지 위태롭게 하느니 차라리 한쪽 팔을 잘라내는 편이 훨씬 낫지 않는가 하고. 나도 모르겠네! 비유를 가지고 서로 옥신각신하는 것은 그만두세. 어쨌든 그래, 빌헬름, 때론 벌떡 일어나서 훌훌 털어 버리고 싶은 용기가 솟아오르는 순간이 없는 것도 아냐. 그러나 그 순간, 어디로 가야 할지를 안다면 기꺼이 그리로 갈게.

8월 8일 저녁

얼마 전부터 팽개쳐 두었던 일기장을 오늘 다시 들여다보고는 깜짝 놀랐어. 잘 알고 있으면서도 한 걸음 한 걸음 이다지도 깊숙이 발을 들여놓았어. 언제나 자기의 처지를 이렇게 똑똑히 잘 알면서도 나는 어린애처럼 어리석은 행동을 했구나! 지금도 역시 그것을 환히 잘 알고 있지만, 아직도 나아질 것 같은 희망의 빛이 전혀 보이지 않아.

8월 10일

만약 바보가 아니라면 말할 수 없이 행복한 생활을 영위할 수 있을 텐데. 한 사람의 마음을 즐겁게 해주기 위해 지금 처해 있는 내 환경만큼 모든 조건이 갖추어진 경우도 그리 흔하지 않는데. 아, 오직 마음만이 우리의 행복을 빚어낼 수 있다는 것은 틀림없는 사실이야.

아주 사랑스러운 집안의 일원이 되어, 그 집 노인네로부터는 친아들처럼 사랑받고 아이들로부터는 마치 아버지와도 같이 환영받고 로테에게서까지도! 또한 성실한 알베르트, 그는 훌륭한 사람이어서 변덕이나 짓궂은 행동으로 나의 행복을 방해하지 않아. 그는 진심으로 따뜻한 우정을 가지고 감싸줄 뿐만 아니라 나를 이 세상에서 로테 다음으로 가장 사랑할 만한 사람으로 여기고 있어! 빌헬름! 그와 내가 산책하면서 로테에 관해 나눈 이야기를 누가 옆에서 듣는다면 웃음을 참지 못할 거야. 이 세상에서 우리 세 사람의 관계처럼 우스꽝스러운 것도 없을 거야. 그렇지만 나는 그 때문에 또한 여러 번 눈물을 흘리고 말았어.

알베르트가 로테의 고지식한 어머니에 관한 이야기를 들려주었네. 로테의 어머니는 임종 자리에서 집안일과 아이들을 로테에게 부탁하고 로테는 알베르트에게 부탁했다고 하네. 그때부터 로테의 마음가짐은 완전히 달라졌고 활기를 띠기 시작했으며 정말 어머니처럼 열성으로 집안일을 걱정하고 돌보게 되었다는 거야. 잠시도 시간을 헛되이 보내지 않고 늘 애정을 가지고 일에 정성을 다했다고 해. 그러면서도 쾌활한 성격과 명랑한 기분을 잃은 적이 한 번도 없었다고 해. 나는 이런 이야기를 들으면서 알베르트와 나란히 걸었네. 그리고 길가의 꽃을 꺾어서는 공을 들여 아주 예쁘게 꽃다발을 엮은 다음, 옆으로 흘러가는 냇물에 던지고 그것이 물결을 따라 조용히 흘러가는 것을 바라보았어. 자네에게 이미 말했는지 모르겠으나 알베르트는 이곳에 머물 것이며 궁정으로부터 수입이 상당한 관직을 얻게 될 것 같아. 궁정에서의 평판이 좋다고 하네. 모든 일에 있어서 착실하고 부지런한 그를 따를 만한 사람을 아직 만나본 일이 없어.

8월 12일

그러고말고. 알베르트는 하늘 아래 가장 훌륭한 사람이야. 어제 그 사람과 대화하면서 특별한 일을 겪었네. 작별을 고하기 위해 그를 찾아갔지. 순간 말을 타고 산속으로 가고 싶은 마음이 발동했어. 이 편지도 지금 그곳에서 쓰고 있네. 알베르트의 방안을 이리저리 거닐다가 그의 권총 몇 자루가 눈에 들어왔어. "저 권총들 좀 빌려주게." 내가 말했지. "여행하는 데 필요해서.", "원한다면야." 그가 대답했어. "다만 총알을 장전하는 것은 자네가 직접 해야 해. 나는 총을 장전하지 않고 형식적으로 걸어 둔다네." 나는 벽에 걸려 있던 총 한 자루를 집어 내렸네. 알베르트가 이어서 이렇게 말했어. "조심한다는 것이 전에 끔찍한 실수로 이어진 후, 나는 이 물건에 손도 대지 않네." 나는 그 일이 궁금해졌지. 그러자 그가 이렇게 말했어. "한 석 달 정도 시골에 사는 친구 집에 머문 적이 있었네. 그때 총알을 장전하지 않은 권총을 두 자루씩 두고 잠을 잤어. 비가 내리던 어느 날 오후, 별로 할 일 없이 앉아 있었는데, 왜 그런 생각이 들었는지는 모르지만, 혹시 강도가 들어올지 모르겠다, 어쩌면 총이 필요할지도 모른다, 그런 생각이 들었어. — 그런 느낌이 어떤 건지 자네도 알겠지. — 그래서 나는 총을 하인에게 내주고 손질한 뒤에 총알을 장전해 두라고 했네. 그런데 이 사람이 하녀들과 장난치다가 그 아이들을 놀라게 하려 했나 봐. 어떻게 그런 일이 벌어졌는지 모르겠지만, 총이 장전용 꽂을대를 꽂은 채 발사되어 버려서 어떤 여자아이의 오른손 엄지에 맞았다네. 총알이 깊숙이 박혀서 손가락은 으스러져 버렸어. 울고불고 원망하는 바람에 나중에 치료비까지 물어주었다니까. 그 후 어떤 총이든지 총알을 장전해 두지 않는다네. 좋은 친구야, 조심한다는 게 대체 뭔가? 위험이라는 건 언제나 따르는 법이야. 비록…….” 자네도 알다시피 알베르트가 이 “비록”이라는 말을 꺼내기 전까지는 다 좋았어. 모든 일반 명제는 예외가 있게 마련이라는 게 자명하지 않은가? 그런데 이 사람은 이렇게 자신을 정당화한단 말이야. 어떤 성급한 말이나 일반적인 이야기 또는 확실치 않은 것을 입 밖에 냈다고 생각할 때는 항상 그 내용에 한계를 짓고, 말을 돌리고 첨삭하기를 그치지 않아. 그래서 결국 무슨 말을 하려고 했는지 알 수가 없게 돼. 이번 경우에도 그는 진지하게 사건에 개입해. 하지만 결국 그의 이야기를 듣지 않고 엉뚱한 생각에 빠져. 그리하여 재빠른 동작으로 내 오른쪽 눈 위의 이마에다 총구를 갖다 댔어. “무슨 짓인가!” 알베르트는 소리치며 총을 잡아채더군. “뭐 하는 짓인가?” “아니 총알이 들어 있지 않다면서?” 하고 내가 말했지. “총알이 들어있지 않다고 하더라도 뭐 하는 짓인가?” 그는 화를 내며 대꾸했어. “인간이 자살할 만큼 어리석은 짓을 할 수 있다고는 상상이 안 되네. 생각만 해도 역겨워.”

“당신들 같은 족속은!” 나도 소리쳤다네. “어떤 이야기를 할 때, 그것은 어리석다, 그것은 똑똑하다, 그것은 좋다, 그것은 나쁘다, 하고 말하는데 대체 그게 무슨 의미인가? 그렇게 말한다고 당신들이 어떤 사람의 행동의 내적 동기를 모두 다 안단 말인가? 당신들이 그 일이 어떻게 일어났는지, 왜 그 일이 일어날 수밖에 없었는지, 분명하게 그 원인을 안단 말인가? 만약 그런 과정을 거쳤다면, 그렇게 성급한 판단을 내리지는 않았을 거야.”

“우선 내 말을 들어보게.” 하고 알베르트는 말했어. “특정한 행동은 그것이 어떤 동기에서 나왔든지 나쁜 행동임이 틀림없다는 데 동의하겠지."

나는 어깨를 으쓱하긴 했으나 일단 그 말에 동의했네. "하지만 친구," 나는 말을 이어갔어. "그 경우에도 예외는 있지. 물론 절도가 나쁜 짓이라는 것은 분명해. 하지만 자신과 자신의 가족에게 닥친 굶주림에서 벗어나기 위해 도둑질을 할 경우, 그가 동정을 받아야 할까 아니면 벌을 받아야 할까? 정당한 분노에서 부정한 아내와 그 뻔뻔한 유혹자를 죽인 남편에게 누가 돌을 던지겠나? 사랑의 기쁨을 나누는 순간에 억제할 수 없는 쾌감으로 몸을 주어 버린 처녀에게 그 누가 돌을 던지겠나? 우리가 지키는 법이라도, 냉혈한 같은 학자들이라도 이런 일을 보면 감동이 되어 그들에 대한 처벌을 유예하겠지."

"그건 전혀 다른 이야기지." 하고 알베르트가 대답했어. "자신의 격정에 사로잡혀, 판단 능력을 잃은 사람이란 술에 취한 사람이나 광인으로밖에 볼 수 없어."

"아, 당신들 이성적인 사람들!" 하고 나는 웃으며 소리쳤지. "정열! 취함! 광기! 너희는 그것들과 침착하게 거리를 두고 있으니 덕성 있는 자라 해야겠군. 술에 취한 자를 꾸짖고, 미친 사람을 배격하며, 마치 죽은 사람을 두고 그냥 지나치는 제사장[21] 같은 사람, 이런 자 중 하나가 아니라고 하나님께 감사하는 바리새인 같은 사람들이지. 나는 최소한 한 번 이상 술에 취해 본 적이 있네. 그때의 내 정열은 광

* * *

21 누가복음 10장 25절에서 42절에 있는 선한 사마리아인의 비유이다. 강도를 만나 죽어가는 사람을 보고 제사장도 피하여 지나가고, 레위인도 그 사람을 보고 피하여 지나간다. 그런데 어떤 사마리아인은 그를 보고 불쌍히 여겨 가까이 가서 기름과 포도주를 그 강도 만난 사람의 상처에 붓고 싸매며 그를 돌보아 주었다.

인과 별다르지 않았어. 내가 그 둘 중 어느 것이라 해도 후회하지 않아. 사람들이 어떤 위대한 일이나 불가능한 일을 해낸 비범한 인물을 왜 예로부터 주정뱅이나 광인이라고 손가락질하는지 나름대로 이해했기 때문이지.

그러나 평범한 삶에서도 그렇게 말하는 것은 참을 수 없네. 어떤 사람이 자유롭고 고상하고 훌륭한 일을 할 때면 이렇게 외치곤 하지. '저 친구 술주정뱅이야, 저 작자 미친놈이야.' 창피한 줄 알게나, 당신들 소위 이성 있다는 사람들아! 수치스럽게 생각하라고, 당신들 지식인이란 자들아!"

"그것 역시 자네의 망상에서 나온 소리네." 알베르트는 말을 했어. "자네는 모든 것을 확대해석하고 있어. 적어도 우리가 토론하고 있는 자살을 위대한 행위에 비유하는 것은 옳지 않아. 자살이란 나약함 그 이상이라고 보기 힘들어. 고통스러운 삶을 견디는 것보다 죽는 것이 당연히 더 쉬운 법이니까."

금방 대화를 끊어 버리고 싶었어. 온 마음을 다해 말하고 있는데, 다른 한 사람이 의미 없는 뻔한 말로 떠들어대는 것만큼이나 논쟁이 황당하게 진행되는 법은 없으니 말이야. 하지만 그런 이야기를 자주 들었고, 또 자주 그에 대해 화가 난 적도 있던 터라 마음을 가다듬고 약간 음성을 높여 이렇게 응수했어. "그게 나약함이라고? 제발 부탁인데 겉모습에 현혹되지 않기를 바라네. 폭군의 압제로 인하여 한숨짓던 백성이 마침내 격앙되어 그 속박의 사슬을 끊는 것도 나약함이라고 할 건가? 자기 집에 불이 붙은 것을 보고 놀란 나머지 온몸에 무서운 힘이 생겨 보통 때 같으면 움직이지도 못할 짐을 가볍게 옮기는 사람, 모욕을 당하자 분통이 터져 여섯 명과 상대해 그들을 제

압한 사람, 그런 사람을 나약하다고 말하겠는가? 그리고 친구야, 노력을 강점이라면서 어찌하여 확대해석이 그 반대라는 건가?" 알베르트는 내 얼굴을 바라보고는 이렇게 말하더군. "내 말을 기분 나쁘게 듣지 말게. 지금 자네가 든 사례는 우리의 대화와는 아무런 상관이 없어." — "그럴 수도 있지." 내가 말했어. "자네가 나의 비유를 종종 쓸데없는 소리라고 비난하는데, 자네는 늘 하는 것과는 다른 방식으로 생각할 수 없는가 보네. 이건 마치 사람들이 그렇지 않으면 즐거웠어야 할 인생의 짐을 내던지기로 마음먹는 것 같은 경우라네. 사실 우리는 공감할 때만 어떤 일에 대해 말할 자격이 있어."

"인간의 본성에는 한계가 있어." 나는 이야기를 계속했어. "기쁨, 슬픔, 상처를 견디는 데 한계가 있지. 그 한계를 넘어서면 파멸하고 말아. 그러므로 이 경우 그것이 강하다, 약하다 하는 문제가 아니라, 정신적인 일이건 육체적인 일이건 그가 받은 슬픔의 정도를 어떻게 견뎌내는가 하는 문제라네. 그래서 나는 목숨을 스스로 끊는 사람을 비겁하다고 부르는 것은 마치 극심한 열병에 걸려 죽는 사람을 비겁한 자라 부르는 것과 마찬가지라 생각해."

"그건 모순된 말이야! 아주 모순된 말이라고!" 하고 알베르트가 소리치더군. — "자네가 생각하는 것처럼 그렇게 심한 정도는 아니야." 내가 이렇게 응수했지. "자네가 인정하겠지만 이것을 우리는 죽음에 이르는 병이라고 하네. 이 병에 걸리면 우리의 본성은 공격을 받아, 한편 기력이 쇠잔하기도 하고, 다른 한편 기력이 제대로 기능을 발휘하지 못하기도 하지. 그리하여 결국 그 본성은 다시 회복할 수 없는 상태가 되어 어떤 획기적인 치료를 한다고 해도 일상적 순환 작용을 제대로 하질 못한다고.

자, 친구야, 이것을 그대로 정신에 적용해 보자. 인간의 마음이 점점 좁아지는 경우를 생각해 보자고. 우선 그에게 여러 가지 감정이 영향을 미치고, 관념들이 그의 마음속에 고착되어 결국에 가서는 점점 커지는 격정들이 평온한 감각적 힘을 온통 빼앗아 그를 파멸하고 말지 않나.

차분하고 이성적인 인간이 이런 병든 사람의 상태를 위에서 내려다보는 것은 아무런 도움이 되지 않아. 게다가 어떻게 좀 해보라고 충고한들 무슨 소용이 있겠냐고! 환자의 병상을 지키는 건강한 사람과 마찬가지지. 그가 온 힘을 다해 봤자 환자에게 조금의 힘도 넣어줄 수 없어."

알베르트는 이 이야기를 너무나 일반론적으로 듣고 있더군. 그래서 나는 얼마 전에 물에 빠져 죽은 어떤 소녀의 일을 알베르트가 기억하는지 물어보았고, 그 이야기를 다시 들려주었어. "아주 착하고 얌전한 아이였네. 집안 살림과 매주 정해진 일만 하면서 자라난 아이였지. 즐길 것이라고는 그저 일요일에 한푼 두푼 모아 장만해 둔 옷을 입고서 또래 아이들과 교외로 소풍 간다든지, 큰 축제가 있을 때마다 한 번 춤추러 간다든지, 싸웠다는 얘기가 있으면 무엇 때문에 싸웠는지 그 이유에 대해 몇 시간이나 몰입하여 열을 내거나, 그 외에 이웃 여자와 몇 시간씩 남의 뒷담화를 하는 것이 고작이었네. 그런데 정열적인 성격의 소녀는 내적인 갈망을 느꼈고, 청년들이 추파를 던지자 점점 그 갈망은 커졌다네. 그래서 그때까지의 즐거움이 차츰 시들해질 무렵, 남자 하나를 알게 되었어. 전에 느끼지 못했던 이상한 감정에 사로잡혀 마침내 자기의 희망을 그 남자에게 걸게 되었고. 이제 그 소녀는 주변 세상을 완전히 잊어버리고 그 남자의 목소리밖에 듣는 것이 없고 그의 모습밖에는 보이는 것이 없게 된 거야. 오직 그 사람 하나만을 느끼고 오직 그 남자만을 바라보게 된 거지. 일시적인 허영심에서 나온 헛된 유흥에 물들지 않았기 때문에 그녀의 갈망은 오롯이 그의 아내가 되리라는 목표만을 향해 있었다네. 그리하여 그와 영원한 가약을 맺고 지금까지 맛보지 못하였던 모든 기쁨을 누리며, 동경의 대상이 되었던 모든 기쁨을 모조리 맛보려고 했지. 그녀의 모든 희망에 확신을 주는 거듭된 맹세와 욕구를 더욱 끓어오르게 했던 대담한 애정 행위는 그녀의 마음을 완전히 사로잡고 말았어. 의식은 고착되고, 다가올 모든 행복을 예감하면서 그녀의 마음은 최고의 흥분 상태에 도달했어. 드디어 그녀는 두 팔을 쑥 뻗어 자신의 모든 소원을 잡으려 했고. 그 순간 그 애인이 그녀를 버렸다네. 어안이 벙벙하고 넋을 잃은 그녀는 절벽 위에 설 수밖에 없었어. 그녀의 주변은 온통 어둠에 덮여 있고, 희망도 없고, 위안도 없고 아무런 생각도 없었지! 자기의 분신처럼 느꼈던 남자가 자신을 버렸으니. 그녀는 자신 앞에 놓인 넓은 세상도, 상실한 것을 보상해 줄지도 모를 많은 남자도 생각하지 못하고, 세상에서 버림받았다 느끼고 외롭다고 느꼈지. 그리고 그녀의 가슴이 부르짖는 끔찍한 위기에 내몰려 그냥 절벽에서 뛰어내렸다네. 이제 그녀는 사방에 드리워진 죽음의 공포 속에서 자신의 모든 고통을 없앨 수 있었다네. 알베르트, 보게, 이것이 수많은 사람의 사연이란 말일세! 그리고 말해 보게. 병이 든 경우도 마찬가지 아닐까? 인간의 본성을 혼란스럽고 모순적인 힘들이 만든 미궁에서 빠져나갈 출구를 찾지 못하면, 그 인간에게는 죽는 길밖에 없지.

이것을 그저 바라만 보고 '어리석은 여자여! 좀 기다렸다가 시간이 약이 되어, 절망이 어느 정도 가라앉으면 반드시 다른 남자가 나타나 그녀를 위로해 주었을 텐데'라고 말하는 자들이 있다면 저주받을 거야. 이것은 마치 어떤 사람이 이렇게 말하는 거나 다름없어. '이 바보가 열병에 죽다니! 체력이 회복되고 원기가 좀 생겨서 혈액 막힘이 가라앉을 때까지 기다렸다면, 모든 게 잘 되고 오늘날까지 살아 있었을 텐데!' 하고 말이네."

알베르트는 이런 비유가 쉽게 와 닿지 않는다는 듯, 아직도 몇 번의 반론을 폈어. 그는 이런 말을 했어. 내가 이야기한 것이 단순한 소녀 이야기에 지나지 않는다고. 마음이 그렇게 좁지 않고 상황을 좀 더 넓게 볼 수 있고, 타인을 용서할 수 있는 지성을 가진 사람도 과연 그럴까, 자기로서는 알 수 없다고 말하더군. "친구야," 하고 내가 소리쳤지. "인간은 인간일 뿐이야. 그가 가지고 있을 약간의 지성이 큰 영향을 미치지 못해. 정열이 끓어오르고 인간성의 한계가 자기 몸에 닥쳐 보라고. 오히려, 그 이야기는 다음에……." 그렇게 말하고 나는 모자를 집어 들었어. 아, 내 가슴은 아주 답답해. 우리는 서로를 이해하지 못한 채 헤어졌어. 이 세상에서 다른 사람의 마음을 이해하는 게 쉽지 않은 이유는 무엇일까!

8월 15일

사랑만큼 인간에게 꼭 필요한 것도 없네. 로테는 나를 잃기를 원하지 않는 것 같아. 로테의 동생들도 내가 아침마다 다시 오길 기대하고 있지. 오늘 클라비코드를 조율해 주기 위해 로테에게 갔지만 조율은 못 했어. 아이들이 졸졸 따라다니며 이야기를 들려달라고 했고, 로테도 아이들의 소원을 들어주라고 했기 때문이야. 아이들에게 저녁 빵을 잘라주었는데, 아이들은 이제 로테에게서 빵을 받아먹듯이 내게서도 기꺼이 빵을 받아먹더군. 그래서 나는 수많은 손이 나와 시중을 받는 하얀 고양이 공주님 이야기를 들려주었어. 이야기를 들려주면서 나도 많이 배웠어. 이야기를 듣고 아이들이 감동하기에 정말 놀랐어. 이야기를 반복할 때 먼젓번 이야기를 잊어버려서 적당히 꾸며 연결하게 되는 지점이 있는데, 아이들은 대뜸 전에 이야기할 때는 그러지 않았다고 말하지. 그래서 나는 지금 노래할 때의 음조로 이야기하면서 실수를 넘어서 먼젓번과 조금도 다르지 않게 암송하는 연습을 하고 있어. 내가 배운 점은 작가들이 자기 작품의 제2판, 개정판을 내어놓는 경우, 정녕 다음 작품이 기교적으로는 훨씬 나아졌다고 하더라도 원작품을 해치는 결과를 가져온다는 사실이야. 첫인상은 우리를 쉽게 빠져들게 해. 인간은 원래 모험적인 일을 쉽사리 받아들이도록 만들어졌나 봐. 다만 일단 그 인상을 그대로 받아들이고 나면 고정이 되는가 봐. 그리고 그것을 고치거나 없애려고 하는 자에게는 저주가 퍼부어지는 거지.

8월 18일

인간을 행복하게 하는 것은 다시 불행의 원천이 된다는 것이 과연 사실일까?

살아 있는 자연을 바라보면서 내 가슴에 생겨나는 풍부하고도 따뜻한 감정은 풍성한 환희 속에서 살게 하고 주변 세계를 천국으로 만들어 주었지만, 이제는 그것이 내게 참을 수 없는 존재가 되어 어디든 나를 따라다니고 있다네. 예전에 내가 강 옆의 절벽과 강을 건너 저쪽 낮은 산에 이르기까지 온갖 것들로 풍성한 골짜기를 내려다보고, 나를 둘러싼 모든 것이 싹트고 샘솟는 것을 보았을 때, 멀리 있는 산들이 기슭에서 봉우리에 이르기까지 크고도 빽빽한 나무들로 뒤덮여 있고, 저 골짜기들은 갖가지 모양의 아름다운 나무들의 자태가 이루는 굽이굽이 그늘로 덮여 있었을 때, 속삭이는 갈대 사이로 부드러운 냇물은 미끄러지듯 흐르고 훈훈한 저녁 바람이 하늘에 몰아 온 아름다운 구름을 비출 때, 그리고 내 주위에서 새들이 숲을 살아 있게 만들고, 모기떼들이 빨갛게 물든 저녁놀 속에서 힘차게 춤을 추며, 새들의 날카로운 시선은 울고 있는 딱정벌레들을 풀 속으로 도망가게 했을 때, 내 주위의 잉잉거리는 소리와 와글거리는 소리가 나서 내가 땅을 살펴보았을 때, 바로 내가 걸터앉은 딱딱한 바위에서 양분을 빨아올리는 이끼, 메마른 모래 언덕의 비탈에서 자라는 관목이 본성의 내부에서 불타는 성스러운 생명을 드러내 보여 주었을 때, 나는 이 모든 것을 뜨거운 심장 속으로 끌어안고, 넘쳐흐르는 그 충만함 속에서 내 몸이 마치 신이 된 듯 무한한 세계의 장려한 모습이 내 마음속에 약동하는 생기를 불어넣어 주었었네. 기괴한 산들이 내 주위를 둘러싸고 있고, 심연들이 내 눈앞에 펼쳐져 있고, 폭우가 내린 냇물은 폭포수처럼 쏟아지고, 강물들이 저 아래 흘러가고, 숲과 산은 소리를 울리고 있었어. 나는 이 모든 알 수 없는 힘들이 서로 어울려 땅속 깊은 곳까지 영향을 미치고 창조하는 것을 보고 있었지. 그리고 땅 위에서, 하늘 아래서 수많은 피조물의 종種들이

웅성거리고 있어. 모든 종이 수많은 형상으로 거기 기거하고 있다네. 그리고 인간들은 작은 집을 지어 그곳에 안주하고 있어. 그들 나름대로는 넓은 세계를 지배하고 있다고 생각하는 것 같아! 가련한 바보 같으니라고! 너희 자체가 작은 탓에 모든 것을 하찮은 것으로 생각하다니. 그러나 영원한 창조주의 영은 범접할 수 없는 산들로부터 이제까지 그 누구도 가 보지 못한 황야를 넘어 미지의 대양 끝까지 이른다네. 그리하여 그 창조주의 영은 그를 느끼고 살아가는 티끌에 이르기까지 기뻐하고 있어. 아, 그때 내 머리 위를 날아가는 학의 날개를 빌려서 망망대해의 기슭까지 날아가기를 얼마나 동경했던가. 그리고 그 무한자의 거품 이는 술잔에서 용솟음치는 생명의 환희를 마시고, 일순간이나마 내 가슴의 미약한 힘으로 그 존재의 축복을 받은 한 방울의 술이라도 맛보았으면 하고 얼마나 바랐던가!

형제여, 그때의 기억만이 나를 행복하게 해주고 있어. 그때의 말로 표현할 수 없는 감정을 다시 불러내어 그 감정을 다시 표현하는 것만으로도 내 마음은 고양되지. 그리고 지금 나를 에워싸고 있는 상황에 대한 근심을 한층 더 절실하게 만들어.

내 마음을 가리고 있던 커튼이 걷히고, 무한한 생명의 무대가 내 앞에서 영원히 입을 벌린 묘지의 지옥으로 변하고 말았다네. 자네는 이것이 존재한다고 보나? 모든 것이 덧없이 사라지는데? 만물은 번갯불처럼 빠르게 지나가 버리며, 그 존재의 온 힘이 지속하는 일은 극히 드물어. 아! 거센 물결에 쓸려 들어가 바닥에 가라앉고, 바위에 부닥쳐 부서져. 자신과 주위에 있는 사람들을 매 순간 사멸시키고, 우리가 파괴자가 아니거나 파괴자가 아니라고 말할 수 있는 순간이란 하나도 없지. 지극히 당연한 산책조차, 수많은 불쌍한 벌레의 삶을 희생시키고 있다고. 발을 한 발만 내디뎌도 개미들이 애써 지은 집을 짓이겨 버리고, 하나의 작은 세계를 형편없는 무덤으로 만들고 말아. 하! 이 세상에서 가끔 일어나는 큰 기근, 마을을 쓸어 버리는 홍수나 도시를 삼켜 버리는 지진 따위가 내 마음을 두렵게 하는 것이 아니네. 내 마음을 허물어뜨리는 것은 오히려 대자연 속에 숨어 있는 그 침식의 힘이지. 그 침식의 힘이, 이웃을 파괴하지도 자신을 파괴하지 않는 그 허무를 만들었거든. 나는 불안에 싸여 비틀거려. 나는 하늘과 땅과 그곳에서 작용하는 온갖 힘에 둘러싸여 있어. 내가 보는 것이라곤 영원히 집어삼키고 영원히 되새김질하는 괴물뿐이야.

8월 21일

격렬한 꿈을 꾸다가 아침에 깨어나면 비몽사몽간에 팔을 뻗어 그녀를 잡으려 해. 밤에는 침대에서 그녀와 사랑을 나누는 꿈이나 순수한 꿈을 꾸면서 그녀를 찾아다니곤 하지. 그 꿈속에서 나는 잔디밭에 있는 그녀 옆에 앉아 손을 잡고 그 손 위에다 수천 번의 키스를 퍼붓곤 한다네. 아, 그리하여 아직 잠이 덜 깬 몽롱한 상태에서 그녀를 잡으려 하다가, 마침내 정신을 차리면 답답한 가슴에서 눈물이 쏟아져. 암담한 미래에 그저 하염없는 눈물만 나온다.

8월 22일

빌헬름, 내 활동적 힘이 불안한 방종으로 변하는 것 같아. 하릴없이 지낼 수도 없고 그렇다고 무슨 일을 하고 싶지도 않아. 사고하는 능력도 떨어지고 자연을 느끼는 감정도 사라졌어. 그리고 책은 보기만 해도 역겨워. 자신을 잃으면 모든 것을 잃고 마는 거지. 자네에게 솔직하게 말하지만, 정말로 일일 노동자나 되었으면 하고 생각할 때가 많았어. 그러면 적어도 아침에 잠에서 깨어날 때마다 그날 하루 무엇을 할지, 무엇을 하고 싶은지 생각하고 무엇을 기대해 볼 수는 있기 때문이지. 알베르트가 부럽다. 서류 더미가 귀밑까지 쌓여 있는 것을 보면 내가 그라면 얼마나 좋을까 하고 상상해 본다네! 벌써 몇 번 그런 생각이 떠올라서 자네와 장관에게 편지를 써서 공사관에 갈까도 생각했어. 자네의 생각도 그렇지만 그 자리 정도는 거절당하는 일이 없을 것이라고 믿고 있어. 오래전부터 장관은 나를 신임하고 있고 내가 어떤 일을 맡아주기를 권유하고 있는 터였어. 그래서 나도 한때는 그럴까 생각했어. 그러나 이제야 그것을 다시 생각해 보니, 갑자기 저 우화 속의 말이 떠올라. 자유로운 몸에 싫증이 난 말이 안장과 마구를 얹어달라고 하여, 결국은 사람을 태우고 지나친 혹사를 당했다는 저 우화 말이야. — 어떻게 하면 좋을지 모르겠네. — 사랑하는 친구여! 내 마음속에 일어나는 상황의 변화에 대한 갈망은 아마도 불유쾌한 마음의 초조감이고, 그것은 내가 어디로 가든지 나를 따라다니겠지?

8월 28일

만약 내 병을 낫게 할 수 있는 자가 있다면, 그 일을 할 수 있는 사람은 바로 이들일 것임은 분명해. 오늘은 내 생일이어서, 아침 일찍 알베르트에게서 소포 하나를 받았네. 소포를 뜯자 분홍색 띠 하나가 눈에 띄었어. 그 띠는 내가 로테를 처음 만났을 때 그녀가 가슴에 달고 있었던 것인데, 그 후 나는 그것을 줄 수 없냐고 몇 번 말했었어. 소포에는 그 밖에도 사륙판의 비교적 작은 책이 두 권 들어 있었어. 그것은 베트슈타인 판의 작은 호메로스의 작품이었어. 산책할 때 무거운 에르네스티 판을 갖고 다니기가 불편해서 내가 오랫동안 갖고 싶었던 것이야. 이것 좀 봐! 이처럼 그들은 내가 원하는 것을 미리 알고 이런 사소한 것에서도 우정의 표시를 하고 있으니 말이야. 이것은 주는 사람의 허영심에 굴욕감을 느끼게 하는 저 화려한 선물보다도 몇천 배나 값진 것이야. 나는 이 띠에다 수없이 많은 키스를 하고 있어. 그리고 숨을 쉴 때마다 저 축복의 날들을 회상해. 그 짧고, 행복했던, 다시 돌이킬 수 없는 날들로 가득한 그 축복의 날들 말이야. 빌헬름, 상황이 이래. 그러나 불평하지는 않네. 만개한 꽃 같은 인생이란 그저 환상일 뿐이야! 얼마나 많은 꽃이 흔적조차 남기지 않고 사라지고 마는가! 그중에 열매를 맺는 것은 또 얼마나 적단 말인가! 그리고 그 열매가 충실히 익는 것은 또 얼마나 적은가! 하지만 그런 것이 있기는 하지 않은가. 나의 형제여! 그런데도 우리는 익은 열매를 돌아보지 않고 경멸하고, 맛도 보지 않은 채 버릴 수 있는가?

잘 살게! 정말 멋진 여름이야. 나는 자주 로테의 과수원에서 기다란 장대를 들고 나무에 올라앉아 꼭대기에 달린 배를 딴다네. 로테는 나무 아래 서서 내가 따서 내려주는 열매를 받고 있어.

8월 30일

불행한 자여! 진정 바보가 아닌가? 자신을 속이고 있는 자여! 이렇게 미쳐 날뛰는 너의 끝없는 정열로 어쩌자는 것인가? 나는 이제 기도라곤 그녀에게 바치는 기도밖에 모른다네. 나의 상상력 속에 떠오르는 모습은 오직 그녀의 자태뿐이야. 주변 세계의 모든 것은 오직 그녀와 비교해서만 볼 수 있어. 그리고 이것은 나에게 더없이 행복한 시간이지. 내가 다시 그녀의 상상을 끊을 때까지! 아, 빌헬름! 왜 나의 가슴은 뛰고 있는 걸까! 그녀 옆에 두 시간이고 세 시간이고 앉아 있노라면, 그녀의 자태와 행동, 그녀가 하는 말의 멋진 표현에 빠져들어 점점 더 내 모든 감각이 집중하고 눈은 흐릿해지며 귀까지 들리지 않게 되어 마치 살인자에게 목이 졸리는 듯 숨이 막혀. 그러면 나의 심장은 거칠게 뛰어. 옥죄어 오는 가슴에 숨을 돌리려 하면 할수록 감각은 더 혼란스러워질 뿐이야. — 빌헬름, 나는 가끔 내가 이 세상 사람인가 하는 의문이 들어! — 그리고 때로는 슬픔이 나를 엄습해. 나를 위로하다가 로테가 자신의 손에 나의 답답함을 털어놓게 해 주지 않으면, 나는 뛰쳐나갈 수밖에 없어. 밖으로 나가서 넓은 들판을 돌아다닐 수밖에. 그럴 때는 가파른 산을 기어 올라가는 것이 나의 기쁨이야. 길 없는 숲으로 길을 내고, 나를 찌르는 덤불을 지나 나를 찌르는 가시를 지나서 말이야. 그러면 기분이 좀 나아져! 약간은 말이야! 피곤하고 목이 말라서 가끔 도중에 누워 쉴 때는, 때로는 한밤중에, 머리 위 높이 둥근 달이 뜨면, 한적한 숲에서 꼬불꼬불 자란 나무 위에 걸터앉아 상처투성이가 된 발바닥을 잠시나마 쉬게 하고, 지친 몸으로 어스름한 달빛 속에 잠이 들어 버리면! 오, 빌헬름! 조그만 방의 외로운 은거지, 강모로 된 수도사의 옷, 가시 돋친 허리띠야말로 내 마음이 간절히 바라는 청량제야. 잘 있게! 이 비참함의 끝은 무덤밖에 없다는 생각이 든다.

9월 3일

떠나야겠어! 빌헬름, 고마워, 내 흔들리는 결심을 굳혀준 것을 말이야. 벌써 2주일 전부터 그녀 곁을 떠나야겠다는 생각을 품고 있었네. 떠나야겠어. 그녀는 다시 시내의 그 아픈 부인 집에 가 있네. 그리고 알베르트는……. 그래, 나는 떠나야겠어!

9월 10일

정말로 특별한 밤이었어! 빌헬름! 이제 모든 것을 극복했네. 이제 그녀를 다시 보지 않겠어! 오, 그대의 목에 매달려 마음껏 눈물을 흘리고 기쁨을 표현할 수 없으니! 친구여, 이 가슴에 밀려오는 감정을 맘껏 털어 놓지 못하다니! 여기 이렇게 앉아서 가쁘게 숨을 몰아쉬며 마음을 가라앉히려고 노력하며, 아침이 오기를 기다리고 있어. 해가 뜰 때 떠날 마차를 준비해 두었어.

아, 로테는 잠들어 있고 나를 다시 만나지 못한다는 것은 생각도 못 하겠지. 어제 과감히 그녀를 떠났어. 용기 있게 말이야. 마음을 단단히 먹고, 두 시간 동안 이야기하는 사이에도 내 의도를 알아채지 못하도록 했어. 정말이지 마음 아픈 대화였네.

알베르트는 저녁 식사가 끝나는 대로 곧장 로테와 함께 정원으로 나오겠다고 약속했어. 나는 테라스로 나가 키 큰 밤나무 아래서 서성거리며, 마지막으로 정든 계곡을 넘어, 조용히 흐르는 강 너머로 떨어지는 해를 보았어. 벌써 몇 번이나 그녀와 함께 여기 서서 이 장엄한 광경을 바라보았는데, 그렇게 좋아하던 길을 이리저리 거닐었어. 로테를 알기 전부터 어떤 신비롭고 마음을 끄는 매력이 나를 이곳에 자주 멈추게 했지. 그리고 우리가 서로 알게 된 초기에 우연히 모두 이곳을 좋아한다는 것을 알고는 참 기뻐했지. 사실 이곳은 내가 예술에 대한 눈을 뜬 이후 보았던 가장 낭만적인 곳인 것 같아.

밤나무 사이로 전망이 훤하게 트여 있어. — 아, 생각해보니, 벌써 몇 번이고 그렇다고 자네에게 써 보낸 일이 있군. — 커다란 너도밤나무들은 마치 벽처럼 주위를 빙 둘러싸고, 그것과 잇닿은 수풀 때문에 길들은 점점 어두워지고, 마침내는 사방이 폐쇄된 조그만 공터로 끝나는데, 그곳은 소름 끼칠 만큼 정적이 감도는 장소야. 내가 한낮에 처음 이곳에 발을 들여놓았을 때, 얼마나 신비로운 느낌에 사로잡혔는지, 지금도 그때의 느낌이 있어. 장차 이곳이 나에게 어떠한 행복과 고통의 장이 될 것인지, 나는 조용한 계시를 들었던 거야.

나는 삼십 분가량 이별과 재회의 안타깝고 달콤한 생각에 젖어 있었어. 그때 두 사람이 테라스를 올라오는 소리가 들려왔어. 나는 그들을 향해 뛰어가 전율을 느끼며 그녀의 손을 잡고 그 손에 키스했네. 우리는 곧바로 맨 위까지 올라가자 마침 풀숲 언덕 뒤에서 달이 떠올랐어. 우리는 갖가지 이야기를 나눴는데, 어느새 그 어두컴컴한 가든하우스까지 갔어. 로테는 그 안으로 들어가서 앉았고 알베르트는 그녀 옆에 앉았고, 나도 앉았어. 나는 불안해서 오랫동안 앉아 있을 수 없었기에 일어서서 그녀 옆에 다가가기도 하고, 또 이리저리 거닐다가 다시 앉기도 했어. 마음이 불안한 상태였어. 로테는 너도밤나무 끝에 걸려 우리 앞의 테라스를 환하게 비추는 아름다운 달빛을 가리키며 우리의 관심을 끌었어. 그것은 정말 멋있는 광경이었네. 우리 주변에는 짙은 어둠이 깔려 있기에 더욱 멋있었지. 우리는 서로 말이 없었어. 한참 만에 로테가 입을 열었어. "저는 달밤에 산책하지 않아요. 결코. 돌아가신 분들이 생각나고 죽음과 미래에 대한 감정이 밀려오니까요. 우리도 그렇게 되겠지요!" 하고 그녀는 천상의 감정이 깃든 목소리로 말을 했어. "하지만 베르테르, 우리는 저세상에서 다시 보게 될까요? 서로를 알아볼 수 있을까요? 어떤 예감이 드세요? 무슨 말을 하실 거예요?"

"로테." 나는 그녀에게 손을 내밀었어. 내 눈에는 눈물이 가득했고. "만나고말고요! 이 세상에서나 저세상에서나 만나게 되고말고요!" 더는 말을 할 수 없었어. 빌헬름, 내 가슴에 이런 불안한 이별을 품고 있을 때, 하필이면 그녀가 꼭 그런 질문을 해야만 했던가?

"세상과 하직한 정다운 분들이 우리에 대해 알까요?" 로테는 물었어. "그분들은 우리가 건강하게 잘 지내고 있으며 항상 따뜻한 사랑으로 그분들을 잊지 않을 때가 행복하다는 것을 알고 계실까요? 아, 고요한 밤에 제가 제 동생들과 함께 있을 때, 마치 그 옛날 돌아가신 어머니 옆에 있었을 때처럼, 제 동생들이 저를 둘러싸고 있을 때면 언제나 어머니의 모습이 떠올라요. 그럴 때는 어머니가 그리워 눈물을 흘리고 하늘을 쳐다보면서, 아이들의 착한 어머니 노릇을 하겠다고, 돌아가실 때 맹세한 약속을 이렇게 어김없이 지키고 있는 모습을 한 번이라도 좋으니 보아 달라고 기원하는 마음으로 이렇게 큰 소리로 말하곤 합니다. 어머니, 만약 제가 아이들에게 어머니 노릇을 못 했다면 용서해 주세요! 아, 저로서는 할 수 있는 데까지 최선을 다하고 있어요. 옷을 입히고, 밥을 지어 주는 것은 물론 그것보다 더욱 중요한 일인 보살펴 주고 사랑해 주는 것까지 다 해주고 있어요. 거룩하신 어머니! 우리가 서로 화목하게 지내는 모습을 보셨으면 해요. 그러면 어머니께서는 뜨거운 감사를 하나님께 바치실 거예요. 돌아가시는 마지막 순간에도 쓰라린 눈물을 흘리면서 하나님께 아이들의 행복을 간절히 구했으니까요."

로테는 그렇게 말했네! 아, 빌헬름, 누가 그녀가 말한 것을 그대로 따라 할 수 있을까! 차갑고 죽은 문자를 가지고 어떻게 이처럼 천국 같은 정신의 꽃을 피워 낼 수 있을까! 알베르트는 부드럽게 그녀의 이야기에 끼어들었어. "너무 상심하지 말아요. 사랑하는 로테! 그대의 마음이 그런 생각으로 가득하다는 것은 이해할 수 있지만, 제발 이제는……." — "오, 알베르트!" 하고 그녀가 말을 했어. "아버지께서 출장을 가시고 안 계신 동안 동생들을 잠자리로 보낸 다음, 우리 둘이 작고 둥근 탁자에 앉아 있었던 저녁들을 잊지 않으셨겠지요. 당신은 자주 좋은 책을 가지고 왔으나 그 책을 읽는 일은 거의 없었어요. 오히려 이 멋진 곳에서 어머니와 만나는 그 순간이 그 모든 것보다 더 많은 것을 주었으니까요. 어머니는 아름답고 부드럽고 씩씩하고 언제나 활동적인 여성이었지요! 하나님은 제가 언제나 잠자리에서 엎드려 눈물로 간구했던 것을 아실 겁니다. 저를 어머니 같은 사람으로 만들어 달라고 기도했다는 것을요."

"로테!" 하고 큰소리로 그녀를 부르며 나는 그녀 앞에 엎드려 그녀의 손을 붙잡고, 한없는 눈물을 흘렸어. "로테! 하나님의 축복이 그대와 그대 어머니의 영혼에 임하시길!" — "베르테르가 저의 어머니를 보았더라면," 하면서 그녀가 내 손을 꼭 쥐었어. "어머니도 당신을 보았으면 좋았을 텐데!" 나는 가슴이 벅찼어. 나에게 이보다도 더 위대하고 자랑스러운 말은 일찍이 없었어. 그녀가 말을 계속했어. "어머니는 글쎄 막내가 육 개월도 채 되지 않았을 때, 한창 살 나이에 세상과 이별하고 말았어요! 병환도 오래 끌지 않았어요. 어머니는 조용하고 의연하게 행동했지만, 아이들은 그중 특히 막내가 가장 마음이 쓰였나 봅니다. 임종이 가까워지자 '애들을 데려오너라!' 하고 제게 말씀하셨어요. 저는 아직 무슨 일이 일어나는지도 모르는 작은아이들과 아무 생각 없는 큰아이들을 모두 데리고 들어갔어요. 아이들이 침대 주변에 둘러서자 어머니는 두 손을 들어 아이들을 위해 기도하고, 아이들에게 차례로 입을 맞춘 뒤 밖으로 내보내고는 제게 말했어요. '네가 저 아이들의 엄마가 되어다오!' 저는 어머니에게 손을 얹고 약속했어요! '딸아, 내가 너무 많은 것을 부탁하는구나!' 하고 어머니가 말했어요. '엄마의 마음, 엄마의 눈. 네가 그렇게 말하며 흘리던 너의 그 고마운 눈물을 자주 보았다. 무슨 일이 다가올지 네가 느끼고 있구나, 하고 생각했단다. 동생들에게 그렇게 해다오. 그리고 아버지께는 아내와 같이 순종하는 부인의 마음으로 대해다오. 네 아버지를 위로해 드려라.' 어머니는 아버지를 찾았어요. 아버지는 그때 견딜 수 없는 슬픔을 우리 앞에서 감추시느라고 밖으로 나갔었지요. 아버지는 마음이 찢어졌으니까요.

알베르트, 당신은 그때 방에 있었어요. 어머니는 누군가의 발소리를 듣고는 누구냐고 물은 다음 당신을 가까이 부르셨어요. 그리고 당신과 나를 편안하고도 조용한 눈빛으로 찬찬히 쳐다보셨어요. 마치 두 사람이 행복하리라, 함께 행복하게 살게 될 것이라는……." 알베르트는 로테의 목을 안고 입을 맞춘 다음 소리쳤어. "그렇고말고! 우리는 그렇게 될 거요." 침착한 알베르트도 슬픔에 북받쳤고, 나도 내가 어떤 상태인지 몰랐어.

"베르테르." 하고 로테는 다시 말을 시작했어. "그런 어머니가 돌아가신 거예요. 아! 삶에서 가장 사랑하는 사람을 빼앗긴다는 것을 아이들만큼 뼈저리게 느끼는 사람은 없을 거예요. 아이들은 검은 옷을 입은 사람들이 어머니를 데려갔다는 것에 오랫동안 슬퍼했으니까요!"

그리고 난 후 그녀가 일어섰어. 나는 정신을 차리고, 놀란 채 앉아서 그녀의 손을 꼭 잡았어. "우리 이제 가요." 하고 그녀가 말을 했어. "시간이 늦었어요." 그녀는 손을 빼려 했지만 나는 더욱 힘을 주어 그 손을 잡았어. "우리는 다시 만날 거예요." 나는 큰소리로 말했어. "우리는 꼭 만납니다. 어떤 모습을 하고 있더라도 서로 알아볼 것입니다. 저는 이제 갑니다." 이렇게 말을 했어. "나는 기꺼이 갑니다. 하지만 이것이 진정 영원한 이별이라면 참을 수 없을 겁니다. 잘 살아요. 로테! 잘 살아요, 알베르트! 다시 만납시다." — "내일 말이지요?" 하고 그녀는 농담처럼 말했어. 그 내일을 느껴 보았어! 아, 그녀가 내 손에서 자기 손을 뺐을 때, 그녀는 전혀 눈치를 못 챘지. 그들은 가로수 길을 걸어갔어. 나는 우두커니 서서 달빛에 비친 그들의 뒷모습을 바라보았어. 그러고는 땅 위에 엎드려 실컷 울었다네. 그다음 벌떡 일어나 테라스로 달려갔지. 아직 저 아래, 높이 솟은 보리수 그늘에 그녀의 흰옷이 정원 문 뒤로 펄럭이는 것을 보았어. 두 팔을 앞으로 뻗었으나 그 모습은 사라지고 없었어.

Die Leiden des jungen Werther

제2부

1771년 10월 20일

우리는 어제 여기 도착했어. 공사는 몸이 좋지 않아 며칠 동안 움직이지 못할 것 같아. 그 사람이 그렇게 거칠지만 않다면 모든 것이 좋을 텐데. 거듭 운명이 나를 거친 시험 속으로 내몰고 있다는 생각이 들어. 하지만 용기를 내야지. 쾌활한 마음으로 살아가면 어떤 것도 이겨내리라. 쾌활한 마음으로? 내가 이 말을 펜으로 쓰다니 참으로 웃기는 일이네. 아, 내가 조금이라도 쾌활한 성격을 가지고 태어났더라면 아마 이 세상에서 가장 행복한 사람이 되었을 텐데. 이게 뭔가! 다른 사람들은 그 보잘것없는 능력과 재능을 가지고도 내 앞에서 자신 있게 행복하게 다니는데 나는 내 능력을 의심하고, 재능에 회의적이라니! 내게 모든 것을 주신 하나님! 왜 당신은 제게 나머지 반인 자신감과 만족감은 유보하신 채 주지 않으십니까?

참자! 참자! 그러면 차츰 나아질 거야. 정말이지 친구야, 자네 말이 옳아. 날이면 날마다 세상을 이리저리 돌아다니면서 그들이 하는 일과 행동을 보면 나 자신에게 훨씬 더 만족하지. 확실히 우리 인간은 모든 것을 자신과 비교하고, 자신을 다른 모든 것과 비교하도록 만들어진 것 같아. 그래, 행복과 불행은 우리가 비교하는 대상에 달려 있는 거야. 그러니까 외로움만큼 위험한 것도 없지. 본성상 항상 일어나고야 마는 상상력은 시문학의 환상 이미지에 힘입어 더욱 다양한 모습으로 펼쳐지지. 그 모습들에서 우리가 가장 낮은 자리를 차지하게 되고, 우리 이외의 것은 모두 더 멋있게 보이고, 다른 모든 것 또한 완벽해 보여. 그것은 아주 자연스럽게 일어나. 우리는 부족한 것이 있다고 자주 느끼지. 우리에게 부족한 바로 그것이 다른 사람에게만 있는 것처럼 말이야. 그래서 우리가 가지고 있는 것까지 모조리 그 사람의 것이라고 보고, 그 사람은 그 이상의 즐거움까지도 있다고 생각하게 돼. 행복한 사람이 완벽하게 만들어지는데, 이것은 결국 우리가 만든 창조물에 지나지 않아.

반대로 아무리 힘이 약하고 고생이 되더라도 있는 힘을 다해서 줄곧 앞으로 나아간다면, 비록 이리저리 굴곡진 길을 가더라도 돛대를 달고 노를 저어가는 다른 사람을 어느 순간 앞지르게 된다는 것을 종종 알게 되지. 그래서 우리가 다른 사람과 나란히 가거나 앞서가게 된다면 자신에 대한 진정한 존재감이 생기는 거지.

11월 26일

그럭저럭 아주 힘겹게 이곳에서의 생활을 시작하네. 무엇보다 좋은 것은 이곳에서 할 일이 충분히 많다는 점이야. 게다가 온갖 종류의 사람들, 갖가지 새로운 일들이 마치 다양한 연극처럼 전개된다는 점이야. C백작이라는 분과 알게 되었는데 이분은 내가 나날이 존경하게 되는 인물이야. 넓고도 박식한 식견을 가진 사람이지만 멀리 볼 줄 알기에 조금도 냉정하지 않아. 많은 사람과의 교제에서 얻은, 우정이나 애정에 대한 감수성도 풍부하고. 업무차 그에게 간 적이 있는데, 그때 그분이 내게 관심을 주더군. 몇 마디만 주고받았으나 우리는 서로 소통할 수 있으며, 나와 이야기할 때 내가 다른 사람과 다르다는 것을 알게 되었나 봐. 또한, 내게 보여준 그분의 솔직한 태도는 아무리 칭찬해도 부족하다네. 다른 사람을 향해 마음을 여는 훌륭한 사람을 아는 것보다 더 진정하고 따뜻한 우정은 이 세상에 없을 거야.

12월 24일

공사를 볼 때마다 불쾌하기 그지없네. 이미 예상은 했지만 말이야. 그는 아무도 겪어 보지 못한 꼴통 그 자체야. 까다롭고 잔소리 많기로는 꼭 시어머니 같아. 이 사람은 절대 자기만족이라는 것이 없는 데다가, 누구에게도 감사하는 법이 없어. 나는 일을 얼른 해치우기 좋아하고 일단 끝난 것은 그냥 버려두고 다시 들추어 보지 않는 성격이잖아. 그런데 이 사람은 내게 문서를 되돌려 주면서 곧잘 이렇게 말해. "좋아요. 하지만 다시 꼼꼼히 검토해 보시오. 더 좋은 표현, 더 순수한 조사助詞를 찾을 수 있으니까 말입니다." 그럴 때마다 미칠 것 같아. '그리고'라는 말과 접속사 하나라도 절대 빠져서는 안 되는 거야. 가끔 내가 불쑥 쓰곤 하는 도치법이라도 본다면 질색을 하고, 내 호흡에 맞는 리듬에 따라 글을 써서 관행적인 멜로디를 따라 쓰지 않는 것을 도무지 이해하지 못해. 이런 사람과 상대해야 한다니 참으로 슬픈 일이야.

그나마 C백작이 나를 신뢰하는 것이 나를 지탱하는 유일한 위안이야. 지난번에 그는 공사의 느리고 꼼꼼한 태도에 대해서 나에게 대놓고 말한 적이 있었지. "이런 사람들은 자신은 물론이고 남까지도 괴롭힙니다. 그렇다니까요." 그분이 말했다네. "그렇지만 이런 일은 산을 넘어가는 행려자처럼 그저 체념하는 수밖에 없어요. 물론

산이 없다면 가는 길이 훨씬 편하고 더 가깝겠지요. 하지만 지금 산은 엄연히 있으니, 넘어야 하잖아요!"라고 백작이 말했어.

백작이 나를 더 좋아한다는 것을 내 상관인 그가 알아채고는 화가 났나 봐. 그래서 그는 기회가 있을 때마다 내 앞에서 백작에 대한 험담을 늘어놓아. 나는 당연하게도 그렇지 않다고 맞서지. 그래서 일은 더욱 꼬인다네. 어제는 그를 보고 매우 화가 났어. 그가 이런 식으로 말하는 거야. 백작이란 사람, 여러 가지 일을 잘 처리하고, 성실하게 일하고, 글도 제법 잘 쓰는지 모르겠으나 통속 작가들처럼 근본적인 학식은 부족한 것 같지 않나, 그런 식으로 말이야. 그러고는 '어때, 정곡을 찔렀는가?' 하는 듯한 표정을 짓더군. 그러나 그 정도로는 내가 꿈쩍도 안 하지. 나는 그와 같이 사고하고 그런 태도를 보이는 사람을 경멸하네. 그래서 나는 당당하게 그와 맞서며 아주 격렬하게 반박했지. 백작은 인물로 보나 학식으로 보나 모두에게 존경을 받을 만큼 훌륭한 사람이라고. "그분만큼 자기의 정신을 넓혀 수많은 대상에까지 확대하지만, 그런 정신 활동을 평범한 삶에도 적용하는 분을 아직 본 적이 없습니다." 그런 말을 해봤자 공사에게는 쇠귀에 경 읽기야. 그러나 허튼소리로 말다툼을 하다가 쓴잔을 마시고 싶지 않았기 때문에 일찌감치 그만두는 게 낫다고 생각했어.

이렇게 된 것 모두가 어머니와 자네의 책임이야. 나를 이런 사람 밑에서 멍에를 메라고 달콤한 말로 유혹하고, 그것을 활동이라는 말로 설득한 두 사람 모두의 책임! 감자를 심고 말을 타고 시내에 나가서 곡식을 파는 사람이 나보다 더 많은 일을 하지 않는다면, 나는 지금 사슬에 매인 이 노예선 속에서 십 년간은 더 뼈가 빠지도록 일하다가 죽겠지.

겉모습만 번지르르한 곤궁함, 천한 인간들 사이에서 느끼는 지루함, 이것은 동시에 볼 수 있는 모습이지! 서로 높은 자리를 차지하겠다고, 한 발짝이라도 앞서겠다고 눈을 부릅뜨고 노려보고 있어. 쥐뿔도 없으면서 천박하고 가련한 자랑이라니. 그러자니 생각나는 한 여자가 있네. 이 여자는 만나는 사람마다 자신의 귀족 작위와 자신의 영지에 대해 떠벌리고 다녀. 그래서 처음 보는 사람도 이렇게 생각하지. 이 여자 정신 나간 여자로군. 그깟 말단 귀족 작위와 그 영지의 명성을 마치 무슨 위세인 것처럼 말하다니. — 더 웃기는 것은 바로 이 여자가 여기 근처 면서기의 딸에 불과하다는 거야. — 정말이지 나는 아무 생각 없이 자신의 천박함을 온 천하에 알리고 다니는 저런 인간을 이해할 수 없어.

시간이 지날수록, 친구여, 자기 기준에 따라 남을 판단하는 인간이 얼마나 어리석은지 나도 느끼기는 해. 해결해야 하는 내 일도 무수히 많은 데 내 심장이 이렇게 요동치고 있으니. 아, 다른 사람이야 어떻든 자기 길을 가도록 내버려 두겠어. 단, 그들이 내 길을 방해하지만 않았으면 좋겠네.

가장 답답한 것은 시민사회의 저 어쩔 수 없는 상황들이야. 물론 나도 신분의 차이가 꼭 필요하고, 나 또한 그 혜택을 입고 있다는 사실을 누구 못지않게 잘 알고 있어. 다만 내가 이 땅에서 자그마한 기쁨, 한 가닥 행복을 누릴 수 있는 이 순간을 그런 것으로부터 방해받고 싶지는 않다네. 최근 나는 산책을 하다가 B양이라는 여자를 알게 되었어. 그녀는 이처럼 팍팍한 삶의 한가운데서 자연 그 자체의 품성을 지닌 사랑스러운 여자야. 우리는 대화를 하면서 서로에게 호감을 갖게 되었지. 그래서 나는 헤어질 때 그녀의 집을 찾아가도 좋으냐고 허락을 구했어. 그녀는 흔쾌히 허락해 주었네. 그 후부터 나는 그녀를 방문하기 적당한 시간까지 기다릴 수 없는 지경이 되었어. 그녀는 여기가 고향이 아니고 고모 집에 살고 있어. 그 늙은 부인의 생김새는 그리 좋지 않아서 나는 각별한 집중력으로 가능하면 그녀 이야기에 집중하려 했어. 반 시간도 채 못 되어서 나는 그녀에 대해서, 그 여자가 나중에 스스로 털어놓고 말한 사실을 그때 다 파악할 수 있었다네. 그 여자의 고모는 그 나이에 경제적 사정이 좋지 않고, 이렇다 할 재산도 없고, 그렇다고 특별히 학벌이 있는 것도 아니어서 조상을 내세우는 것 이외에는 큰 도움이 될 게 없었어. 말뚝을 박고 울타리를 친 신분 밖에는 보호막도 없었지. 그리고 자기가 사는 위층에서 창문을 통해 멀리 지나가는 사람들의 머리를 내려다보는 것 외에 다른 즐거움도 없었어. 젊었을 때는 꽤 괜찮은 미모를 지니고 있었고, 그 미모로 인해 인생을 놀고먹은 거지. 다만 그놈의 콧대가 많은 젊은 남자들을 골탕 먹였나 봐. 다만 중년이 되어서는 어느 늙은 장교를 만나 조신한 삶을 살았다고 해. 남자는 그 대가로 엄청난 액수의 생활비를 지불하고 삼십 대 내내 그녀의 동반자가 되어 살다가 죽었다고 해. 이제 이 부인도 오십 줄을 넘었고 의지할 곳 없이 혼자 살고 있어. 만약 그 조카딸이 그렇게 잘 보살펴 주지 않았다면, 그 부인은 그런 품위를 유지할 수 없었을걸.

1772년 1월 8일

온 마음이 허례허식에만 쏠려 있고, 일 년 내내 어떤 말을 할까 어떤 옷을 입을까 하는 생각에만 사로잡혀, 연회가 있을 때 한 자리라도 상석에 더 가까이 앉을 수 없을까 하는 생각에만 몰두하는 사람들이란 어떤 자들인가! 그들이 소일거리가 없어서 그런 건 아닐 테고. 그럼 그렇고말고, 오히려 일이 훨씬 많을지도 몰라. 그러니 이유는 단 하나, 공연히 쓸데없이 사소한 일에 신경을 쓰느라고 중요한 일들을 챙기는 것은 뒷전으로 미루는 거야. 지난주에 썰매를 타러 갔다가 언쟁이 벌어져 모든 유쾌함이 날아가 버렸다네.

원래 지위라는 것은 전혀 중요한 게 아니며, 최고의 자리를 차지하고 있다고 해서 최고의 역할을 하는 것은 아니라는 것을 얼간이들은 모를 거야! 수많은 왕이 도승지에게, 수많은 도승지가 승지에게 그 통치를 위임하고 있지 않은가! 그렇다면 최고의 자리를 차지하는 자는 누구일까? 내가 보기에 그 사람은 남들을 위에서 내려다보고 힘과 책략을 가지고, 그들의 역량과 정열을 집중시켜 자기 계획을 실현할 줄 아는 사람일 걸세.

1월 20일

사랑하는 로테, 나는 지금 작은 농막 안에서 그대에게 편지를 쓰지 않고는 견딜 수 없습니다. 날씨가 너무 좋지 않아 여기 피해 있답니다. 그 슬픈 보금자리 D에서 낯선, 내 마음에 아주 낯선 사람들 사이에서 이리저리 분주하게 다닐 때는 한순간도, 정말 한순간도 그대에게 글을 쓸 시간이 없었습니다. 이제 이 작은 오두막에 고독하게 틀어박혀, 눈보라와 우박이 창문을 때릴 때 제일 먼저 그대를 떠올렸습니다. 이 방안에 발을 들여놓자마자 그대의 모습과 그대 생각이 떠올랐습니다. 오, 로테! 참으로 신성한 모습! 참으로 따뜻한 모습! 선하신 하나님! 처음 그대를 만났던 행복한 순간이 다시 떠오릅니다!

참 좋은 로테, 그대가 이 절망의 물결에 휩싸인 나를 본다면! 내 감각들이 얼마나 메말랐는지! 한순간도 가슴이 뿌듯한 적이 없습니다. 행복한 시간이 잠시도 없습니다. 아무것도! 아무것도 없어요! 나는 요지경 앞에서 그 속에 있는 작은 사람과 말 인형들이 돌아다니는 것을 들여다보며, 혹시 이것이 시각적인 속임수가 아닐까 스스로 물어봅니다. 나는 함께 연극을 하고 있고, 아니, 인형극에서 그저 조종을 당하는 건지도 몰라요. 그 인형극 가운데서 나무로 된 옆 사람의 손을 잡고는 깜짝 놀라서 뒤로 물러서지요. 저녁에는 다음 날 아침 해가 뜨면 그 모습을 즐겨야지 마음먹지만, 막상 아침이 되면 일어나질 않습니다. 그리고 낮에는 달이 뜨면 달빛을 즐겨야지, 마음속으로 생각하지만, 막상 밤이 되면 그냥 방에 있답니다. 무엇을 하려고 일어나는지, 또 왜 잠자리에 드는지 도대체 알 수가 없습니다.

나의 삶을 부풀게 할 효모가 없습니다. 한밤중에도 내 마음을 설레게 했던 매혹은 사라졌습니다. 아침에 나를 잠에서 깨웠던 그 매혹은 없어졌습니다.

나는 여기서 딱 한 여자를 찾았습니다. 그녀는 B양이라는 여자인데, 사랑하는 로테, 그대와 누구를 감히 비교할 수 있겠습니까만 그대와 아주 닮은 사람입니다. "무슨 그런 말씀을요!" 그대는 이렇게 말할 것입니다. 그게 완전히 틀린 말은 아닙니다. 나는 얼마 전부터 어쩔 수 없는 일이라 상당히 싹싹해지고 위트도 늘었답니다. 그래서 여자들은 나만큼 멋지게 다른 사람을 칭찬할 줄 아는 사람이 없다고들 합니다.(그대는 거기에다 나만큼 다른 사람을 칭찬할 거짓말을 할 줄 아는 사람이 없다는 말을 덧붙이겠지요. 거짓말이 없으면 사실 칭찬이 될 수 없습니다. 그렇죠?) 아까 B양에 관한 이야기를 하려던 참이었지요. 그녀는 감성이 풍부한 사람이었는데, 그 감성은 그녀의 푸른 눈동자에서 빛난답니다. 그리고 자신의 신분이 마음의 소원들을 표현하는데 짐이 된다고 생각합니다. 그녀는 세상의 번잡함에서 벗어나기를 바라고 있어서 우리는 여러 시간 동안 같이 순수한 행복감을 주는 시골의 전원에 앉아서 환상적인 이야기를 하면서 보내기도 한답니다. 아, 그리고 그대에 대해서도 이야기하죠! 그녀는 이야기를 듣고 그대에 대해 감탄을 해요. 의례적으로 그런 것이 아니라 정말로 그렇게 느낀답니다. 그녀는 그대 이야기를 감동적으로 듣고 그대를 좋아하게 된 거죠.

오, 그대의 정겹고 아늑한 방에서 그대의 발아래 앉아 있다면, 우리의 귀여운 동생들이 나를 둘러싸고 손에 손을 잡고 빙빙 돌며 춤을 추겠지요. 그때 그대가 아이들에게 너무 시끄럽다고 하시면 나는 아이들을 내 주위에 둘러앉게 하고 무시무시한 동화를 들려주며 그들을 조용하게 만들 거고요.

하얀 눈으로 빛나는 곳에서 태양이 장엄하게 지고 있습니다. 폭풍도 지나갔습니다. 그리고 나는 다시 이 새장 속에 갇혀 지내야만 합니다. 안녕! — 알베르트도 집에 와 있어요? 어떻게 지내고? — 이런 질문을 해서 미안합니다.

2월 8일

일주일 전부터 무척 좋지 않은 날씨가 이어지고 있어. 그런데 나는 오히려 이런 날씨가 마음이 편하네. 이곳에 온 이후로 하늘에 해가 빛나는 날 중 누군가 내 마음을 망쳐 놓거나 상처를 주지 않은 날이 하루도 없었기 때문이야. 그래서 장대비가 쏟아진다든지, 눈보라가 친다든지, 날이 추워서 얼어붙는다든지, 눈이 녹는다든지 하면, 하! 집에 있는 것이 바깥에 나가는 것보다 나쁠 게 없어. 또는 거꾸로도 마찬가지야. 결국 어쨌든 괜찮아, 하고 생각하는 것이지. 아침에 해가 뜨고, 좋은 날이 예상되면 나는 또 이렇게 소리치지 않을 수 없어. 하늘이 내리는 이런 좋은 선물을 가져가려고 사람들이 아귀다툼을 벌이겠군! 대체 사람들이 다툼을 벌이지 않는 것이 무엇이람. 건강, 명성, 즐거움, 휴양이 모두 그래. 대부분은 뻔뻔함이라든가 개념 없음, 치졸함에서 나온 거야. 더구나 그들의 말을 들어보면 모두 말은 잘하지. 나는 가끔 그들 앞에 무릎이라도 꿇고, 제발 내장이 뒤집힐 정도로 격렬하게 달려들지는 말라고 사정하고 싶네.

2월 17일

이제 공사와 나 사이는 더 이상 관계가 유지될 수 없을 것 같아. 이 사람은 정말로 견디기 힘들어. 그가 일하는 방식이나 업무 추진 방식이 우습기 그지없네. 그래서 나는 참지 못하고 이의를 제기하고 내 생각과 내 방법에 따라 일을 처리한다네. 그러면 말할 것도 없이 그걸 못 견디지. 그는 최근 그 점에 대해 상부에 보고까지 했어. 그래서 나는 장관으로부터 견책을 받았는데 가볍기는 해도 징계임에는 분명해. 나는 사표를 내려고 결심했는데 마침 그 장관으로부터 사신[22]을 받았어. 그런데 그 편지 앞에서 절로 무릎을 꿇고서는 그 고상하고 현명한 뜻에 절로 두 손을 모아 경의를 표하고 말았네. 장관은 나의 과민 반응을 제대로 타이르는 한편, 활동이나 다른 사람에 미치는 영향, 업무를 꿰뚫고 있는 점에 대한 혁명적인 생각을 들어서, 이것이 청년의 훌륭한 기개라고 높이 평가했기 때문이야. 그러니 그것을 버리지 말고 다만 유연하게 만들어서 그 생각들이 진가를 보여주고 강한 효능을 발휘할 수 있도록 하라고 부탁했어. 그래서 나 또한 일주일 만에 원기를 회복하고 마음을 되잡을 수 있었지. 마음의 안식은 매우 귀중한 것이자 자신에 대한 기쁨 그 자체야. 사랑하는 친구야, 다만 이 아름답고 소중한 보석이 그렇게 쉽게 부서지지 않았으면 좋겠어.

2월 20일

사랑하는 자들이여, 하나님이 당신들 두 사람에게 축복하시고 내게는 주시지 않았던 행복한 날들을 그대들에게 선물로 주시길!

알베르트, 자네가 나를 속인 것에 대해서 나는 감사하네. 두 사람

* * *

22 원주 : 이 훌륭한 인물에 대한 존경심에서 여기 언급한 편지와 나중에 또 언급할 다른 한 통의 편지는 이 편지에 수록하지 않기로 했습니다. 독자들께서 아무리 따뜻한 마음으로 받아들여 주신다해도 그처럼 지나친 행동은 용서받을 수 없다고 생각하기 때문입니다.

의 결혼식 날짜가 언제 오려나, 그 소식만 기다리고 있었는데. 그날이 오면 내가 그린 로테의 실루엣을 당당하게 벽에서 떼어 그것을 다른 서류 속에다 묻어 두려고 생각하고 있던 참이었네. 그런데 이제 두 사람이 부부가 되었고, 로테의 그림은 아직도 그냥 벽에 걸려 있네! 그 실루엣을 떼지 않고 그대로 걸어 두련다! 안 될 이유라도 있나? 그래, 나 역시 그대 두 사람 곁에 있는 것이니까. 당신들에게 해를 입히지 않고 로테의 마음속에 있으면 되지 않나. 그러니까 나는 로테의 마음속에서 자네 다음 자리를 차지하고 있지. 그 자리를 차지하고 싶고 또 차지해야만 하겠어. 만약 로테가 나를 잊어버리기라도 한다면, 미쳐 버릴 걸세. 알베르트, 이런 생각을 하면 마음이 지옥 같네. 알베르트, 잘 살길! 하늘의 천사! 로테, 잘 살길 바라요!

3월 15일

불쾌한 일을 당했어. 그래서 이곳을 떠나야 할 것 같아. 기분이 나빠서 이가 갈린다! 제기랄! 이 불쾌함을 도저히 어찌할 수가 없어. 이렇게 된 것은 모두 오로지 두 사람 책임이야. 나를 부추기고, 추동하고, 괴롭혀, 마음에도 없던 자리에 앉도록 한 것이 바로 두 사람이었으니 말이야. 이제는 예측한 대로 끝장이 나버렸어. 내가 원하는 대로 되었지! 그리고 어머니와 자네가 원하던 대로 되었고! 나의 허황한 생각들이 모든 일을 망쳐 버렸다고 말하지는 않겠지? 사랑하는 귀족님, 내 여기 솔직하고 담담하게, 마치 연대기를 기록한 듯 이야기 하나를 남기겠네.

C백작이 나를 아끼고, 나에게 각별하다는 것은 모두가 아는 일이지. 그것을 나는 자네에게 이미 백 번은 넘게 이야기했고. 어제 나는 그 백작의 만찬에 초대를 받아 갔었는데, 마침 상류 계층의 신사 숙녀들이 그 자리에 오게 되어 있었나 봐. 나는 그걸 알지 못했고, 또한 우리 하위직 공무원이 감히 그 속에 낄 수 없다는 사실을 전혀 생각하지 못했어. 그건 그렇고. 어쨌든 나는 백작과 같은 자리에 앉아 식사하고, 식사가 끝난 후 큰 홀 안을 이리저리 다니면서 백작과 대화를 나누기도 하고 마침 그곳에 왔던 B대령과도 이야기를 나누었지. 그러는 동안 그 모임 시간이 다가왔어. 그런데 나는, 정말이지, 아무런 생각도 하지 못했어. 그때 귀족 냄새를 강하게 풍기는 S부인이 남편과 딸을 데리고 나타났어. 그 딸은 대충 알을 깨고 나온 거위 새끼 같았는데 납작한 가슴에다가 값비싼 코르셋을 두르고 있었어. 이 세 사람은 지나가면서 조상 대대로 물려받은 그 거만한 귀족의 눈짓과 콧대를 보여 주었어. 이런 인간들을 마음속 깊이 증오했기 때문에 곧 자리를 뜰 생각을 하고 백작의 지겨운 수다가 끝날 때만을 기다리고 있었지. 그때 내가 아는 B양이 들어왔어. 그녀를 만나면 언제나 기분이 좋아지기 때문에 그대로 있기로 하고 그녀의 의자 뒤로 가서 섰어. 하지만 시간이 조금 지나자 그녀가 평소와는 달리 마음을 열지 않고, 다소 당황한 듯이 나에게 말하는 것 같았어. 그것은 뜻밖이었네. 이 사람도 역시 이런 무리와 다를 바가 없구나, 하는 생각이 들어 부아가 치밀어 올라 바로 뛰쳐나오려고 했어. 그런데도 그대로 참고 있었던 이유는 그녀에 대해 오해할 수도 있겠다 싶었고 또 그게 그녀의 진심이라 믿지 않았으며, 그녀에게서 따뜻한 말 한마디라도 들을 수 있을까 하는 기대가 있었기 때문이야. 그러는 사이 사람

들이 많이 모여들더군. 프란츠 1세의 대관식 때부터 내려오는 제복을 그대로 입은 F남작, 여기서는 그 직책상 귀족 대우를 받는 궁정 고문관 R과 귀가 먹은 그의 부인, 그 밖에도 옛 프랑크 풍 의상의 헤진 부분을 최근 유행하는 천으로 기워 입은 허술한 옷차림의 J도 빼놓을 수 없어. 이런 사람들이 떼로 몰려오더군. 나는 이미 낯익은 사람들과 이야기를 나눴는데, 이상하게도 모두 아주 말수가 적었어. 왜 그럴까? 하지만 난 그저 B양에게만 신경 쓰고 있었지. 그래서 나는 홀 저 끝에서 여자들이 귓속말을 주고받으며, 그것이 남자들에게도 전해지고 드디어 S부인이 백작에게 이 이야기를 전하기까지 눈치채지 못했어(이 모든 것은 나중에 B양이 내게 들려준 것이었네). 결국은 백작이 나에게 다가오더니, 나를 창가로 데리고 가더군. "우리 모임의 관습은 정말 특이하다는 것을 말해야겠네. 자네가 여기에 있는 것을 불편하게 생각하는 것 같아요. 나는 괜찮은데……." 하고 백작이 말을 꺼냈어. "백작님," 하고 나는 이야기를 끊었어. "정말 죄송합니다. 제가 먼저 알아서 행동해야 했는데 그랬습니다. 그러나 백작님께서 결단하지 못한 저를 용서해 주시리라 믿습니다. 정작 하직 인사를 드리려고 했습니다만 무슨 귀신이 나를 여기 잡아두었는지 모르겠습니다." 미소를 지으면서 그런 말을 덧붙이고는 허리를 굽혀 인사를 했어. 백작은 두 손을 덥석 잡았는데 모든 것을 말해 주는 듯한 풍부한 느낌이 들더군. 나는 그 고상한 귀족들 모임에서 슬쩍 빠져나와 이륜마차를 타고 그곳을 떠나 M이라는 곳으로 갔어. 그리고 그 언덕에서 해가 지는 광경을 보며 내가 좋아하는 호메로스를 펼치고 오디세우스가 그 멋진 돼지 목동의 환대를 받는 멋진 구절들을 읽었어. 모든 것이 다 좋았어.

저녁때 식사하려고 식당으로 돌아왔어. 그런데 아직도 그곳에는 몇 사람이 남아 있더군. 구석에서 그 사람들은 주사위를 던지고 있었어. 식탁보를 걷어 놓고 말이야. 그때 직설적인 성격의 아델린이 들어오더니 모자를 내려놓더군. 나를 쳐다보더니 곧장 내게 다가와서, 낮은 목소리로 말을 걸어왔어. "기분 나쁜 일을 당했다고?", "내가?" 하고 나는 되물었어. "백작이 당신을 상류층 모임에서 내쫓았다고 하던데?" — "그놈의 상류층 모임은 지옥에나 꺼지라지." 하고 말했어. "바깥으로 나와 바람을 쐬었더니 좀 괜찮아졌어.", "그렇다면 다행이고." 그가 말했어. "별일 아닌 것 같으니 다행이군. 하지만 벌써 어딜 가나 소문이 퍼졌으니 나도 불쾌해." 그제야 나는 속이 부글부글 끓기 시작했어. 그러고 보니 식사하러 와서 나를 쳐다보던 모두가 그 일 때문에 쳐다보았구나! 그 생각에 피가 거꾸로 솟아.

그뿐 아니라 오늘은 가는 곳마다 사람들이 나를 측은하게 보지 않겠는가. 나를 시기하던 사람들은 승리에 취한 듯 지껄여 댔어. 제 머리만 믿고 아무 일이나 다 해낼 듯이 시건방지게 노는 인간의 결말이 어떤지 그 꼴 좀 보라는 듯 한술 더 떠서 그보다 더한 헛소리도 하고 다녀. 차라리 칼이 있으면 찔러서 죽고 싶은 심정이야. 누가 뭐래도 자기 줏대만 지키면 된다고 사람들은 말하지. 하지만 과연 막돼먹은 놈들이 자기보다 못한 약점을 잡아 그 사람 말을 하고 다닐 때 참을 수 있는 사람이 있을지 보고 싶어. 그들이 근거 없는 일을 이야기한다면 간단히 넘어갈 수도 있겠지만 말이야.

3월 16일

모든 것이 두렵네. 오늘 큰길에서 B양을 만났는데 나는 속에 있는 말을 하고 싶어 견딜 수가 없었네. 동행하던 사람들과 약간 떨어져 우리 둘만 남게 되자, 나는 전날 그녀가 보여준 태도에 대해 얼마나 기분이 나빴는지 말했어. 그녀는 친절한 어조로 이렇게 말하더군. "오, 베르테르 씨, 제 마음을 아시면서 제가 당황한 것을 그렇게 해석할 수 있나요? 홀 안에 들어섰을 때부터 당신 때문에 제가 얼마나 힘들었는지 몰라요! 모든 것을 예견했기 때문이에요. 그것을 다 말해 드리고 싶어 입이 근질근질했답니다. S부인이나 T부인이 선생님과 함께 있느니 차라리 남편들과 함께 돌아가려고 했던 것, 그리고 백작도 이분들과 사이가 나빠져서는 안 된다는 것, 저는 모두 다 알고 있었어요. 그 순간 그런 소동이 벌어진 거예요!", "무슨 말이에요?" 나는 놀라움을 애써 감추고 물었네. 그저께 아델린이 내게 귀띔했던 모든 이야기가 이 순간에 마치 펄펄 끓는 물처럼 혈관 속에서 역류하기 시작했어. "저도 그때부터 얼마나 괴로웠는지 모르겠어요!" 하고 B양이 말했어. 상냥한 그녀의 눈에는 눈물까지 어리더군. 나는 자신을 더 주체할 수 없어서 그녀의 발아래 몸이라도 던지고 싶었네. "바른대로 이야기해 주세요." 내가 큰소리로 말했지. 그러자 그녀의 뺨에 눈물이 흘러내렸어. 나는 넋이 나간 채 멍하니 있었지. 그녀는 눈물을 닦으면서 이렇게 말하더군. "우리 고모를 아시지요? 그분도 그 자리에 계셨지만 — 오, 어떤 눈으로 그 모습을 보셨는지 아세요! 베르테르 씨, 저는 어젯밤에 잘 견뎌내야 했습니다. 그리고 오늘 아침에도 당신과 사귀는 것에 대해 훈계를 들었어요. 저는 선생님의 체면이 깎이고 멸시를 당하는 말을 그냥 듣고만 있어야 했어요. 그 말에 반박할 수도, 반박해서도 안 되는 상황이어서 그저 절반 정도나 했을까요."

그녀가 하는 한마디 한마디 말이 마치 칼로 내 가슴을 도려내는 것 같았어. 차라리 내게 아무 말도 하지 않는 것이 얼마나 큰 자비를 베푸는 것인지 느끼지도 못하는 것 같았어. 거기다가 그녀는 이런 말까지 덧붙이더군. 이제 앞으로 그들이 무슨 입방아를 찧을지 모른다, 어떤 인간들이 이 일에 대해 쾌재를 부를지 모른다고 말이야. 그리고 또 내가 거만하고 다른 사람을 무시한다고 비난한 사람들은 이제 내가 그 벌을 받게 된 것이라고 키득거리고 고소하게 생각할 거라고 말이야. 빌헬름, 그녀가 진심으로 자기 일처럼 이 모든 이야기를 하는 것을 듣고서는 망연자실했어. 하지만 마음속에 울분은 끓어올랐어. 차라리 누가 대놓고 나를 비난했으면, 그러면 내가 그자의 몸에 칼이라도 꽂아 넣을 텐데. 그리고 그 피를 보면 마음이라도 풀릴 것 같은데. 나는 백 번도 더 내 손에 칼을 쥐고 답답한 이 가슴에다 구멍이라도 내겠다고 다짐했어! 귀한 혈통의 말은 지나치게 혹사당하거나 쫓기면 본능적으로 스스로 혈관을 물어뜯어 죽는다는 이야기를 들었어. 나 역시 내 동맥을 끊어 영원한 자유를 얻고 싶다는 생각을 한 게 한두 번이 아니야.

3월 24일

궁정에 사직원을 제출했는데 수리될 것으로 보이네. 자네와 어머니에게 먼저 허락을 구하지 않은 것을 용서해 주리라 믿네. 아무튼 여기서 떠나야 할 상황이야. 그리고 내가 여기 머물라고 자네와 어머니가 나를 설득하려 한다는 것도 다 알고 있네. 그러니 이 사실을 어머니께 잘 전해 주길 바라네. 나도 내 문제를 해결할 수 없는 상황이야. 비록 내가 어머니께 별 도움이 되지 못하더라도 어머니는 이해하실 거야. 물론 상심은 되시겠지. 당신의 아들이 추밀 고문관이나 공사가 되는 것을 목표로 가던 출세의 길을 이렇게 갑자기 중단하고는 말을 다시 마구간에 집어넣는 꼴을 보다니 말이야! 어쨌든 이 일은 자네와 어머니가 좋게 생각해 주길 바라네. 내가 여기 머물 수도 있을 비책을 자네와 어머니가 오죽 많이 생각했겠나. 어찌 되었든 나는 여기를 떠나네. 어디로 갈지 궁금해할 것 같아 말하지만, 내가 가는 그곳은 나와 함께 있는 것을 즐겁게 생각하는 OO후작이라는 분이 있는 곳이네. 내 의향을 묻고는 함께 자신의 영지로 가서 아름다운 봄을 보내자고 하셨네. 그러자고 약속도 했어. 우리는 어느 정도 서로 통하기 때문에 모든 것을 행운에 맡기고 그분을 따라가기로 했네.

새로운 소식을 전하며

4월 19일

자네가 부친 두 통의 편지는 고맙게 잘 받았네. 바로 답장을 보내지 못한 것은 궁정에서 사직이 언제 확정될지 몰라 차일피일 편지를 보내지 않고 그대로 두었기 때문이야. 어머니가 아시면 장관에게 청원을 넣어서 내가 사직하는 게 힘들어질까 걱정되었기 때문일세. 하지만 이제 일이 처리되었고 나는 떠난다네. 사람들이 나의 사직을 얼마나 안타까워하는지, 그리고 이에 대해 장관은 또 어떻게 편지를 썼는지 말하고 싶지 않네. 그러면 자네와 어머니는 또다시 그냥 있으라고 말할 거니까. 황태자는 25두카텐의 전별금과 인사 말씀도 보내오셨는데, 나는 그걸 받고 울컥했다네. 어떻든 근래에 어머니한테 보내 달라고 했던 돈은 이제 필요 없게 되었어.

5월 5일

내일 이곳을 떠나네. 내가 태어난 곳이 여기서 6마일밖에 떨어져 있지 않아서 그곳에 가보고 싶어. 그곳에서 어린 시절 행복한 꿈을 꾸었던 날들을 떠올려 보고 싶네. 일찍이 어머니와 함께 마차를 타고 떠나왔던 바로 그 성문 안에도 들어가 볼 생각이야. 아버지가 돌아가시자 어머니는 정든 곳을 떠나 이 견디기 힘든 도시에서 갇혀 살다시피 했어. 잘 있어, 빌헬름. 내가 어디로 가는지 또 알려주겠네.

5월 9일

경건한 순례자가 그러하듯 경건한 마음으로 고향 순례를 마쳤네. 그러는 가운데 예상하지 못한 여러 감정이 내게 밀려왔네. S라는 마을을 향한 곳에서 십오 분 떨어진 곳에 커다란 보리수나무가 있는

데, 나는 거기 우편 마차를 세우고 내린 다음, 마부에게 먼저 가라고 했어. 걸으면서 다양한 기억을 하나씩 생생하게 떠올려 가슴으로 느껴보고 싶었기 때문이야. 예전에 내가 어린아이였을 때 산책의 목표이자 한계였던 보리수나무 아래 다시 서 보았어. 이렇게 변하다니! 그 시절 철부지 아이였던 나는 행복함 속에서 내 가슴에 필요한 자양분과 큰 만족감을 줄 미래를 그려 보았지. 그리고 갈구하고 동경하는 가슴을 채워 주고 만족시켜 줄 미래를 그려 보았어. 지금 나는 그때 꿈꾼 넓은 세상에서 돌아왔는데 — 오, 친구여, 그것이 얼마나 헛된 희망이었으며 계획은 얼마나 자주 물거품으로 변했는지! 눈앞에 있는 산들을 바라보네. 일찍이 수많은 소원을 빌었던 대상이 아니었던가. 그 옛날 나는 이 자리에 몇 시간이고 앉아서 저 산 너머의 세계를 동경했고, 깊은 마음의 눈으로 더없이 다정하게 가물거리는 숲과 골짜기에서 넋을 잃기도 했지. 그러다가 집으로 돌아갈 시간이 되면 이 다정한 장소를 떠나는 것이 얼마나 아쉬웠던지! 마을 중심에 가까워져 오자 어린 시절부터 보았던 오래된 작은 농장들이 반갑게 나를 맞아주었네. 새로운 농장들은 뭔가 어색했고, 그 밖에 새로 들어선 것들은 모두 거슬리더군. 성문 안으로 들어서자 곧 그때 그 시절로 되돌아간 것 같았어. 친구여, 일일이 다 말하고 싶지는 않아. 내게 매력적이었던 것을 설명하면 너무 단순한 것으로 변할 것 같아서 말이야. 나는 장터에 있는, 우리가 살던 집 바로 옆에 살기로 했네. 가는 도중에 어린 시절 곧게만 살던, 나이 든 여자 선생님이 우리 아이들을 꼼짝달싹 못 하게 했던 교실이 잡화점으로 변해 버린 것을 보았어. 그 토굴 같은 곳에서 견뎌야만 했던 초조함과 상처, 무감각, 가슴 속 불안이 기억에서 되살아났어. 발걸음을 옮기는 매 순간 이상한 느낌이 들었네. 성지 순례자라도 종교적 기억이 서려 있는, 이렇게 많은 곳을 접하지는 못할 테고 그의 내면이 이처럼 신성한 감동에 가득 차기가 어려울 것 같아. 수천 가지 중 단 하나의 예만 들어보겠네. 강을 따라 내려가다가 어떤 농가에 도착했어. 내가 어릴 때 늘 다니는 길이었지. 이곳에서 어린아이들은 납작한 돌로 물수제비를 많이 뜨려고 애쓰곤 했네. 기억이 생생하게 떠올라. 당시에 자주 물가에 서서 물을 물끄러미 바라보고, 환상적인 계시라도 받은 듯 물살에서 시선을 떼지 않던 일, 그리고 그 물줄기가 흘러가는 곳에 대해 아주 모험적인 생각을 하고, 또한 그곳에서 곧 내 상상력의 한계를 느낀 것을 말이야. 물은 계속 흘렀고, 나는 아득한 저 먼 곳을 바라보며 무아지경이 되었어. 이보게, 친구, 우리의 옛 족장들은 그토록 제한된 공간에 살면서도 끝없이 행복했네! 그들의 감정과 문학은 너무나도 소박했지! 오디세우스가 광활한 바다와 무한한 땅에 대해 말할 때면 그것은 너무나 진실하고, 인간적이며, 내적이고, 친밀하고, 신비스러워. 내가 지금 어린 학생들 앞에서 지구가 둥글다는 말을 반복해 봐야 무슨 도움이 되겠나? 지상에서 삶을 향유하려면 인간에게 한 뼘 땅만 있으면 되고, 땅속에 묻히기 위해서는 그보다 더 적은 땅만 있어도 충분한데.

나는 지금 후작의 사냥 별장에 와 있어. 이분과 아주 잘 지내고 있어. 그는 진실하고 소박한 사람이야. 이분 주위에도 내가 이해할 수 없는 기이한 사람들이 모여 있긴 해. 그들이 나쁜 사람들 같지는 않지만 그렇다고 정직한 사람들 같지도 않아. 때에 따라 이들이 정직하게 보이기도 하지만 도대체 이들은 신뢰가 가지 않아. 유감스러운 것은 후작이 그저 남의 입을 통해 들은 것이나 책에서 읽은 내용을 말한다는 점이야. 그것마저도 다른 사람이 그에게 말하고자 하는 관점에서 얘기하지.

후작은 또한 나만의 자랑거리인 나의 감정보다는, 모든 것, 모든 힘과 모든 축복의 원천인 이 감정보다는 나의 오성과 재능을 더 높이 평가해. 아, 내가 아는 것은 누구나 다 알 수 있는데 말이야. 나만이 가지고 있는 건 내 가슴뿐인데 말이야.

5월 25일

뭔가 구상하는 것이 있었지만 그것이 실행될 수 있을 때까지는 자네들에게 말하지 않으려고 했어. 이제 아무런 관계가 없게 되었으니 말할게. 난 전쟁에 종군하려 했어. 그 생각을 오랫동안 마음속에 두고 있었지. 내가 00 지역 사령관이자 장군인 후작을 따라 이곳으로 온 것도 사실은 그런 이유 때문이었네. 산책 도중에 그에게 의중을 털어놓았더니 그가 만류했다네. 만약 내가 만류하는 이유를 귀담아 듣지 않으려 했다면, 그것은 일시적인 기분 때문이라기보다는 나의 열정 때문이었을 거야.

6월 11일

자네가 뭐라고 말하든 상관없어. 난 여기에 더는 있을 수가 없네. 내가 여기서 뭘 하겠는가? 시간이 갈수록 점점 지루해져. 후작은 할 수 있는 만큼 내게 잘해 주지만 내가 있을 자리는 아닌 것 같아. 근본적으로 우리는 서로 공통점이라곤 하나도 없어. 그는 상식 있는 사람이지만 그 상식이라는 것이 아주 저속해. 이제는 그와 교제하는 것이 재미가 없고, 그저 잘 쓴 책을 읽고 있는 느낌이야. 나는 일주일만 더 머물고, 다시 정처 없이 돌아다닐까 생각 중이야. 여기서 가장 잘한 것은 그림 그리기라네. 후작은 예술적 감수성이 있고, 만약 현학적 태도와 뻔한 생각에 의존하지 않았다면 더 훌륭한 예술적 감수성을 가졌을지도 몰라. 내가 즐거운 상상력에 사로잡혀 그를 자연과 예술의 세계로 인도하려 할 때면 그는 판에 박힌 어떤 예술에 관한 인공적인 말을 끌어들여 상황을 복잡하게 만들어. 그럴 때마다 나는 속으로 화가 난다네.

6월 16일

그래, 나는 그저 이 지상의 방랑자이며 순례자일 뿐이야! 그러는 당신들은 그 이상의 존재인가?

6월 18일

내가 어디로 가려 하느냐고? 너를 믿고 솔직하게 말할게. 아직 2주일은 여기에 더 있어야 해. 그 후에 00 지역의 광산을 방문할 생각이지만, 사실 내 마음은 다른 데에 가 있어. 오로지 로테가 있는 곳에 더 가까이 가고 싶을 뿐이야. 그게 전부야. 나도 자신의 마음을 비웃고 있어. 그러면서도 그 마음이 시키는 대로 하고 있어.

7월 29일

그래, 괜찮아! 모든 것이 괜찮아! 내가 그녀의 남편이라면! 오, 하나님, 당신이 나를 그렇게 만드셨다면, 만약 당신이 내게 이 축복을 허락하셨다면, 내 모든 삶은 끊임없는 기도 그 자체였을 것입니다. 당신을 대적하려는 것이 아닙니다. 저의 이 눈물을 용서하시고, 저의 이 헛된 소망을 용서하소서! ― 그녀가 내 아내가 되었다면! 내가 만약 하늘 아래 가장 사랑스러운 피조물을 내 품에 안을 수 있기라도 했다면, ― 빌헬름, 알베르트가 그녀의 날씬한 몸을 안는다는 생각을 하면 온몸에 소름이 돋아.

그리고 이 말을 해도 될까? 안 될 이유는 뭐가 있겠나, 빌헬름? 그녀가 알베르트보다 나와 결혼했다면 더 행복했을지도 몰라! 오, 알베르트는 로테 가슴의 모든 소망을 충족시켜 줄 사람은 못 돼. 어딘가 모르게 감수성이 부족하지. 부족하다는 건 ― 자네 마음대로 생각하게 ― 그가 진정으로 공감하지 않는다는 거야. 둘이서 좋아하는 책을 읽을 때, 마음이 하나로 합쳐지는 대목 ― 오! ― 그 대목에서 말이야. 다른 사람의 행동에 대한 느낌이 강렬해지는 수많은 경우에 말이야. 사랑하는 빌헬름! 그가 로테를 온 마음으로 사랑하는 것은 사실이야. 하지만 그 사랑으로는 그녀를 얻지는 못할걸!

이 참을 수 없는 인간이 내 길을 방해했어. 내 눈물도 말라 버렸고.

어떻게 해야 할지 모르겠어. 잘 있게, 친구야!

8월 4일

나만 그런 것은 아닐 걸세. 누구나 부질없는 희망에 속고 헛된 기대에 속게 마련이지. 나는 보리수나무 아래 사는 그 착한 여인을 찾아갔어. 맏이가 나를 보더니 뛰어왔고, 아이가 지르는 환호 소리를 듣고 그 여인도 나왔는데 많이 우울한 듯 보였어. 그녀가 말한 첫 마디가 "아, 선생님, 우리 한스가 죽었어요!"였어. 한스는 그녀의 막내 아들이었네. 나는 아무 말도 하지 못했어. 그러고는 "그리고 제 남편이 스위스에서 돌아왔는데 한 푼도 못 가져왔어요. 좋은 분들이 도와주지 않았다면 구걸해야 했을지도 모른대요. 돌아오는 도중에 열병에 걸렸다지 뭐예요."라고 했지. 나는 할 말이 없었어. 그래서 아이에게 돈 몇 푼을 주었네. 그녀는 나를 보고 사과를 몇 개 가져가라고 하더군. 그것을 받아들고 그 쓸쓸한 추억의 장소를 떠나왔네.

8월 21일

마치 손바닥 뒤집듯 내 마음이 바뀌고 있어. 때론 삶을 밝게 바라보는 눈이 되살아나는가 싶다가도, 아, 그것도 잠시야! 내가 그런 꿈 같은 생각에 빠져들 때면 갑자기 이런 생각이 몰려들어. 알베르트가 죽는다면 어떻게 될까? 그러면 내가? 그리고 그녀도? 나는 줄곧 이런 망상을 좇아다니다가 마침내 아찔한 절벽의 끝까지 가서는 몸서리치며 뒤로 물러나곤 해.

성문 앞으로 나가 보니, 로테를 무도회장으로 데려가기 위해 처음 마차를 타고 갔던 그 길이 그동안 얼마나 변했는지! 모든 것이 사라져 버렸어! 그때 모습은 흔적도 없고, 한때 마구 풀무질하던 내 감정도 사라지고 없어. 마치 어떤 영주가 전성기 때 호화찬란하게 꾸며 놓았다가 임종을 맞아 사랑하는 아들에게 온갖 기대를 걸고 물려주었던 성에 혼령이 되어 돌아왔는데, 그 성은 완전히 불에 타서 폐허가 된 광경을 지켜보는 심정이었어.

9월 3일

오직 나만이 혼자서, 내면 깊숙이 완전한 사랑을 하는데, 그녀 외에는 아는 사람도 없고, 아는 지식도 없고, 그녀 외에는 가진 것도 없는 사람을 두고, 다른 사람이 어떻게 로테를 사랑할 수 있는지, 감히 사랑할 자격을 얻었는지 이해가 안 될 때가 많아!

9월 4일

그래, 그렇다네. 자연이 가을빛을 띠자 내 주위도 가을로 바뀌고 있어. 내가 사랑하는 나무의 이파리들도 노랗게 물들고, 그 주위 나무들에 있는 이파리들도 떨어지고 있어. 빌헬름, 언젠가 어느 농부 머슴에 대해 이야기한 적이 있지? 내가 방금 그곳에 왔어. 발하임에 와서 그 사람 소식을 물어보았어. 그 사람은 일하던 집에서 쫓겨났다더군. 아무도 그 사람 소식을 모른다는 거야. 그런데 어제 다른 마을로 접어드는 길목에서 뜻밖에 그 머슴을 만났어. 그에게 말을 걸었더니, 그는 자신이 겪은 일들을 이야기해 주더군. 들어 보게, 자네가 생각하는 것보다 두세 배는 더 내게 충격적인 이야기였어. 그 모든 이야기를 해봤자 무슨 소용이 있을까? 마음을 괴롭히고 아프게 하는 이야기를 왜 혼자 간직하지 않을까? 그 이야기로 왜 자네까지 우울하게 만들까? 왜 자네로 하여금 다시 날 걱정하게 하고 책망하는 일들을 만들까? 그건 나의 운명인 듯하네.

그 사람은 잔잔한 슬픔을 간직한 채 약간 경계하는 것 같은 눈초리로 한참 후에야 비로소 내 물음에 대답하기 시작했어. 그러다 마치 자신과 나의 관계를 알아차린 듯 곧바로 솔직하게 자신의 실수를 털어놓았어. 자신이 겪은 힘든 일을 하소연했지. 빌헬름, 그의 한마디 한마디를 자네의 심판에 맡길 수 있다면 좋을 텐데! 그는 여주인에 대한 열정적인 사랑이 나날이 커졌다고 말하더군. 그래, 그건 고백이라기보다는 그때 일을 상기하며 느낀 일종의 쾌감과 행복한 이야기라고 하는 편이 낫겠어. 마침내 그는 무엇을 하고 있는지 감정을 어떻게 표현해야 좋을지도 몰랐고, 생각을 어떤 방향으로 해야 할지도 모르는 상태가 되었다네. 먹을 수도, 마실 수도, 잠을 잘 수도 없는 상황이 되었으며, 진퇴양난에 빠져 버려서 해서는 안 될 일을 하고 말았다고 하더군. 그리고 정작 해야 할 일은 잊어버렸다는 거야. 마치 귀신에 씐 사람처럼 되어 버렸다고 말이야. 어느 날 여주인이 위층 방에 있다는 것을 알고 그녀의 뒤를 따라 들어갔다고 해. 그보다는 그녀가 끄는 힘에 자기도 모르게 끌려갔다더군. 그녀가 이 남자의 구애를 들어주지 않자 강제로 그녀를 가졌다네. 자기가 무슨 일을 했는지도 모른다고 하며 하늘에 맹세코 그녀에 대한 의도는 순수했으며, 자신과 결혼하여 평생을 자신과 함께 보냈으면 하는 소망밖에 없다고 했어. 한참을 얘기하더니 그 사람은 말을 머뭇거리기 시작했어. 마치 할 말이 더 있는데도 속내를 드러내기가 힘든 사람처럼 말이야. 마침내 그 여자가 자신에게 다소간 허물없이 다가오는 것을 허락했고, 그녀도 자신에게 가깝게 지내는 것을 좋아하게 되었다고 하더군. 두세 번 말을 끊고서는 그가 이 얘기를 하는 것은 그녀에게 해를 끼치려는 것이 아니니 오해하지 말라고 거듭 되풀이해 말했어. 그의 표현대로라면 자신은 전과 다름없이 그녀를 사랑하고 존중하고 있으며, 이런 얘기는 꺼내본 적이 없는데 정신이 나갔거나 상식을 벗어난 사람이 아니라는 것을 내게 확인시키기 위해 털어놓는 거라네. 빌헬름, 이제 내가 영원토록 자주 하는 말을 할까 하네. 지금 이렇게 내 앞에 있는 사람의 과거 모습을 그대로, 지금의 모습 그대로를 자네에게 제대로 보여 주기나 한 건지! 내가 그의 운명에 얼마나 공감하며, 공감할 수밖에 없는지 자네가 느낄 수 있도록 모든 것을 제대로 말할 수 있었는지 모르겠네! 하지만 괜찮아. 자네도 내 운명을 잘 알고 있고 나를 잘 알고 있는 만큼 무엇이 나를 불행한 사람들, 특히 이 불행한 남자에게로 끌고 가는지 너무 잘 알고 있을 터이니 말일세.

편지를 쓰고 난 뒤 다시 읽어 보면서 알게 되었지만, 이야기의 결말을 이야기한다는 걸 잊고 있었네. 그 결말은 쉽게 짐작이 갈 거야. 그녀는 그의 제안을 거절했다네. 여기에 그녀의 오빠가 가세했고. 그 오빠라는 사람은 이미 오래전부터 그 머슴을 미워하고 진작 집에서 내쫓았으면 하고 바랐던 거야. 왜냐하면 여동생이 결혼하면 자기 자식들에게 돌아갈 유산이 사라질까 봐 우려했던 거야. 그 여자에게는 자식이 없었기에 오빠의 자식들은 그녀에게 잔뜩 희망을 갖고 있었지. 오빠는 머슴을 당장 집에서 내쫓고는 이 일로 엄청난 소란을 만들었어. 그래서 여동생이 다시 원한다 하더라도 이제 다신 받아들일 수 없게 되었다더군. 그 후 여동생은 다른 머슴을 두었지만, 사람들 말로는 이 사람에 대해서도 그녀는 오빠와 다툼을 벌였다고 하고. 사람들은 그녀가 이 남자와 틀림없이 결혼하려 들겠지만, 오빠는 그런 꼴을 볼 일이 없을 거라고 단호히 말했다는 거야.

자네에게 한 말은 전혀 과장하지도, 미화하지도 않았네. 오히려 있는 사실보다 약하게 말했을 뿐이야. 게다가 우리가 지녀온 전통의 도덕적인 말로 이 일을 설명하면서 조잡하게 되고 말았네.

다시 말하지만, 이런 사랑과 일편단심 그리고 이런 정열은 문학적 허구가 아니야. 그것은 살아 있으며, 우리가 교양이 없다거나 조야하다고 부르는 계층의 사람들에게서 가장 순수한 모습으로 살아 있네. 우리 지식인이라고 하는 사람들이야말로 — 오히려 아무짝에도 쓸모없는 사람들이야! — 그 사람 이야기를 진심으로 읽어 주길 바라네. 나는 오늘 이 이야기를 쓰며 마음이 편안해졌네. 내 문체를 보면 그 전처럼 감정에 휘말리거나 서투르지 않다는 걸 알 거야. 사랑하는 빌헬름, 읽어 가며 그것이 자네의 친구 이야기란 것도 생각해 줘. 그래, 나의 일도 그렇게 되어 갔고 앞으로도 그렇게 될 걸세. 그런데 나는 저 불쌍한 머슴처럼 용감하지도 못하고 단호하지도 못해. 그래서 나를 그와 비교할 엄두조차 나질 않네.

9월 5일 ꧁

로테는 업무상 시골에 체류하고 있는 남편에게 짧은 편지를 썼어. 그 편지는 이렇게 시작하더군. "이 세상 무엇보다 사랑하는 당신, 가능한 한 빨리 돌아와 주세요. 당신이 돌아오면 그 기쁨은 너무 클 거예요." 그런데 한 친구가 와서는 알베르트가 어떤 사정 때문에 빨리 돌아오지는 못할 것이라는 소식을 로테에게 전해 주었네. 그래서 로테는 편지를 부칠 수 없었고, 저녁 무렵 그 편지가 내 손에 들어왔어. 편지를 읽고 미소를 지었더니 무엇 때문에 그러느냐고 로테가 묻더군. "정말이지 상상력은 하나님이 주신 선물입니다." 내가 큰소리로 말했어. "잠시나마 이 편지가 내게 온 것이라고 상상해 보았거든요." 그녀는 말문을 닫았어. 내 말에 기분이 안 좋아진 것 같았네. 나도 더는 말을 하지 않았고.

9월 6일 ꧁

내가 로테와 처음 춤을 추었을 때 입었던 단출한 파란색 연미복을 더는 입지 않기로 결정하기까지가 참 힘들었어. 하기야 그 옷은 이제 너무 낡아 초라해지긴 했지만. 그래서 목깃과 소매까지 전의 것과 똑같은 옷을 새로 맞추었지. 그리고 하는 김에 노란 조끼와 바지도 맞추었어.

하지만 전과 같은 느낌은 들지 않을 것 같아. 이유는 잘 모르겠어. 내 생각에는 시간이 지나면서 이 옷에도 차츰 정이 들겠지.

9월 12일

로테는 알베르트와 함께 며칠간 여행을 다녀왔어. 오늘 그녀의 집에 갔더니 나를 맞이해 주더군. 너무나 기쁜 나머지 그녀의 손에 입을 맞추었어.

거울 위에 있던 카나리아 한 마리가 날아오더니 그녀의 어깨 위에 앉더군. "새 친구예요." 로테는 새를 자기 손 위에 앉혔어. "동생들을 위해서 가져왔어요. 너무 귀여워요! 보세요! 빵을 주면 날개를 파닥이며 신나게 쪼아 먹어요. 내게 입맞춤도 하는걸요. 이것 보세요!"

그녀가 새를 향해 입을 내밀자 새는 그 작은 부리를 그녀의 예쁜 입에 사랑스럽게 갖다 대는 것이 아닌가. 마치 행복감을 느낀다는 듯이 말이야.

"당신에게도 입 맞추게 할게요." 로테는 이렇게 말하더니 새를 내게 건네주었어. 그 작은 부리가 그녀의 입술에서 내 입술로 이동한 것이지. 부리로 쪼아댈 때의 촉감은 숨결 같았어. 사랑으로 가득 찬 희열의 느낌말이야.

"새의 입맞춤도," 하고 내가 말했어. "전혀 욕망이 없는 것은 아니군요. 먹이를 주길 바라다가 공허한 애무만 받고 못내 불만스럽게 돌아서는 느낌말이죠."

"제가 입으로 주는 먹이도 받아먹는답니다." 그녀가 말했어. 그녀는 입술에 빵 조각을 물고 새에게 입을 내밀었어. 그 입술에서는 순진한 사랑을 느낄 때의 기쁨이 미소처럼 번져갔어.

나는 고개를 돌렸어. 그녀가 그런 행동을 하지 않았더라면 좋았을 텐데. 천사같이 순수하고 행복한 모습으로 나의 상상력을 자극하여 삶에 대해 초연하게 잠들어 있던 내 마음을 흔들어 깨우지 말았어야 했는데! ― 그런데 그래서는 왜 안 되는 거지? ― 그녀가 나를 그토록 믿고 있는데! 그리고 내가 얼마나 사랑하는지 그녀도 알고 있는데!

9월 15일

빌헬름, 지상에서 아직도 가치가 있는 몇 안 되는 것들의 의미를 알거나 느낄 줄 모르는 사람들을 생각하면 돌아버릴 것 같아. 자네도 알고 있지? 내가 St라는 마을의 그 독실한 목사님 댁에서 로테와 함께 앉아 있을 때 그늘을 만들어 준 호두나무들, 정말이지 항상 마음의 평화를 얻었던 그 멋진 나무들 말이야! 이 나무들이 목사관을 얼마나 정겹게 보이게 했고 얼마나 시원하게 만들었던가! 그 가지들은 얼마나 멋지게 늘어져 있었던가! 게다가 수년 전 이 나무를 심은 신실한 목사님들까지 기억나게 하지. 학교 선생님은 자기 할아버지한테 들었던 그 어떤 이름을 자주 언급하곤 했어. 그분은 아주 훌륭한 분이셨어. 이 나무들 밑에서 그분을 떠올릴 때마다 나는 성자라는 느낌이 들었어. 정말이지, 어제 누군가 이 나무들을 잘랐다고 말하자 선생님의 두 눈에 눈물이 고였다네. 잘렸어! 나는 돌아버릴 것 같았고, 처음 이 나무를 벤 놈을 죽이고 싶을 정도였어. 우리 집 마당에 있는 그런 나무 몇 그루가 있고, 그들 중 하나가 수명을 다해 고사해도 슬플 텐데, 잘린 것을 보고만 있어야 한다니. 사랑하는 빌헬름, 그래도 한 가지는 분명해졌어. 인간의 감정이 무엇인지 말이야! 마을 전체가 수군대고 있어. 목사 부인이 이제 버터와 달걀 그리고 다른 답례가 줄어드는 걸 보고 나서야 여기 사람들에게 얼마나 마음의 상처를 주었는지 알게 될 거야. 새로 부임한 목사(늙은 목사님은 그사이에 돌아가셨어)의 사모인 바로 이 여자, 깡마르고 병약한 이 여자가 세상 사람들은 전혀 아랑곳하지 않고 일을 벌인 장본인이야. 하기야 아무도 그녀에게 관심을 가지지 않긴 했지. 이 어리석은 여자는 학식을 쌓는 데 열을 올려서 성경 연구에 몰입했다더군. 심지어 최근 유행을 따라 도덕적, 비판적 기독교 개혁을 도모하는 데 심취했으며, 그런 이유로 라파터의 부흥 신앙에는 부정적인 생각을 가졌대. 그러다 건강은 아주 나빠져서 하나님이 만드신 지상에서 아무런 기쁨도 얻을 수 없었고. 이런 인간이니 내가 아끼던 호두나무를 자르고도 남았겠지! 정말이지 기가 찰 노릇이야. 그녀의 주장에 따르면 나뭇잎이 떨어져서 마당을 더럽고 질퍽하게 하며, 그 나무들이 햇빛을 가리고, 호두가 익기라도 하면 아이들이 그 나무에 돌을 던져서 그녀의 신경을 건드린다고 해. 그녀가 케니콧, 제믈러, 미하엘리스 같은 학자들의 생각을 비교하며 생각에 빠질 때 방해가 된다는 식이었어. 마을 사람들, 특히 노인들이 불만이 많아 보여서 물어보았지. "왜 그걸 그냥 보고만 있었습니까?" — "여기서는 면장이 하고 싶은 일이면 마음대로 다한다네." 그런 대답이 돌아왔어. 하지만 한 가지 잘된 일이 있어. 수프를 이유 없이 늘 묽게 끓여 주는 아내가 미웠던 차에 무엇인가 얻어내야겠다 싶었던 목사와 그 면장이 그 돈을 함께 나누기로 했대. 그때 노회에서 이 사실을 알고 말했어. "돈을 가져오시오!" 나무들이 서 있던 목사관 일부의 땅에 대해 여전히 노회가 소유권을 갖고 있었기 때문이야. 노회는 그 나무들을 경매가가 가장 높은 데 팔았대. 나무는 쓰러져 있어! 오, 내가 영주였다면! 그 목사

사모와 이장과 관리청을 모조리! 하기야 내가 영주였다면, 내 영지 안에 있는 몇 그루 나무에 신경이나 썼겠는가!

10월 10일

로테의 검은 눈동자를 쳐다보기만 해도 나는 벌써 행복감에 잠겨! 하지만 정말 화가 나는 것은 알베르트가 — 바라던 만큼 — 만약에 나라면 그러리라 — 여겼던 만큼 행복해 보이지 않았다는 것이야. 나는 붙임표를 이렇게 많이 사용하고 싶지 않아. 그렇지만 이렇게 밖에는 내 마음을 표현할 도리가 없고, 또 이렇게 표현하니 분명해진 것 같아.

10월 12일

내 마음속에서 오시안이 마침내 호메로스를 압도해 버렸다. 이 영웅이 나를 이끌고 가는 세계란! 어스름한 달빛 속에서, 자욱한 안개를 헤치고 조상들의 혼령들을 이끌고 가는 이가 폭풍우를 맞으며 달려가는 거친 들판을 우리가 지나간다. 산골짜기에서는 숲의 계곡물이 콸콸 소리 내고, 동굴에서는 망령들이 사라져 가는 소리가 바람결에 들린다. 그리고 고귀하게 목숨을 바친, 가장 사랑하는 사람이 잠들어 있는, 이끼 덮이고 풀 우거진 네 개의 묘비 옆에서는 숨이 넘어갈 듯 통곡하는 아가씨의 소리가 들린다. 그 백발의 방랑 시인은,

넓은 광야를 누비며 조상들의 발자취를 찾아 나섰다가 드디어 그들의 묘비를 발견하고, 바다로 떨어지는 정겨운 저녁별을 바라보며 비탄의 노래를 부른다. 그러면 아득한 시간들이 영웅의 마음속에 생생하게 되살아난다. 그때는 다정한 별빛이 용사들의 위험한 순간들을 비춰 주고 달빛은 승리하고 귀환하는 꽃 장식한 배를 비춰 주었던 때였다. 그의 이마에는 깊은 근심이 서려 있고, 홀로 남겨진 이 최후의 영웅은 쇠잔한 몸을 이끌고 무덤을 향해 비틀거리며 다가간다. 죽은 자들의 넋이 힘없이 모습을 드러내자 그는 고통으로 일그러진 새로운 기쁨을 만끽하며, 차가운 대지와 바람에 흔들리는 우거진 수풀을 굽어 보며 이렇게 외친다. “내가 아름다웠던 시절 나를 알았던 길손이 찾아오리라, 와서는 이렇게 물으리라. ‘핑갈의 훌륭한 아들, 그 가인은 지금 어디에 있는가?’ 그의 발걸음은 내 무덤 위로 지나갈 것이며, 그가 이 지상에서 헛되이 나를 찾아 헤매리라.” 오, 친구여! 나도 고귀한 용사처럼 칼집에서 칼을 뽑아 들고 천천히 죽어가는 나의 군주의 마지막 고통을 단숨에 끊어 주고 싶다. 그리고 고통에서 해방된 그 신의 뒤를 따라 나의 마음도 보내고 싶다.

10월 19일

아, 이 빈틈! 내 가슴속에 느껴지는 이 무서운 빈틈! 나는 늘 생각한다. 단 한 번만이라도, 정말 꼭 한 번만이라도 그녀를 품에 안아볼 수 있다면, 이 빈틈이 채워질 텐데.

10월 26일

그래, 한 인간의 존재에 큰 가치가 없다는 확신이 들어. 친구여, 그런 확신이 들고 그 확신은 더욱 굳건해지고 있네. 가치가 없고말고. 어느 날 로테의 여자 친구가 로테를 찾아왔어. 나는 옆방으로 가서 책을 들었지. 하지만 읽을 수가 없어서 뭘 써 볼까 하고 펜을 들었지. 두 사람이 소곤거리는 소리가 들렸어. 둘은 사소한 이야기들, 저잣거리에서 일어난 일을 이야기하고 있더군. 누구는 결혼을 한다고 하고, 누구는 아픈데 심하게 아프다는 얘기를 했어. "그 여자는 마른기침을 하는데 얼굴에 뼈가 나올 정도로 마른 데다 무력증이 생겼다고 해. 난 오래 산다고 장담 못 해." 하고 한 여자가 말하자, "그 모모란 사람도 상태가 좋지 않다던데." 하고 로테가 말했어. "그 사람은 배가 부어올랐대." 다른 여자가 맞받았어. 그러자 나는 상상의 날개를 타고 이 불쌍한 사람들의 침대 곁으로 날아갔지. 나는 이 사람들이 얼마나 원통해 하며 삶과 작별하는지 봤고, 어떻게 이들이 ― 빌헬름! 그래, 이 여자들은 남의 이야기하듯 했지. ― 그래, 낯선 사람이 죽는 것을 이야기하듯 하는 것을 보았어. ― 그러자 나는 주위를 둘러보고 방을 자세히 바라보고, 내 옆에 있는 로테의 옷과 알베르트의 서류 그리고 그간 내게 친숙해진 가구들을 보았어. 그리고 잉크병까지 말이야. 그것들을 바라보면서 나는 생각했어. 자, 너는 지금 이 집에 있다! 모든 것이 부족함이 없다. 너의 친구들이 너를 존중하고 있고! 너는 이들에게 종종 기쁨을 주지. 네 마음에 이들이 없으면 존재할 수 없을 것 같은 느낌이 들지. 하지만 ― 만약 네가 떠난다면, 만약 네가 이 모임과 이별한다면? 이들이 빈자리를, 얼마나 오래 그 빈자리를 느낄까? 그리고 너를 상실한 것이 그들의 운명에 영향을 미칠까? 오, 인간이란 얼마나 덧없는가. 자기 존재를 확신할 수 있는 곳에서만 그는 존재한다. 그의 존재에 대한 유일한 인상을 만드는 곳, 그곳에서만 존재하지. 그를 사랑하는 사람이 추억하는 곳에서, 그의 마음속에서만 존재한다고. 하지만 그곳에서도 불빛이 꺼지고 사라지게 될 것은 틀림없어. 그것도 얼마 지나지 않아서!

10월 27일

사람들이 서로에 대해 그처럼 별것 아닐 수도 있다는 것을 생각하면, 내 가슴을 갈기갈기 찢고 머리를 짓이기고 싶은 충동이 자주 일어. 아, 사랑이나 기쁨, 온정, 환희, 이러한 것을 내가 베풀지 않으면 남도 내게 주지 않는 법이지. 그리고 온 마음으로 가득히 행복하게 하려고 해도, 내 앞에 냉정하고 무기력하게 서 있는 사람을 행복하게 할 도리는 없어.

10월 27일 저녁

나는 이렇게 많은 것을 가졌는데, 그녀에 대한 감정이 모든 것을 다 삼켜 버리네. 나는 이렇게 많은 것을 가졌는데, 그녀가 없다면 이 모든 것이 다 무엇이란 말인가.

10월 30일

내가 이미 수백 번이나 그녀의 목을 껴안기 직전까지 가지 않았더라면! 이처럼 사랑스러운 여인이 눈앞에서 어른거리는 것을 보면서도, 잡아서는 안 될 때 어떤 느낌인지 저 위대하신 하나님만이 아실 거야. 손을 내밀고 붙잡는 것은 인간의 가장 자연스러운 충동이고, 어린아이들은 눈에 띄는 것이 있으면 아무것이든 손을 내밀어 잡으려고 하지 않는가? 그런데 나는?

11월 3일

정말이야! 잠자리에 들 때 다시는 깨어나지 않았으면 하는 마음, 자주 그런 확실한 기대를 가지고 잠자리에 들 때가 많아. 그런데 아침에 눈을 뜨면 해가 또 떠 있고, 나는 실로 참담해지고 말아. 아, 내가 변덕스러울 수만 있다면, 그래서 모든 것을 날씨 탓으로 돌리거나, 제삼자에게 돌리거나 잘못된 계획 때문이라고 돌릴 수만 있다면, 분노라는 참을 수 없는 짐도 반으로 줄어들 거야. 그러나 이런! 오로지 나 자신에게 모든 잘못이 있다는 것을 너무나 잘 알고 있어. 아니, 잘못이라고 할 수는 없지! 과거에 모든 행복의 원천이 내 안에 감춰져 있었던 것처럼, 이제는 모든 슬픔의 원천이 내 안에 충분히 있다네. 한때 감정의 충만함으로 부유하고, 발을 내디딜 때마다 천국이 따라오고, 온 세계를 사랑스럽게 포용하던 마음을 가졌던 그 사람이 바로 지금의 나와 같은 사람이 아닌가? 그러나 이런 마음은 이제 죽어 버렸고, 어떤 감동도 나오지 않으며 이미 눈물마저 말라 버렸고, 이제 나의 감각들은 상쾌한 눈물로 소생할 줄 몰라. 그것들은 나의 이마에 두려움으로 인한 주름만 만들지. 내 삶에서 유일한 기쁨을 잃어버렸기에, 내 주변의 세계들을 창조했던 그 신성하고 활기찬 힘을 잃어버렸기에 나는 아주 고통스럽네. 그 세계들은 사라져 버렸어! ― 창문 밖으로 멀리 언덕을 바라다보면, 아침 해는 언덕 너머에서 안개를 헤치고 고요한 초원을 비추고, 이파리가 떨어진 버드나무 사이로 고요히 흐르는 시냇물은 내게로 굽이쳐 다가온다. ― 오! 그러나 이 장대한 자연이 내게는 한낱 바니쉬를 칠한 그림같이 서 있지. 이런 온갖 기쁨마저도 나의 심장으로부터 한 방울의 행복조차 내 머릿속으로 넣어 주질 못 해. 그리고 하나님 앞에서 건장한 사내가 마치 바싹 말라 버린 우물이나 그 곁에 깨어진 항아리처럼 서 있어. 나는 자주 바닥에 엎드려 하나님께 눈물을 달라고 기도했어. 하늘이 불볕더위를 내려서 주위에 땅이 타들어 갈 때 농부가 비를 달라고 기도하듯이 말이야.

그러나 아, 하나님이 우리가 아무리 통절하게 기도한다고 해서 비와 햇빛을 주지 않는다는 생각이 들어. 다시 생각하자면 고통스러운 그 시절, 왜 그 시절은 그렇게 행복했던 것일까? 그건 내가 참을성 있게 영을 기다리고, 하나님이 내게 쏟아부은 기쁨을 온 마음으로 깊이 감사하면서 받아들였기 때문일 거야!

11월 8일

로테가 내가 과음한다고 나무랐어! 아, 너무나 애정 어린 소리로 말이야! 내 과음은 늘 포도주 한 잔에서 시작하여 한 병으로 끝나곤 했어. "그러지 마세요! 로테를 생각해서 말이에요!" 그렇게 말했어. 나는 "생각해서라고요! 내게 그렇게 말할 필요가 있을까요? 로테를 생각하라고? 생각하는 정도가 아닙니다! 그대는 언제나 내 마음 앞에 있답니다. 오늘도 저는 그대가 최근에 마차에서 내린 그곳에 앉아 있었는데요……." 하고 말했어. 그녀는 다른 데로 말을 돌렸어. 아마 이런 이야기 속으로 더 깊게 들어가고 싶지는 않았겠지. 친구여, 나는 이제 사라지고 없어! 그녀가 마음대로 나를 조종하게 되었어.

11월 15일

빌헬름, 자네가 진심으로 관심을 가지고, 따뜻한 충고를 해준 것이 고맙네. 그러니 조용히 기다려 줘. 나를 지켜봐 줘. 사실 너무 힘들지만, 아직도 극복할 힘이 있다네. 자네도 알다시피 나는 종교를 존중해. 종교가 지친 자들에게 지팡이가 되고 목이 마른 자들에게 물을 준다는 사실을 잘 알고 있어. 다만 종교가 모든 개인에게 똑같이 그럴 수 있고, 또 그래야만 할까? 이 세상 많은 이를 살펴보면, 설교를 들었건 안 들었건, 종교가 전에 그런 영향을 끼치지 않았거나, 앞으로 끼치지 못할 사람들이 수없이 많다는 사실을 자네도 알 거야. 그런 마당에 종교가 나에게 도대체 어떤 영향을 미쳐야 한단 말인가?

하나님의 아들조차도 자기에게 온 사람이 곧 하나님께서 보내 주신 사람이라고 말하지 않았던가?[23] 만일 내가 그에게 보내진 사람이 아니라면? 내 마음이 내게 말하듯, 만약 아버지 하나님이 나를 당신 곁에 잡아 두시려고 한다면? 제발 부탁이니 잘못 해석하지 말아 주게. 순수하게 내 마음에서부터 나온 말이니 말씀을 모독하고 있다고 생각하지 말게. 자네에게 하는 말은 내 온 마음이니. 그렇지 않다면 나는 오히려 말하지 않았을 거야. 나는 알지 못하는 사실에 대해서는 쓸데없는 말을 하고 싶지 않아. 결국 인간의 운명이란 자기에게 주어진 직분을 잘 감당하고 자기의 마지막 잔을 마시는 것이 아니겠는가? 그런데 하나님께서도 인간의 모습을 한 그의 입술에는 그 술잔이 너무 쓰다고 하셨거늘 나라고 해서 어찌 위대한 척하며 그 잔이 단 것처럼 행동해야만 하는가? 나의 존재 자체가 사느냐 죽느냐의 기로에서 떨고 있는 이 섬뜩한 순간에, 지나간 시절이 미래라는 캄캄한 분화구를 번갯불처럼 비추고, 내 주위의 모든 것이 무너지고, 나와 더불어 이 세계도 몰락하는 이 끔찍한 순간에, 내가 수치스러워해야 할 이유가 무엇인가? 이제 깊은 마음속으로 내몰려서 자신을 잃고 끝없이 추락하는 인간의 목소리가 들리지 않는가? 그 마음의 바닥에서 헛되이 위를 향해 올라가려 필사적으로 이를 갈며 부르짖는 소리가 들리지 않는가? "나의 하나님, 나의 하나님, 어찌하여 나를 버리셨나이까?"[24] 내가 이 말을 수치스럽게 생각해야 말인가? 하늘을 두루마리처럼 둘둘 말아버리는[25] 그 아들조차 피할 수 없었

* * *

23 요한복음 6장 44절
24 마태복음 27장 46절
25 이사야 34장 4절, 요한 계시록 6장 14절, 시편 104편 2절

던 그런 순간을 보고 벌벌 떨어야 한단 말인가?

11월 21일

그녀는 나와 그녀를 파멸시킬 독약을 스스로 준비하고 있다는 사실을 알지도 느끼지도 못하네. 그런데 그녀가 나를 몰락으로 이끌고자 내게 건넨 술잔을 나는 온통 탐욕스럽게 홀짝거리네. 그녀가 나를 자주 — 자주? — 아니 자주라고 할 수는 없어. 그래도 종종 나를 바라보는 정다운 시선, 무의식적인 내 감정의 표현을 받아들이는 호의, 그리고 그녀의 이마에 표현되는 나의 인내에 대한 연민은 대체 무엇일까?

어제 내가 떠나올 때 그녀는 내게 손을 건네며 말했어. "안녕히 가세요, 사랑하는 베르테르!" 사랑하는 베르테르! 그녀가 내게 '사랑하는'이라는 말을 붙인 건 이번이 처음이었네. 이 말이 내 골수까지 스쳤네. 나는 그 말을 수백 번 반복했어. 어젯밤 잠자리에 들 때도, 나 혼자 온갖 말을 혼자 지껄일 때도, 결국 한번은 이렇게 말하고 말았어. "잘 자요, 사랑하는 베르테르!" 그러고선 내 꼴에 혼자 웃고 말았네.

11월 22일

'그녀를 저에게 허락하여 주세요.'라고 기도할 수는 없겠지. 그런데도 자주 그녀가 내 사람인 것 같다는 생각이 들어. '그녀를 저에게 주세요!'라고 기도할 수는 없어. 그녀는 다른 남자의 여자이니까. 나는 괴로운 심정으로 이렇게 흰소리를 늘어놓고 있어. 이대로 두다가는 모순의 반복만 일어나겠지.

11월 24일

내가 참고 있다는 것을 그녀도 느끼는가 봐. 오늘 그녀의 눈길이 내 가슴속 깊은 곳을 꿰뚫고 지나갔어. 그녀가 혼자 있는 것을 보았지만 아무 말도 하지 않았어. 그녀는 나를 그저 바라보더군. 나는 더 이상 그녀에게서 소녀 같은 아름다움은 볼 수 없었어. 더 이상 뛰어난 정신의 광채 같은 것도 볼 수 없었어. 그 모든 것은 사라져 버렸어. 그보다 마음 깊이 보살피고 가장 따뜻한 연민을 품은, 더욱 깊은 눈빛을 느꼈네. 왜 나는 그녀의 발아래 몸을 던지지 못했던가? 왜 나는 그녀의 목에 매달려 수많은 키스를 퍼부음으로 응답하지 못했던가? 그녀는 어색했던지 클라비코드 쪽으로 몸을 피하더니, 클라비코드 반주에 따라 달콤하고 나직한 목소리로 감미로운 노래를 불렀네. 나는 지금까지 그녀의 입술이 그토록 매력적인 것을 본 적이 없었어. 그 입술은 마치 그녀가 흐느끼듯 입을 열고, 클라비코드에서 흘러나오는 저 달콤한 음들을 들이마시는 것 같았어. 그저 저 비밀스러운 메아리가 그 순결한 입에서 울려 나오는 것 같았지. — 그래, 이 소리를 있는 그대로 말로 할 수 있으면 좋을 텐데! 나는 이 노래에 더는 저항하지 못하고 고개를 숙이고 맹세했네. 하늘을 떠도는 신령神靈들이 지키고 있는 입술들이여, 앞으로 그대들에게 결코 입 맞출 생각은 하지 않겠다. — 아니야, — 나는 — 이것 봐, 이것이 칸막이처럼 내 마음 앞을 가로막고 서 있어. — 이 축복을 원해? — 그렇게만 된다면 이 죄의 대가를 치르기 위해 지옥으로 떨어져도 좋아. 과연 그게 죄인가?

11월 26일

나는 속으로 자주 이런 말을 하네. 너의 슬픔으로 족해. 다른 사람들은 모두 행복하게 되기를 빌자. 어느 누구도 이렇게 고통당하지는 않았어. 그러면서 옛 시인의 시를 읽으면 마치 나 자신의 심장을 들여다보는 것 같아. 나도 그처럼 참아야만 하는 거야! 아, 이전에도 많은 이가 벌써 그토록 힘들게 살았단 말인가?

11월 30일

나는 아무래도, 제정신으로 살 수는 없을 것 같아! 어딜 가든 나를 초조하게 하는 일과 마주치니까 말이야. 오늘도 그랬어! 아, 운명이란! 아, 인간이란!

점심때면 나는 개울가로 나가곤 해. 점심을 먹고 싶은 생각이 없었어. 모든 것이 황량했고, 산에서 습하고 차가운 저녁 바람이 불어왔고, 먹구름이 계곡으로 몰려왔어. 저 멀리서 헤진 초록색 상의를 입은 초라한 남자가 보이더군. 그 사람은 바위 사이를 기어 다니며 약초를 찾고 있는 것 같았어. 가까이 다가가자 그 사람은 인기척에 몸을 돌려 나를 돌아보더군. 그는 독특한 표정을 하고 있었어. 그의 얼굴은 전체적으로 잔잔한 슬픔이 묻어 있었으나 그 슬픔에서 묻어나는 것은 올곧고 선한 심성이었어. 검은 머리는 핀을 꽂아 두 다발로 묶었고, 나머지 머리카락은 굵게 땋아 등 쪽으로 늘어뜨리고 있었어. 옷차림으로 봐서는 신분이 낮은 사람 같아서, 그가 하는 일에 관심을 표시해도 기분 나빠할 것 같지는 않았어. 그래서 무엇을 찾고 있느냐고 물어봤지. 그가 깊은 한숨을 내쉬며 대답했어. "꽃이요. 근데 보이지를 않네요.", "꽃이 피는 계절이 아니잖소." 내가 웃으며 말했지. 그는 내가 있는 쪽으로 내려오며 대답했어. "꽃이라면 얼마든지 있어요. 우리 집 정원에는 장미와 두 종의 인동초가 있어요. 그중 하나는 아버지가 제게 주신 건데 이놈들은 잡초처럼 자란답니다. 벌써 이틀째 찾고 있는데 보이질 않네요. 이 근처에는 언제나 노란 꽃, 파란 꽃, 빨간 꽃들이 있어요. 그리고 용담초에 작고 예쁜 꽃망울이 피어요. 그런데 아무것도 안 보이네요." 그때 어떤 섬뜩함이 느껴졌네. 그래서 돌려서 물어봤지. "꽃은 어디다 쓰려고 하는 건지요?" 갑자기 그의 얼굴에 환하게 떨리는 미소가 번졌어. 그러고는 입에다 손가락을 갖다 대며 말하더군. "다른 사람에게 말하지 마세요. 사실은 여자 친구에게 꽃다발을 선물하겠다고 약속했어요." — "참 좋은 생각입니다." 이렇게 말했어. "오! 그녀는 다른 것도 많이 갖고 있어요. 부자예요." 그가 말했어. "그래도 당신이 주는 꽃다발을 좋아할 거예요." 내가 말을 하자 그는 계속 말을 이어갔어. "오! 그녀는 보석도 있고 왕관도 있어요." — "대체 그 사람 이름이 뭐지요?" 그러자 그는 "네덜란드 정부가 나한테 봉급을 지급했더라면 내가 이런 꼴은 아니었을 겁니다! 나도 잘나갈 때가 있었거든요.! 그러나 이젠 틀렸어요, 난 지금…….” 하고 말을 했네. 하늘을 향한 그의 젖은 눈은 모든 것을 말해 주었어. 계속 물어보았지. “그러니까 당신은 전에 행복했을 때가 있었군요?” 그러자 그는 “아, 다시 그때처럼 살았으면 좋겠어요! 그땐 정말 좋았고 너무나도 즐거웠어요. 마치 물 만난 고기 같았지요!” 그때 어떤 늙은 여자가 우리 쪽으로 오면서 “하인리히! 하인리히, 어디 있는 거냐? 널 찾으러 온 데를 다 돌아다녔잖아. 밥 먹으러 오너라.” 하고 소리치더군. “아드님이신가요?” 그 부인 쪽으로 다가가며 물었어. “그래요. 내 불쌍한 아들!” 하며 그녀가 한숨을 짓더군. “하나님께서 내게 무거운 십자가를 지우셨습니다.” 내가 물어보았지. “저렇게 된 지는 얼마나 되었습니까?” 그 부인은 말했어. “그나마 이렇게 된 게 반년쯤 됐답니다. 저 정도인 게 천만다행이지요. 그전에는 일 년 내내 미쳐 날뛰어서 사슬에 묶인 채 정신병원에 있었답니다. 지금은 아무한테도 해를 끼치지는 않아요, 다만 항상 왕이니 황제니 이런 말을 해대지요. 원래는 착하고 과묵한 아이여서 돈도 벌어 살림에 보태고 글씨도 잘 썼어요. 그런데 어느 날 갑자기 우울해지고 고열을 겪더니 그 후에 정신이 이상해졌지요. 지금 보시는 저 상태로 말입니다. 설명을 하자면, 저기…….” 나는 부인의 말을 끊고 물어봤어. “아드님이 너무나도 행복하고 좋았다고 자랑하는 그 시절은 언제인가요?” — “어리석은 놈!” 부인은 딱하다는 듯 미소를 지으며 큰 소리로 말했어. “그건 그 애가 정신이 없던 때를 말하는 겁니다. 자기가 누군지도 모르고 정신병원에 누워 있을 때 말입니다.” 벼락을 맞은 것 같았어. 노파에게 돈을 한 푼 쥐어 주고는 얼른 그 자리를 떠났어.

그때 네가 행복했다! 나는 큰소리로 외치며 앞을 바라보며 시내로 향했어. 그때 너는 물을 만난 고기 같이 좋았다! 하늘에 계신 하나님! 당신은 인간들이 오성을 얻기 전이나 그 오성을 다시 잃어버렸을 때 외에는 행복하지 못하도록 인간의 운명을 예정해 놓았습니까? — 불쌍한 사람! 그런데도 나는 그대의 슬픔과 그대를 괴롭게 하는 감각의 혼란이 얼마나 부러운지 모른다! 그대는 그대의 여왕에게 꽃을 꺾어 바치기 위해 — 겨울인데도 — 희망에 부푼 마음으로 나서지 않는가. 그러고는 꽃이 없다고 슬퍼하고, 왜 꽃을 찾지 못하는지 알지도 못하지. 그런데 나는 희망도 없고 목적도 없이 나섰다가 다시 집으로 돌아와. 그대는 네덜란드가 그대에게 봉급을 주면 그대가 어떤 사람이 될 거라고 망상이라도 하지. 자신이 행복하지 못한 것이 세상 때문이라고 원망하는 복 있는 사람이로다! 그대는 느끼지 못해. 그대는 그대의 무너진 가슴에 망가진 머리에 불행이 있다는 것을 느끼지 못해. 지상의 어떤 왕들도 해결해 줄 수 없다는 것을 말이야.

어떤 병자가 병을 고치려고 머나먼 샘물을 찾아가는데, 거기까지 가다가는 병만 더 키우고, 숨이 붙어 있는 시간마저 더 고통스럽게 될 것이라고 그 병자에게 빈정대는 사람이 있다면 그 사람이야말로 모름지기 죽어 마땅하지! 양심의 가책에서 해방되고, 마음의 슬픔을 덜기 위해 성지 순례를 떠나는 무거운 마음을 가진 사람을 경멸하는 사람도 마찬가지야. 길도 나 있지 않은 곳에서 발걸음을 뗄 때마다 신발 바닥이 쩍쩍 갈라진다 해도, 그 걸음은 근심에 찬 그의 마음에 한 방울의 진통제가 된다. 그리고 하루하루 더 늘어나는 여행 일정은 마음속의 온갖 근심을 더 가볍게 내려놓게 한다. 그런데 안락한 방석 위에 앉아 입방아만 찧는 당신들이 이것을 망상이라고 부를 수 있을까? — 망상이라! — 오, 하나님! 당신은 나의 눈물을 보고 계시지요! 우리를 아주 가난하게 만들어 놓은 당신, 당신은 우리에게 그 조금의 가난과 당신을 향한 믿음마저 훔쳐가는 자들을 형제라고 주셨습니까? 세상 모든 것을 사랑하는 하나님이여! 약초 뿌리에 대한 믿음, 포도 줄기의 즙에 대한 믿음이 곧 당신에 대한 믿음이 아니고서 무엇이겠습니까? 우리가 매 순간 필요한 것, 우리를 에워싸고 있는 당신이 주신 모든 것, 우리를 치료하고 고통을 덜 수 있는 힘을 주신 모든 것에 대한 믿음이야말로 당신에 대한 믿음이 아니고 무엇이겠습니까? 내가 알지 못하는 아버지시여! 그런데도 나의 마음을 늘 채우시던, 지금은 제게서 얼굴을 돌리신 아버지시여! 저를 당신께 불러주소서! 더 이상 잠잠하지 마옵소서! 당신의 침묵은 저의 메마른 마음을 진정시키지 못할 것입니다. 뜻밖에 돌아온 아들이 목에 매달려 다음과 같이 외친다면 어떤 인간이, 어떤 아버지가 화를 낼 수 있을까요? "제가 돌아왔습니다, 아버지! 아버지가 원하셨던 만큼 오래 배움의 편력을 하지 못하고 중도에 돌아왔다고 화내지 마세요. 세상살이 어딜 가나 똑같아요. 수고하고 일하면 대가와 기쁨이 따르지요. 하지만 그게 제겐 큰 의미가 없어요. 아버지가 계신 곳만이 편안하답니다. 저는 아버지가 계시는 곳에서 수고하고 즐기고 싶습니다." 사랑하는 하늘 아버지시여, 당신은 그런 아들을 내치시렵니까?

12월 1일

빌헬름! 지금까지 내가 말한 그 남자, 행복한 그 불운아는 바로 로테 아버지의 서기였어. 남몰래 로테에 대한 연정을 키우다가 결국 그 열정이 발각되어 그 때문에 서기직에서 쫓겨났고 끝내 미쳐 버리고 말았어. 그 얘기를 듣고 내가 얼마나 충격을 받았는지 이 무미건조한 글에서 느껴 주길 바라네. 아마 자네도 그러하겠지만 알베르트가 내게 그 이야기를 들려주며 얼마나 태연했는지 몰라.

12월 4일

이해해 주게. 정말이지 나는 이제 한계에 다다랐어. 더는 참을 수가 없네! 오늘 그녀 옆에 앉아 있었어. 난 앉아 있었고 그녀는 클라비코드를 연주했고. 여러 노래를 연주하면서 온갖 감정을 다 표현하더군! 모든 걸! — 모든 걸! — 네가 원하는 게 뭐야? — 로테의 작은 여동생은 내 무릎 위에 앉아서 인형을 치장하고 있었고. 눈물이 났네. 고개를 숙이자, 그녀의 약혼반지가 보이더군. — 눈물은 떨어지고 — 그런데 갑자기 그녀가 갑자기 달콤한 옛 노래를 치기 시작했어. 갑작스럽게 말이야. 내 마음에 위로가 되는 동시에 과거의 기억이 떠오르기 시작했어. 내가 예전에 그 노래를 들었을 때 불쾌한 감정 때문에 우울하게 지내던 시절, 헛수고로 돌아간 희망에 대한 기억이 말이야. 그 후 나는 방안을 이리저리 걸어 다녔고, 어떤 감정이 북받쳐 올라 가슴이 미어졌어. "제발," 나는 그녀에게 다가가며 격하게 소리쳤어. "제발, 그만 하세요!" 그녀는 클라비코드 연주를 멈추더니 나를 멍하니 쳐다봤어. "베르테르, 많이 아픈 것 같아요. 당신이 가장 좋아하는 곡도 싫다니. 이제 집에 가세요! 가셔서 안정을 취하세요." 나는 그대로 그 자리를 떠나왔어. — 하나님! 제 슬픔을 아시겠지요. 이 슬픔을 끝내 주세요.

12월 6일

로테의 모습이 항상 나를 따라다니고 있네! 깨어 있을 때나 꿈속에서도 그녀는 내 마음을 충만하게 채우고 있어! 눈을 감으면 여기 이곳에, 마음의 눈이 집중되는 여기 이 이마에 그녀의 검은 눈이 나타나! 여기 말이야! 하지만 자네에게 그걸 보여줄 방법이 없네. 내가 눈을 감으면 그녀의 눈이 보이네. 마치 바다처럼, 마치 낭떠러지처럼 그녀의 눈은 내 앞에, 내 안에 펼쳐져 있고 내 이마의 감각을 가득 채우고 있어.

반은 신이라고 칭송받는 인간이란 무엇인가! 그가 가장 필요로 하는 순간에 그 힘들이 사라져 버리는 것은 무슨 일인가? 그가 기쁨에 가득 차 춤을 추거나 고통의 나락에 떨어져 있을 때 덜미를 잡히고, 그 순간 둔탁하고 차가운 의식으로 다시 돌아가는 것은, 무한성이 충만한 곳에서 그가 소멸하기를 바라기 때문이 아닐까?

편집자가 독자에게 드리는 글

친구 베르테르가 지난 며칠간 보인 특이한 행적들에 대해 직접 남긴 기록들이 가능한 한 많이 남아 있길 얼마나 바랐는지 모릅니다. 그러면 그가 남긴 편지를 편집자의 이야기로 끝내지 않아도 될 테니까요.

저는 베르테르가 어떻게 지냈는지 잘 알고 있는 사람들의 입에서 나온 정확한 이야기를 모으려고 애썼습니다. 그 이야기는 단순하고 모든 사람의 증언은 사소한 몇 가지를 제외하곤 다 일치합니다. 다만 입에 오르내리는 사람들의 성정에 대해서는 의견들이 제각각이고 판단도 달랐습니다.

결국 편집자가 해야 할 일은, 애써 탐문한 내용을 정직하게 설명하고, 고인의 유고 편지들을 아귀에 맞추어 넣고, 아무리 사소한 쪽지 글이라도 소홀히 다루지 않도록 하는 것입니다. 사실 평범하지 않은 사람은 사소한 행동 하나에도 그 사람만이 가진 진정한 동기를 찾아내는 것은 대단히 어렵기 때문입니다.

베르테르의 마음에 슬픔과 불쾌감이 점점 깊이 뿌리를 내렸고 더욱 단단히 뒤엉켜 그의 모든 존재를 차츰 집어삼키고 말았습니다. 정신의 균형은 완전히 깨졌고, 그의 천성이 가진 모든 힘을 무력화시킨 내적 흥분과 광기는 아주 고약한 영향을 미쳐, 마침내 그에게 피폐함만 남겼습니다. 그리고 지금까지 고통스러운 일과 싸울 때보다 더 불안한 마음으로 이런 피폐함에서 벗어나려고 애를 썼습니다. 가슴속의 불안감은 그나마 남아 있던 그의 정신력과 활기, 통찰력을 빼앗아 갔습니다. 그는 모임에서 쓸쓸한 모습을 보였고, 점점 더 의기소침해졌으며, 그렇게 의기소침할수록 점점 더 이상한 모습을 보였습니다. 알베르트의 친구들은 적어도 그렇게 말하고 있습니다. 이들은, 오랫동안 원하던 행복을 얻고서는 이 행복을 앞으로도 계속 유지할 만한 능력을 갖춘 이 순수하고 차분한 사람, 알베르트를 베르테르가 제대로 알지 못했다고 주장합니다. 베르테르는 그날그날 자신이 가지고 있는 돈을 다 써 버리고, 저녁이면 굶주리며 고통받는 사람이었으니 말이지요. 이들은 알베르트가 그렇게 짧은 시간에 변했을 리 없으며, 아직도 베르테르가 처음에 보았던 모습 그대로, 아끼고 존경하던 그대로라고 말하고 있습니다. 알베르트는 모든 점에서 로테를 사랑했고, 그녀를 자랑스러워했으며, 모든 사람이 그녀를 훌륭한 사람으로 인정하길 바랐다고 합니다. 그러니 의심을 살만한 일은 가급적 피하길 원하고, 그것이 아무리 순수한 관계라고 하더라도 멋진 자기 여자에게 빠진 어떤 사람과도 교제하고 싶지 않았다는 그를 나쁘게 생각할 수 있을까요? 이들 두 사람의 고백에 따르면, 사실 베르테르가 로테 곁에 있을 때면 알베르트는 자기 부인의 방에서 자리를 비켜 주었다고 합니다. 그것은 자기 친구에 대한 증

오나 혐오감 때문이 아니라, 자기가 있으면 그 친구가 부담을 느끼는 것 같았기 때문이었습니다.

로테의 아버지가 병들어 방 안에만 있게 되자 알베르트가 로테에게 자신의 마차를 보냈습니다. 그러면 로테는 마차를 타고 외출했습니다. 때는 첫눈이 많이 내려 마을을 덮은 청명한 겨울이었습니다.

베르테르는 다음 날 아침 그녀를 뒤따라갔습니다. 만약 알베르트가 그녀를 데려오지 않으면 자기가 데려올 생각으로 말이지요.

맑은 날씨도 그의 우울한 심정을 바꿀 수는 없었습니다. 쇠뭉치 같은 것이 그의 마음속에 가라앉아 있었고, 슬픈 기억들이 그를 움켜잡고 있었습니다. 그리고 그의 심정은 괴로운 생각들이 반복될 뿐 다른 일은 일어나지 않았습니다.

그는 자신과 끊임없는 불화에 시달렸기에 다른 사람의 마음도 더 의심스럽고 혼란스럽게 보였습니다. 그는 알베르트와 로테 사이의 좋은 관계가 틀어졌다고 생각하여 그 점에 대해 자책을 했는데, 이 자책에는 그녀의 남편 알베르트에 대한 은근한 반감도 섞여 있었습니다.

길을 가는 도중에도 그의 생각은 계속 이 일에만 집중되었습니다. 그는 속으로 이를 갈면서 중얼거렸습니다. "그래, 그렇게 말하겠지. 그게 바로 친숙하고 친절하고 다정하고, 매사에 관심을 갖는 관계이자, 조용하고 변함없는 신의라고! 아니, 그건 권태와 무관심이야! 그는 소중하고 멋진 아내보다 저 허접한 공무에 더 마음을 두고 있잖아? 그가 자기의 행복이 무엇인지 제대로 알고 있기나 하나? 그는 로테의 가치에 합당하게 그녀를 존중할 줄 알기나 하나? 그녀는 그의 것이지, 그래 좋아, 그의 것이지. — 어떤 다른 사실에 대해 아는 것만큼 나도 그 사실을 알고 있다. 그 생각에 익숙해졌다고 생각했는데, 그 생각이 나를 미치게 하고, 그 생각이 나를 죽게 할 것 같다. — 그런데 나에 대한 우정이 확실하단 말인가? 내가 로테에게 집착하는 것을 자신의 권리에 대한 침해라고 생각하지는 않을까? 그녀에 대한 나의 관심은 은근한 비난이라고 여기진 않을까? 나는 그걸 잘 알고 그렇게 느끼고 있다. 그는 나를 달갑게 보질 않아. 그는 내가 떨어져 나가길 바라지. 내가 있으면 그가 불편해 해."

베르테르는 자주 빠른 걸음을 멈추고 조용히 서서 돌아가려는 것처럼 보였습니다. 하지만 그는 가던 길을 계속해 갔고, 생각하거나 혼잣말을 하며 무의식적으로 마침내 영지 행정관의 사냥 별장에 도착했습니다.

문 안으로 들어서며 로테의 아버지와 로테가 있느냐고 물었습니다. 집안에서 사람들이 수군대고 있었습니다. 가장 나이 많은 로테의 동생 말에 따르면 발하임에서 살인사건이 생겼는데, 어떤 농부가 맞아 죽었다는 것이었습니다! 하지만 이 얘기를 들은 그는 별 느낌이 없는 듯 했습니다. 방에 들어가자, 로테가 아버지를 말리는 중이었습니다. 아픈데도 불구하고 사건을 조사하기 위해 현장으로 가려고 했기 때문이지요. 범인이 누군지는 아직 모르는 상태였습니다. 사람들이 피살자를 아침에 문 앞에서 발견했습니다. 추측만 난무했는데, 피살자가 어떤 과부의 머슴이었고, 그녀가 전에는 다른 머슴을 부리고 있었는데, 그 머슴도 불만스럽게 그 집을 나갔다는 말이었습니다.

베르테르는 이 얘기를 듣자 갑자기 벌떡 일어났습니다. 그러고는 이렇게 소리쳤습니다. "그럴 수도 있어요! 거기 가 봐야겠어요. 잠시도 지체할 수 없습니다." 그는 발하임으로 서둘러 떠났는데, 기억이 하나하나 생생하게 떠올랐습니다. 베르테르는 그가 자주 언급한 그 남자가, 이제 그에게 소중하게 된 그 남자가 살인을 저질렀다는 사실이 당연하게 보였습니다.

베르테르가 사람들이 시신을 누인 술집으로 가려면 보리수나무들 사이를 통과해 가야 했는데, 전에는 그렇게 좋던 곳이 이젠 그에게 섬뜩한 느낌을 주었습니다. 이웃집 아이들이 자주 놀던 술집 입구에는 핏자국이 묻어 있었습니다. 인간의 감정 중에 가장 아름다운 감정인 사랑과 정절이 폭력과 살인으로 변해 버렸습니다. 우람한 나무들은 잎이 다 떨어지고 그 위에 서리가 내렸으며, 교회 묘지의 나지막한 담장 위로 아치를 이루고 있던 아름다운 울타리 관목도 잎이 다 떨어진 상태였습니다. 묘비들은 눈에 덮인 채 그 울타리 틈새로 삐죽이 드러나 보였습니다.

온 마을 사람들이 술집 앞에 모여 있었는데 베르테르가 거기로 다가가자 갑자기 누가 소리를 질렀습니다. 사람들이 멀리서 한 무리의 무장한 남자들이 오는 것을 보고는 그들이 살인자를 데려오고 있다고 소리친 것입니다. 베르테르가 그쪽을 바라보았는데 더 이상 의심할 여지가 없었습니다. 그렇습니다. 바로 그 과부를 그토록 사랑했던 하인이었습니다. 얼마 전 베르테르가 만났던, 울분을 삭이고 속에 절망을 감추며 이곳저곳을 떠돌던 그 사람이었습니다.

"무슨 짓을 한 건가, 이 딱한 사람아!" 베르테르는 잡혀 온 사람에게 다가가며 소리쳤습니다. 그 머슴이라는 사람은 베르테르를 조용히 바라보고는 말이 없다가 마침내 아주 태연하게 말했습니다. "아무도 저 여자를 가질 수 없어요. 저 여자도 아무 남자나 만날 수 없고요." 사람들은 그 사내를 술집 안으로 데리고 들어갔고, 베르테르는 서둘러 떠났습니다.

놀람과 충격 때문에 그는 모든 것이 혼란스러웠습니다. 베르테르는 슬픔과 불안함, 어쨌든 도와주어야겠다는 마음에 잠시 정신이 나갔습니다. 그리고 그의 일을 해결해야겠다는 생각이 압도하였고, 그 남자를 구해야겠다는 엄청난 욕구가 그를 사로잡았습니다. 베르테르는 그 남자가 너무 불쌍했고, 범법자이긴 해도 죄가 없다고 생각했습니다. 그의 입장이 되어 생각했기 때문에 다른 사람들도 설득할 수 있다고 확신했습니다. 곧바로 베르테르는 그 사내를 변호하리라 생각했고, 벌써 그의 입에서는 열변을 토할 듯했습니다. 그는 서둘러 사냥 별장으로 갔는데, 가는 도중에 줄곧 영지 행정관 앞에서 진술할 말을 소리 내어 중얼거렸습니다.

방 안으로 들어섰을 때 알베르트가 거기 있었습니다. 그는 잠시 기분이 상했습니다. 하지만 곧 마음을 다잡고서는 영지 행정관에게 자기 심정을 열렬히 토로했습니다. 그러자 영지 행정관은 몇 번 머리를 가로저었습니다. 비록 베르테르가 열을 내고 정열과 진심을 다해 한 인간이 다른 사람의 혐의를 벗기기 위하여 할 수 있는 모든 말을 동원했음에도 짐작되듯이, 영지 행정관의 마음은 전혀 움직이지 않았습니다. 영지 행정관은 오히려 우리의 친구 베르테르의 말을 가로막고 그의 말을 진중하게 반박하였고, 살인자를 비호한다고 그를 나무랐습니다. 그리고 만약 그런 논리라면 모든 법이 무력화될 것이며, 나라의 치안이 붕괴할 것이라고 말했습니다. 이러한 일에 개입하는 순간 엄청난 책임이 따르기에 절대 그러고 싶지 않고 모든 것은 절차대로, 즉 법대로 하는 것이 가장 옳다고 덧붙였습니다.

베르테르는 여전히 승복하지 않았고, 그 남자가 도피하도록 도와주어도 영지 행정관께서 눈감아 달라고 부탁할 뿐이었습니다! 하지만 영지 행정관은 이 요청도 단호히 거부했습니다. 드디어 대화에 끼어든 알베르트는 그 노인네 편을 들었습니다. 베르테르는 수적으로 밀렸고, 영지 행정관이 몇 번에 걸쳐 "안 됩니다, 그를 구할 길은 없어요!"라고 말하자 엄청난 슬픔을 갖고 그곳을 떠났습니다. 영지 행정관의 마지막 말에 대한 심정을 그가 남긴 서류 더미 속에 있던 쪽지에서 확인할 수 있었습니다.

"너를 구할 수 없다, 불쌍한 사람! 우리가 구원될 길이 없는 것 같아."

최근에 알베르트가 체포된 자에 대해 영지 행정관이 있는 데서 한 얘기는 베르테르에게 몹시 거슬렸습니다. 그는 알베르트의 주장 속에 자신에 대한 예민한 감정이 어느 정도 들어 있다는 느낌을 받았습니다. 명석한 베르테르의 두뇌가 이 일을 여러 번 생각해 봤다면 두 사람의 말이 옳다는 것을 모를 리 없겠지만, 그렇다고 그 둘이 옳다고 고백하거나 시인한다면 자신의 절박한 존재를 부정하는 게 될 것 같았습니다.

이와 관련된 쪽지를 우리는 그의 서류 가운데서 찾을 수 있었는데, 아마도 이것이 알베르트에 대한 그의 전체적 관계를 그대로 표현해 주리라 생각됩니다.

"알베르트가 당당하고 선하다는 것을 나 자신이 거듭 되뇌어 본들 무슨 소용인가? 다만 그것은 내 창자를 갈기갈기 찢어 놓는다. 나는 정상적일 수 없다."

포근한 저녁이었고 얼음이 녹는 날씨였기 때문에 로테는 알베르트와 함께 걸어서 돌아왔습니다. 돌아오면서 두 사람은 여기저기를 돌아보았는데, 마치 옆에 베르테르가 있었으면 하고 바라는 것처럼 보였습니다. 알베르트가 베르테르에 관한 이야기를 꺼내고는 그가 옳지 못하다며 비난했습니다. 알베르트는 베르테르의 열정이 참 안됐다고 하면서, 가능하면 그를 멀리하고 싶다고 말했습니다. "우리 두 사람을 위해서라도 멀리했으면 좋겠어요."라고 말한 그는, 계속 이렇게 이야기했습니다. "부탁인데, 당신에 대한 그의 요구가 다른 사람에게 가도록 좀 해 봐. 그리고 너무 자주 찾아오지 않게도 해 보고. 사람들의 이목이 있잖아. 벌써 여기저기서 수군거리고 있는 것 같아." 로테는 잠자코 있었습니다. 알베르트도 그녀가 잠자코 있는 이유를 아는 듯했습니다. 적어도 그때부터 알베르트는 로테가 보는 앞에서는 베르테르에 관한 이야기를 꺼내지 않았습니다. 그리고 로테가 베르테르를 언급하면 대화를 중지하거나 화제를 다른 곳으로 돌렸습니다.

베르테르가 그 불행한 사내를 구하기 위해 기울였던 헛된 노력은 꺼져가는 빛의 불꽃이 마지막으로 타오른 것이었습니다. 그럴수록 그는 더욱 고통과 무위 속으로 빠져들 뿐이었습니다. 특히 그 사내가 범행을 부인하고 있어서 사람들이 자신을 반대 증인으로 출석 요청한다는 얘기를 들었을 때는 거의 정신이 나갈 지경이었습니다.

그가 직장 생활 가운데서 겪었던 모든 불쾌한 일, 공사관에서 겪었던 화나는 일, 그 밖에 그가 낭패를 본 모든 것, 그의 비위를 상하게 했던 모든 것이 그의 마음속에 어른거렸습니다. 그는 이 모든 일을 겪었기 때문에 자신이 무위에 빠지게 된 것이 당연하다고 생각했습니다. 그는 자신의 모든 희망이 차단되었으며 평범한 일상 활동을 할 수 있는 기회를 잡은 것이 불가능하다고 여겼습니다. 그래서 그는 결국 그토록 사랑스럽고 너무나 사랑하는 여인과의 슬픈 교제를 일편단심으로 이어가고, 그 일로 그녀의 평온을 방해하고 아무런 목표도 가망도 없이 자신의 기력을 쏟아붓기만 하면서, 자신의 특별한 감정과 사고방식, 끝없는 정열에 몸을 맡긴 채 슬픈 결말을 향해 점점 다가가고 있었습니다.

그의 혼란스러움과 정열, 그의 간단없는 충동과 노력 그리고 삶의 권태에 대해서는 그가 남긴 몇 장의 편지가 확실한 증거가 되고 있습니다. 그래서 우리는 그 편지를 여기에 실을까 합니다.

12월 12일

사랑하는 빌헬름, 나는 사람들이 귀신 들렸다고 말하는 그런 불행한 사람들이나 겪는 상태에 있다네. 자주 뭔가에 사로잡히는 것 같아. 그건 불안이나 욕망이 아니야. 그건 내 가슴을 찢어 놓을 듯이 닥쳐오고, 내 숨통을 조이는, 알 수 없는 마음속의 광기야! 괴로워! 괴롭다고! 그럴 때마다 나는 이 끔찍하게 추운 겨울, 무섭고도 캄캄한 밤에 이리저리 헤매고 다니고 있어.

어제저녁에도 밖에 나가지 않고는 견딜 수 없었네. 갑자기 따뜻한 날씨가 되었어. 실개천에 물이 불어나고 모든 시냇물도 넘쳐흘러 발하임 하류에 있는 내가 즐겨 찾던 계곡이 물에 잠겼다는 말을 들었어! 나는 열한 시가 넘은 늦은 밤에 밖으로 뛰쳐나갔네. 바위 아래로 거센 물결이 달빛에 꿈틀거리는 끔찍한 쇼를 보았어. 경작지와 목초지 그리고 목책 할 것 없이 모든 것이 물에 잠겼고, 그 넓은 계곡은 위아래 할 것 없이 거칠게 불어대는 바람 속에서 폭풍우가 몰아치는 바다로 변했다네! 그러고 나서 달이 먹구름 위로 솟아오르자 바로 내 앞에서 물결이 소름 돋도록 장엄한 달빛을 받으며 우르릉거리며 쏟아질 때 온몸에 전율이 돋았네. 그리고 다시 그리움이 솟구쳤어! 아, 나는 두 팔을 벌리고 저 아득한 심연을 마주하며 저 아래로 내려가며 깊은숨을 들이마셨어. 저 아래로 내려가며! 그러자 나는 희열에 나 자신을 잊었어. 나의 고통과 슬픔은 저 아래 물결에 다 떠내려갔어. 콸콸대는 물결과 함께! 오! ― 너는 발을 차마 땅에서 떼어내어 모든 고통을 끝내지는 못했으니! ― '내 생의 시간이 다 지나가지는 않았나 보다.' 그런 느낌이 들었어. 오, 빌헬름! 내가 얼마나 내 존재를 저 폭풍으로 구름을 찢고는 물속으로 사라지게 하길 원했던가! 참! 세상이라는 감옥에 갇혀 있는 자에게도 언젠가는 그런 환희가 주어지지 않을까?

힘들게 산책한 날 로테와 버드나무 그늘에서 쉬었던 장소를 슬픈 마음으로 내려다보았어. 그곳도 물에 잠겨 있었고, 과연 그 버드나무였나 하는 생각이 들 정도였네! 빌헬름! 그때 갑자기 그녀 집 목초지와 사냥 별장이 있는 지역은, 하는 생각이 들었어! 거센 물결이 우리가 함께 쉬던 정자도 이제 망가뜨렸겠지! 하는 생각이 들었어. 마치 포로가 지난 시절 가축들과 초장을 지키는 목동이나, 전쟁 영웅이 되는 꿈을 꾸듯이 지난 시절의 햇살이 이 삭막한 풍경을 비춰 주었지. 나는 그대로 서 있었어! 자책하지 않겠어. 이제 죽기로 마음먹었으니까. 내가 차라리……. 하지만 나는 즐거움이라곤 없이 죽어가는 목숨을 잠시라도 더 유지하고, 고통을 덜 받으려고 목책에서 땔감을 끌어 모으고 집집마다 구걸하며 다니는 노파처럼 행동하고 있어.

12월 14일

친구여, 도대체 이게 무슨 일인가? 나는 자신을 보며 놀라고 있어! 그녀를 사랑하는 나의 마음은 지고지순하며, 아주 남매 같은 사랑이 아니란 말인가? 죄가 되는 소망을 한 번이라도 마음속에 품은 적이 있었던가? — 그런 적이 없다고 맹세하지는 않겠어. — 그런데 그런 꿈을 꾸었어! 의도하지 않는 일이 일어나는 것이 귀신들의 작용이라고 믿었던 옛사람들의 직감은 얼마나 옳았던가! 어젯밤이었어! 말을 하려니 사뭇 떨려. 내가 그녀를 두 손으로 잡고 가슴에 꼭 껴안은 채 사랑을 속삭이는 그녀의 입에 끝없는 키스를 퍼부었어. 내 눈은 그녀의 검은 눈동자에 취해 허우적거리고 있었어! 하나님! 제가 타오르는 희열을 마음속에 다시 불러내는 행복감에 젖는다면 그것이 죄입니까? 로테! 로테! 나는 이제 더 이상 참을 수 없어! 내 감각은 혼란스럽고, 벌써 일주일째 생각할 힘조차 없고, 내 눈에는 눈물만 가득하다. 어딜 가도 편안하지 않고, 어디를 가도 편안하다. 나는 소원도 없고, 요구도 없다. 그냥 떠나는 것이 차라리 낫겠다.

세상과 하직하려는 결심이 이 무렵, 이런 상황에서 베르테르의 마음속에 더욱 강해졌습니다. 로테 곁으로 되돌아온 후 그것은 언제나 그의 마지막 계획이자 희망이었습니다. 그러나 죽는 것이 조급하게 서두를 일은 아니며, 확고한 결심이 섰을 때 최대한의 평정심을 가지고 이 마지막 걸음을 옮겨야 한다고 속으로 다짐했습니다.

그의 절망, 자신과의 싸움은 쪽지 한 장에 잘 드러나 있습니다. 이것은 아마도 빌헬름에게 보내는 편지의 시작 부분 같은데, 날짜가 적혀 있지 않은 채 그의 서류 가운데서 발견되었습니다.

'현재의 그녀, 미래의 그녀, 내 운명에 얽힌 그녀가 새까맣게 타버린 내 머릿속에서 아직도 눈물을 짜내고 있어.

장막을 들고 그 속으로 들어가는 것! 그것이면 끝이다! 그런데 왜 망설이고 두려워하는가? 그 장막 뒤가 어떻게 생겼는지 몰라서 그런 걸까? 아니면 두 번 다시 돌아오지 못해서일까? 우리가 확실히 알지 못하는 곳에는 혼란과 흑암이 있다고 생각하는 것이 우리 정신의 특성이긴 하지.'

이처럼 베르테르는 우울한 생각에 점점 더 익숙해지다 못해 그 생각과 친구가 되었고 그의 결심이 확고해져 다시 돌이키지 못하는 상태가 되었습니다. 그 증거로 그가 친구에게 쓴 중의적인 내용의 다음 편지에서 찾아볼 수 있습니다.

12월 20일

빌헬름, 내가 한 말을 그런 식으로 받아주다니 너의 우정이 고마울 뿐이야. 그래, 자네 말이 옳아. 차라리 떠나는 것이 좋겠어. 그런데 자네와 어머니가 있는 곳으로 돌아오면 좋겠다는 제의는 마음에 들지 않아. 더구나 다른 한 군데를 들러서 가야 해. 이제 추위가 이어져 길이 좋아지기를 바라야 하는 형편이기 때문이야. 나를 데리러 오겠다는 말도 고맙네. 2주일 후면 더 좋겠네. 더 자세한 소식은 내가 편지로 알려 줄게. 익기 전에는 아무 과일도 따지 않는 법이야. 그러나 2주일이 더 걸리느냐 덜 걸리느냐는 차이가 크지. 어머니께는 아들을 위해 기도해 달라고 좀 전해 줘. 여러 가지 걱정을 끼쳐 죄송하다는 말씀도 전해 줘. 나를 기쁘게 해준 사람들을 슬프게 하는 게 내 운명인 것 같아. 소중한 친구야, 잘 있어! 하늘의 축복이 자네와 함께하길! 잘 살게!"

이 무렵 로테의 마음이 어땠는지, 남편과 괴로워하는 친구 베르테르에 대한 심정이 어땠는지를 말로 표현하기는 어렵습니다. 그러나 우리가 그녀의 성품을 미루어 조용히 짐작은 해볼 수 있을 것입니다. 또한 여러분이 아름다운 여자의 마음으로 그녀의 입장을 헤아리고 그녀의 마음을 느낄 수도 있을 것입니다.

그녀가 갖은 수단을 모두 동원해 베르테르를 멀리하겠다고 굳게 마음먹은 것만은 분명합니다. 그래도 그녀가 망설였던 이유는 상대를 진정으로 아껴주고 배려하고자 했기 때문입니다. 그를 멀리하면 그가 얼마나 큰 상처를 받고, 나아가 멀리하는 것이 그로서는 불가능하다는 것을 그녀가 잘 알고 있었기 때문입니다. 하지만 요즘에 와서는 정말로 그렇게 해야 하지 않을까 하는 상황이 되었습니다. 그녀의 남편은 이런 상황에 대해 일관되게 아무 말도 하지 않고, 그녀 역시 말이 없기는 마찬가지였습니다. 그럴수록 로테는 자신의 양심이 남편 못지않다는 것을 행동으로 보여줄 필요가 있었습니다.

베르테르가 친구에게 보낸, 방금 앞에서 보았던 그 편지를 쓰던 날은 성탄절을 앞둔 일요일이었습니다. 저녁에 베르테르는 집으로 로테를 찾아갔는데, 그녀는 혼자 있었습니다. 로테는 어린 동생들에게 성탄절 선물로 마련한 장난감들이 제대로 작동하는지 살펴보는 중이었습니다. 베르테르는 동생들이 이 선물을 받으면 좋아할 거라는 말을 했습니다. 그리고 어린 시절 갑자기 문이 열리면 촛불과 예쁜 모습을 한 사탕, 사과들이 달린 성탄 트리가 모습을 드러내고 천국 같은 감동하였던 때를 이야기했습니다. 그러자 로테가 웃으며 당황스러운 마음을 감추면서 말했습니다. “당신도 점잖게 행동하시면 선물을 받게 될 거예요. 양초나 뭐 그런 것들을요.” 그러자 베르테르가 언성을 높였습니다. “점잖게 행동한다는 것이 무슨 뜻입니까? 그렇게 되려면 어떻게 해야 하나요? 어떻게 할 수 있나요? 로테!” 그러자 그녀가 말했습니다. “목요일 저녁이 성탄 전야입니다. 그날은 동생들도 오고 아버지도 오세요. 그때 모두 선물을 받을 거예요. 그날 당신도 같이 오세요. 하지만 그전에는 오시면 안 돼요.” 그 말에 베르테르는 멈칫했습니다. “제발 부탁이에요.” 그녀는 말을 이어갔습니다. “그렇게 한 번 해봐요. 제가 마음의 안정을 찾기 위해 부탁드리는 거예요. 제발, 제발 이런 상태로 계속 가선 안 돼요.” 그러자 베르테르는 그녀에게서 눈을 떼고는 방안을 이리저리 서성이며 이를 문 채 중얼거렸습니다. “이런 상태로 계속 가서는 안 된다!” 이 말이 베르테르에게 미친 끔찍한 상황을 감지한 로테는 온갖 질문을 하면서 그의 관심을 다른 데로 돌리려고 애썼지만 헛일이었습니다. “좋아요, 로테. 이제 앞으로 당신을 다시는 보러 오지 않겠습니다!” — “왜 그러세요?” 로테가 되물었습니다. “베르테르, 우리를 볼 수 있어요.

그리고 우리를 다시 봐야 해요. 하지만 지나치지 않게 해 주세요. 아, 어째서 당신은 한 번 손댄 모든 것에 대해 번번이 격렬함을 보이고 손쓸 수 없는 집착을 보이는 건가요! 제발 부탁이에요.” 그녀는 베르테르의 손을 잡으면서 말을 계속 이어갔습니다. “지나치지 않게 해 주세요! 당신의 영혼과 학식 그리고 당신의 재능으로 얼마든지 즐겁게 살 수 있잖아요! 남자다운 행동을 보여 주세요. 당신을 안타깝게 생각하는 일밖엔 아무것도 할 수 없는 존재에게 이처럼 애타게 집착하지 말고요.” 그는 이를 뿌드득 갈며 음울하게 로테를 쳐다봤습니다. 로테는 베르테르의 손을 잡았습니다. “잠시 조용히 생각해 보세요, 베르테르! 당신이 자신을 속이고 일부러 자신을 파멸 속으로 몰아가고 있다는 것을 느끼지 못하시나요? 하필이면 왜 저란 말인가요, 베르테르? 왜 저란 말인가요? 임자 있는 사람이란 말인가요? 저는 두려워요. 저를 소유하는 것이 불가능하다는 사실이 당신을 자극하여 이런 소망을 하게 하지 않았나 두려워요.” 베르테르는 그녀의 손에서 자기 손을 빼고는 화가 난 눈빛으로 그녀를 노려보았다. “현명하시군요!” 베르테르가 큰소리로 말했습니다. “아주 현명하세요! 알베르트가 그렇게 하라고 말하던가요? 똑똑하시군요! 아주 똑똑해요!” 그러자 로테는 이렇게 되받았습니다. “누구나 그런 말은 할 수 있어요. 그리고 이 넓은 세상에서 당신 마음에 찰 여자가 어디 한 사람도 없겠어요? 용기를 가지고 그런 여자를 찾아보세요. 당연히 당신은 그런 여자를 찾을 수 있을 거예요. 이런 말씀을 드리는 이유는, 당신이 요즘 들어 스스로 만든, 당신과 우리 모두를 향한 그런 억제가 나를 불안하게 만든 지 오래되었기 때문이에요. 용기를 가지고 여행이라도 하시면 기분이 좋아질 거예요. 당신이 사랑할 귀한 사람을 찾아보세요. 그리고 돌아와서 우리와 함께 진정한 우정의 행복감을 느껴 보자고요."

베르테르는 씁쓸한 미소를 지으며 말했습니다. "그런 말씀은 책으로 써서 가정교사들에게 읽어 보라고 나눠 주면 좋을 것 같군요. 사랑하는 로테! 나를 조금만 더 지켜봐 주세요. 무슨 해결책이 있겠지요!", "베르테르, 그러나 한 가지, 성탄 전야까지는 오시면 안 돼요!" 그가 막 대답하려는 순간 알베르트가 방으로 들어왔습니다. 두 사람은 냉랭하게 인사를 나누고 서로 어색하게 방 안을 이리저리 거닐었습니다. 베르테르가 사소한 이야깃거리를 꺼냈지만, 곧 끝나고 말았습니다. 알베르트 역시 마찬가지였는데, 그는 곧이어 부탁한 일은 어떻게 되었느냐고 자신의 아내에게 물었습니다. 그 일을 아직 처리하지 못했다는 말을 들은 알베르트가 그녀에게 몇 마디 더 했는데, 이것이 베르테르에게는 차갑게, 심지어 가혹하게 느껴질 정도였습니다. 그는 가고 싶었지만 그러지 못하고 여덟 시까지 머뭇거렸습니다. 그의 불쾌감과 불만은 커졌고 저녁 식사시간에 이르렀습니다. 그러자 그는 마침내 모자와 지팡이를 들었습니다. 알베르트는 베르테르에게 식사하고 가라고 했지만, 베르테르는 그것이 인사치레라고 생각하고 쌀쌀맞게 고맙다고 말하고는 가 버렸습니다.

베르테르는 집으로 돌아왔습니다. 등불을 들고 길을 밝히러 온 하인의 손에서 베르테르는 그 등불을 받아들고 혼자서 자기 방으로 가서 소리 내어 울었습니다. 그리고 분해서 혼잣말을 했습니다. 그리고 거칠게 방을 이리저리 다니다가 옷을 입은 채 침대에 몸을 던졌습니다. 11시쯤 주인의 장화를 벗겨 줄까 물어보기 위해 방으로 들어간 하인은 여전히 누워 있는 베르테르를 보았습니다. 그는 장화를 벗기라고 하면서, 다음 날 아침에 부르기 전까지는 방에 들어오지 말라고 했습니다.

12월 21일 아침 일찍, 그는 로테에게 다음과 같은 편지를 썼습니다. 이 편지는 그가 죽은 후 봉인한 상태로 그의 책상에서 발견되었고, 로테에게 전해졌습니다. 정황상 그가 이 편지를 단번에 쓰지 않은 것이 분명하므로, 이 편지를 나누어 첨부하도록 하겠습니다.

'결심했습니다. 로테, 나는 죽을 겁니다. 마지막으로 그대를 볼 날 아침에 낭만적으로 과장하지 않고 편안하게 이 편지를 쓰고 있습니다. 사랑하는 로테, 그대가 이 편지를 읽을 때쯤이면 벌써 이 불안하고 불행한 자의 뻣뻣한 시체를 싸늘한 무덤이 덮어 버렸을 것입니다. 이 사람은 생의 마지막 순간에도 그대와 얘기를 나누는 것보다 즐거운 것을 찾지 못했습니다. 나는 끔찍한 밤을 보내기도 했지만, 아, 그것은 따뜻한 밤이기도 했습니다. 내 결심을 굳히고 그것을 확신한 밤이기도 했으니까요. 나는 죽을 겁니다! 어제 그대와 헤어질 때 내가 얼마나 끔찍한 분노를 느꼈는지, 그리고 그 모든 것이 얼마나 강하게 내 가슴에 들이닥쳤는지, 그리고 희망도 기쁨도 없는 나라는 존재가 그대 곁에서 얼마나 처절한 냉혹함에 사로잡혔는지 모릅니다. 방에 들어서자마자 나도 모르게 무릎을 꿇었습니다. 오, 하나님! 당신은 내게 쓰디쓴 눈물이라는 마지막 위로를 베푸셨습니다! 수천의 계획과 수천의 전망이 내 마음속에 들끓었지만, 마지막에 단 하나의 생각만이 확고하고 온전하게 나를 사로잡았습니다. 나는 죽을 겁니다! 나는 그대로 누웠고, 아침이 되어 편안한 마음으로 깨어났는데도 그 생각은 여전히 확고하고 아주 강하게 자리하고 있습니다. 나는 죽을 겁니다! 이것은 절망이 아닙니다. 내가 견디어 왔다는 것에 대한 확신이자 그대를 위해 내가 희생한다는 것에 대한 확신입니다. 그래요, 로테! 내가 굳이 말하지 않을 이유가 어디 있겠습니까? 우리 셋 중 누군가 사라져야 한다면, 기꺼이 내가 그렇게 하겠습니다! 오, 내 사랑! 이 찢어진 가슴속에 이런 생각이 노도처럼 밀려들었습니다. 어떨 때는, 그대의 남편을! — 그대를! — 나를 죽이자! — 이런 생각이 말입니다. 그렇게 한들 무엇이 바뀌겠습니까! 멋진 여름날 저녁 혹시 산에 오르거든 나를 기억해 주세요. 자주 산골짜기에 오르던 나를 말이에요. 그리고 그곳에 오르거든 교회 묘지 너머 내 무덤을 바라봐 주세요. 석양이 비치는 햇살을 받으며 큰 풀잎들이 바람에 이리저리 흔들리는 모습을 바라봐 주세요. 글을 쓰기 시작할 때는 마음이 편안했는데, 지금, 지금은 아이처럼 눈물이 나네요. 그 모든 것이 너무도 생생하게 눈앞에 떠오르니까요."

열 시경에 베르테르는 하인을 불렀고, 옷을 입으면서 며칠 내로 여행을 떠날 예정이니 옷에 먼지를 털고 여러 가지 여행에 필요한 물건들을 챙겨 달라고 말했습니다. 또한 계정에 있는 돈을 다 찾고, 빌려준 책들은 찾아오고, 매주 약간의 돈을 보내 주던 몇몇 가난한 사람에게는 주기로 되어 있던 돈 두 달 치를 미리 주라고 지시했습니다.

그는 식사를 방으로 들여오게 했고, 식사를 마치고 말을 타고 영지 행정관에게 갔는데, 그를 만날 수는 없었습니다. 베르테르는 깊은 생각에 잠긴 채 정원을 이리저리 배회했는데, 마치 아픈 기억들을 마지막으로 차곡차곡 모으려는 것 같아 보였습니다.

아이들이 그를 조용히 놔 두지 않았습니다. 그를 따라와서는 그의 등에 매달렸고, 내일 그리고 또 내일, 그리고 하루가 더 지나면 로테가 마련한 성탄 선물을 받을 것이라고 말했습니다. 그리고 자신들의 작은 상상력을 동원해 할 수 있는 기적 같은 선물에 관한 이야기했습니다. 베르테르는 큰소리로 말했습니다. "내일! 그리고 또 내일, 그리고 하루가 더 지나면!" 그러고는 아이들 모두에게 진심으로 입을 맞춘 후 그곳을 떠나려고 했습니다. 그 순간 남자아이 하나가 베르테르의 귀에 대고 뭔가를 속삭였습니다. 아이가 폭로한 것은 형들이 예쁜 연하장을 썼는데 이만큼 '큰 거!'라는 것이었습니다. 한 장은 아버지에게, 한 장은 알베르트와 로테에게, 그리고 한 장은 베르테르 선생님께 썼다는 것입니다. 그리고 그 형들은 이 연하장을 새해 첫날 아침에 줄 것이라고 말했습니다. 이 말을 듣고 갑자기 울컥해진 베르테르는 아이들에게 용돈을 쥐어 주고는 말에 올랐습니다. 그는 아이들의 아버지께 인사를 전해 달라고 한 후 눈물을 머금고 떠났습니다.

그는 다섯 시경에 집에 돌아와 하녀에게 벽난로를 살펴보고 밤중까지 불이 꺼지지 않게 하라고 일렀습니다. 남자 하인에게는 책과 옷가지를 아래층에 있는 트렁크에 챙기고, 옷가지를 커버에 싸서 넣어 두라고 시켰습니다. 그러고 나서 로테에게 아마도 다음과 같은 마지막 편지를 쓴 것 같습니다.

"내가 그대에게 갈 거라고 생각하지 마세요! 내가 그대가 원하는 대로 성탄 전야에나 그대를 보러 가리라 생각하겠지요. 오, 로테! 오늘이 아니면 영원히 그대를 볼 일이 없을 것입니다. 성탄 전야에 그대는 이 편지를 받아들고, 떨면서 이 편지를 사랑의 눈물로 적시겠지요. 나는 한다면 반드시 그렇게 합니다! 오, 결심하고 나니 마음이 얼마나 편안한지 모르겠습니다."

한편 로테는 묘한 심리 상태에 빠졌습니다. 베르테르와 지난번 대화를 한 이후, 베르테르와 헤어진다면 그녀가 얼마나 힘들지, 또 그가 자신과 떨어지면 어떤 고통을 당할지 느꼈던 것입니다.

그녀는 알베르트가 있는 데서 지나가는 소리로 베르테르가 성탄전야 전까지는 오지 않을 것이라고 말했습니다. 알베르트는 말을 타고 이웃에 있는 관리를 찾아갔습니다. 그와 처리해야 할 공무가 있어 알베르트는 그곳에서 하룻밤을 지내야 했습니다.

로테는 지금 혼자 있고, 그녀의 곁에는 동생들조차 없었습니다. 그래서 그녀는 자신과 관계된 여러 가지 상황에 대해 떠오르는 생각에 자신을 내맡겨 보았습니다. 그녀는 자신을 사랑하고 자신만 신뢰하는 남편과 영원히 결합했습니다. 그녀 역시 남편을 진심으로 따랐습니다. 남편의 온화함과 신뢰감은 하늘이 내려준 것으로서 성실한 아내라면 그것을 바탕으로 인생의 행복을 얻을 것입니다. 남편이 자신과 동생들에게 앞으로도 변함없이 잘할 것을 느끼고 있었습니다. 다른 한편, 베르테르 역시 너무나 소중한 존재였습니다. 그들은 처음 만난 순간부터 너무나 마음이 잘 맞아 그와의 오랜 만남, 같이 겪은 여러 상황이 그녀의 마음속에 지울 수 없는 인상을 남겼습니다. 그녀는 재미있다고 느끼고 생각하는 것은 모두 그와 함께 나누는 데 익숙해졌습니다. 그러므로 그가 떠난다면 다시 채울 수 없는 빈틈이 생길 것만 같아 두려웠습니다. 오, 이 순간에 베르테르가 그녀의 오빠로 바뀔 수만 있다면 그녀는 얼마나 행복할까요! 베르테르가 그녀의 여자 친구 중 한 사람과 결혼할 수만 있다면, 그렇게 되어서 알베르트와의 관계가 회복되기를 희망할 수만 있다면!

로테는 여자 친구들을 차례로 떠올리며 깊이 생각해보고, 한 사람

한 사람 꼼꼼히 생각해 보았지만, 그가 좋아할 만한 여자라곤 찾지 못했습니다.

이런 생각을 하다 보니 로테는 뭐라고 콕 집어 말할 수는 없으나 베르테르를 자기 곁에 두고자 하는 것이 드러나지 않는 진심이라는 것을 마음 깊이 느꼈습니다. 그러면서도 그녀는 그를 붙잡을 수도 없고 붙잡아서도 안 된다고 속으로 되뇌었습니다. 그녀의 순수하고 아름다운 감정, 평소에는 가벼운 그리고 자신을 잘 다스리는 감정이 우울한 기분에 압박을 받고 있다고 느꼈습니다. 이 감정은 행복을 줄 수 없는 감정이었습니다. 그녀의 가슴은 답답했고 눈에는 흐릿한 구름이 낀 것 같았습니다.

그러다가 6시 반쯤 되었을 때, 그녀는 베르테르가 계단을 올라오는 소리를 들었습니다. 그녀는 그의 발걸음과 자신을 찾는 목소리를 듣고 그것을 알 수 있었습니다. 그녀의 가슴이 얼마나 뛰었는지 모릅니다. 그가 왔을 때 이처럼 가슴이 뛴 것은 처음이라고 말해도 될 것 같았습니다. 그녀는 자신이 집에 없다고 말하라고 하고 싶었습니다. 그래서 베르테르가 들어왔을 때, 그녀는 가슴이 뛰어 혼란스러운 채 큰소리로 말했습니다. "약속을 지키지 않으시네요." — "나는 약속을 한 적이 없는데요." 이것이 베르테르의 대답이었습니다. — 로테가 대답했습니다. "약속이 아니었다면 적어도 제 부탁은 들어주셨어야지요. 우리 두 사람의 평온을 위해 부탁드렸던 건데."

그녀는 자신이 무슨 말을 하는지 몰랐습니다. 그리고 베르테르와 단둘이 있지 않기 위해 친구를 부르러 사람을 보내면서도 자기가 무슨 행동을 하고 있는지도 몰랐습니다. 베르테르는 자신이 가져온 몇 권의 책을 내려놓으면서 다른 사람들은 어디 있는지 물었습니다. 로테는 한편으로는 친구들이 오기를 바라면서도, 다른 한편으로는 오지 않기를 바랐습니다. 하녀가 돌아와 친구 둘 다 오기 어렵다는 소식을 전했습니다.

로테는 하녀에게 옆방에 가서 일하라고 하려다가 생각을 바꿨습니다. 베르테르는 방안을 이리저리 걸어 다녔고, 로테는 클라비코드 앞에 앉아 미뉴에트를 치기 시작했으나 그 노래가 잘 쳐지지 않았습니다. 로테는 마음을 다잡고 차분하게 베르테르 옆에 가서 앉았습니다. 베르테르는 평소에 앉던 긴 소파에 자리를 잡고 있었습니다.

"읽을 책이 없나요?" 그녀가 물었습니다. 그는 읽을 책이 없었습니다. 그녀가 다시 입을 열었습니다. "저기 제 서랍 안에 당신이 번역하신 오시안의 서사시 몇 편이 있어요. 저는 아직 읽어 보지 못했어요. 저는 당신이 읽어 주는 게 더 좋거든요. 그런데 그 후에 시간도 없었고, 그런 시간을 만들고 싶지도 않았어요." 베르테르는 웃었습니다. 그리고 서사시 원고를 가져왔습니다. 그 원고들을 손에 들자 온몸에 소름이 끼쳤고, 그것들을 보는 순간 눈에는 눈물이 맺혔습니다. 그는 자리에 앉아 읽었습니다.

어두워지면 솟아오르는 별이여, 그대 서쪽에서 아름답게 빛나는구나. 구름에서 그대 빛나는 머리를 들고 당당하게 언덕을 거닐도다. 그대 이 거친 들판에서 무엇을 바라보고 있는가? 폭풍도 잦아들고, 저 멀리서 급류 쏟아지는 소리 들리도다. 흐르는 물결 먼 바위에서 유희하고, 저녁 날벌레 들판에서 윙윙댄다. 아름다운 빛, 그대는 어디를 보고 있는가? 그대 웃음을 흘리며 지나가고, 물결은 그대를 즐거움으로 감싸며, 사랑스러운 그대 머리카락 씻어 주도다. 은은한 별빛이여, 잘 있거라, 모습을 보일지라, 오시안의 혼에서 나온 장엄한 빛이여!

드디어 그 빛 힘차게 비춘다. 죽은 나의 친구들이 보이고, 그들은 지난날 그랬듯 로라로 모여든다. 핑갈은 음습한 안개 기둥으로 다가오고, 그는 용사들에게 둘러싸여 있다. 그리고 보라! 노래하는 시인들을! 백발이 성성한 울린을! 위풍당당한 리노를! 사랑스러운 가인, 알핀을! 그리고 부드럽게 탄식하는 그대 미노나를! 나의 벗들이여, 그대들은 셀마에서 축제가 열리던 때에 비하면 얼마나 변했는지. 그때 우리 가인의 영예를 얻고자 경연을 했지. 언덕 위를 이리저리 부는 봄바람이 나지막이 속삭이는 풀잎을 누이듯.

이제 미노나가 아름다운 모습을 드러냈도다. 시선을 떨군 채 눈물을 머금고, 언덕 위에서 어지럽게 부는 바람에 머리칼은 마구 날리도다. 그녀 사랑스러운 목소리로 노래하자 용사들 마음이 어두워졌다. 그들 살가르의 무덤을 자주 보았고, 하얀 콜마의 컴컴한 집도 자주 보았도다. 목소리 고운 콜마, 언덕 위에 홀로 버려졌도다. 살가르는 돌아오겠다 약속했으나, 어느새 사방에 밤이 깊었도다. 콜마의 노랫소리 들어볼지어다. 그때 그녀 언덕 위에 혼자 살았으니.

콜마

밤이다! 나 혼자 폭풍우 몰아치는 언덕 위에서 길을 잃었다. 산속에선 바람이 불고 있다. 물줄기가 우르릉거리며 바위 아래로 쓰러진다. 폭풍우 언덕 위에 버려진 나, 비를 피할 거처 하나 없구나. 오, 달이여, 구름에서 나오너라! 밤의 별들이여 모습을 드러내라! 너희의 빛으로 나를 인도하라! 내 사랑이 활시위를 풀어 옆에 두고 사냥의 고달픔을 내려놓은 곳, 그의 개들이 킁킁거리고 있는 그곳으로! 하지만 나는 여기 풀이 우거진 물가의 바위에 홀로 앉아 있어야만 한다. 큰 물과 폭풍우 소리 거친데, 내가 사랑하는 사람의 목소리는 들리지 않는다.

내 사람 살가르는 왜 오지 않는 걸까? 자신이 한 말을 잊었는가? 저기는 바위와 나무가 있고, 여기는 흘러내리는 강물이 있다! 밤이 오면 이곳으로 오겠다고 약속했는데. 아! 내 사람 살가르는 어디서 길을 잃은 것일까? 오만한 아버지와 오빠를 버리고 그대와 함께 도망가려 했건만! 오랫동안 우리 집안은 서로 원수였지만, 우리는 그렇지 않다. 오, 살가르여!

오, 바람이여, 잠시만 멈춰다오! 오, 강물이여, 잠시만 조용히 있어다오. 그러면 내 목소리가 계곡에 울려 퍼지고, 그러면 나를 찾아오는 자 내 목소리를 들을 수 있겠지. 살가르여! 지금 소리치는 자가 바로 나요! 여기 나무와 바위가 있어요! 살가르! 내 사랑! 난 여기 있어요. 왜 오지 않는가요?

보라, 달이 떠오르고, 계곡에서 강물이 달빛을 되비추며, 희끄무레한 바위는 언덕 위에 솟아 있다. 하지만 산 위에 있을 그의 모습은 보이지 않는다. 그의 앞에서 달리는 개들도 그가 왔다는 걸 알려주지 않는다. 나는 여기 홀로 앉아 있어야 한다.

그런데 저 아래 들판에 누워 있는 자들은 누구인가? — 내 사랑인가? 내 오빠인가? — 친구들이여, 말해 달라! 대답하지 않는구나. 내 마음이 불안에 떠는구나! 아, 저들은 이미 죽었구나! 저들의 칼은 전투로 인해 피로 물들어 있다! 오, 나의 오빠, 나의 오빠, 왜 당신은 내 사랑 살가르를 죽였나요? 오, 나의 살가르여, 어찌하여 나의 오빠를 죽였나요? 두 사람 모두 내가 너무나도 사랑했건만! 아, 그대는 언덕의 전장에서 수천의 군사 가운데 그토록 아름다웠건만! 전투는 끔찍했다. 내게 대답해 줘요! 내 말을 들어 주오, 나의 사랑하는 이들이여! 하지만 아, 저들은 말이 없구나, 영원히 말이 없구나! 저들의 가슴은 흙처럼 차갑구나!

죽은 자들의 영혼이여, 산 위의 바위에서 폭풍우가 몰아치는 산의 정상에서 말하라! 말하라! 나 두렵지 않으니! 그대들은 어디서 안식을 얻을 수 있나요? 산속 어느 무덤에서 그대들을 찾아야 하나요? 바람 소리 때문에 약한 목소리는 들리지 않는구나. 언덕의 폭풍우 속에 아무 대답도 들리지 않는구나.

나는 애통해하며 앉아 있다. 나는 눈물을 흘리며 아침이 오길 기다린다. 무덤을 파헤쳐다오, 너희 죽은 자들의 친구들이여. 하지만 내가 갈 때까지 덮지 말아다오. 내 삶은 꿈처럼 사라져간다. 어떻게 내가 살아남을 수 있겠는가! 나는 여기 바위에 부딪히는 물소리 들으며 친구들과 함께 살리라. 언덕 위에 밤이 찾아오고, 들판에 바람이 불어오면, 내 영혼은 바람 속에 서서 내 사람들의 죽음을 애도하리라. 사냥꾼은 자신의 오두막에서 내 목소리를 듣고 두려워하며, 또 사랑하리라. 그것은 내 사람들을 노래하는 목소리가 감미로울 테니, 그 두 사람을 내가 그토록 사랑했으니!

오 미노나여, 이것이 너의 노래였다. 부드러운 홍조를 띤 토르만의 딸이여! 콜마를 위해 우리는 눈물을 흘렸고 우리의 영혼은 우울해졌다.

울린이 하프를 들고 와서 우리에게 알핀의 노래를 들려주었다.

알핀의 목소리는 부드러웠고, 리노의 기질은 불꽃 같았다. 그러나 이들은 이미 비좁은 집에 누워 있었으므로, 그들의 목소리는 셀마에서 점점 멀어져갔다. 이 영웅들이 아직 전사하기 전에 울린이 언젠가 사냥에서 돌아오다가, 언덕 위에서 하는 이들의 노래 경연을 들었다. 이들의 노래는 부드러웠으나 슬픈 곡조였다. 그들은 영웅 가운데 최고 모라르의 죽음을 애도했다. 그의 정신은 핑갈의 정신과 같았고, 그의 칼은 오스카의 칼과 같았다. 하지만 그는 전장에서 죽었다. 그의 아버지는 비통해 했고, 누이의 눈에는 눈물이 그득했다. 뛰어난 모라르의 누이 미노나의 눈에 눈물이 그득했다. 그녀는 울린이 노래하기 전에 발걸음을 돌렸다. 마치 서쪽의 달이 폭풍우가 올 것을 예감하고 그 아름다운 얼굴을 구름 속에 감추듯. 나는 한탄의 노래에 맞추어 울린과 함께 하프를 켜고 있었다.

리노

바람도 비도 지나가고, 한낮은 청량하며, 구름은 흩어진다. 변화무쌍한 태양은 도망가며 언덕을 비춘다. 산의 물은 붉게 물든 채 흘러간다. 냇물아, 졸졸거리는 너의 소리는 감미롭구나. 하지만 내게 들리는 목소리는 더 감미롭구나. 알핀의 목소리다. 그가 죽은 자들을 애통해하고 있다. 그의 머리는 나이 먹어 구부정해졌고, 눈물을 흘리는 그의 눈은 붉게 되었구나. 훌륭한 가인 알핀이여, 왜 말 없는 언덕 위에 홀로 있는가? 어찌하여 그대는 숲에 이는 바람 소리처럼, 먼 해안의 파도처럼 애통해하는가?

알핀

리노여, 나의 눈물은 죽은 자를 위해 바치는 것이며, 나의 목소리는 무덤 속에 사는 자들을 위해 바치는 것이다. 언덕 위의 그대 모습은 늘씬하고 들판의 아들들 사이에서 아름답구나. 그러나 그대는 모라르처럼 쓰러진다. 그리고 그대 무덤 위에는 애통해하는 자가 앉으리라. 언덕들은 그대를 잊을 것이고, 그대의 활은 시위를 푼 채 홀에 누워 있을 것이다.

오, 모라르여, 그대는 언덕 위의 노루처럼 날쌨고, 하늘에 솟구치는 횃불처럼 무서웠다. 그대의 분노는 폭풍 같았고, 그대의 칼은 전장에서 들판에 내리치는 번갯불 같았다. 그대의 목소리는 비 온 뒤 숲속을 흐르는 물소리를 닮았고, 먼 언덕 위의 천둥 소리를 닮았다. 그대의 팔로 많은 자가 쓰러졌고, 그대의 분노가 그들을 삼켜 버렸도다. 그러나 전쟁에서 돌아온 그대의 얼굴은 얼마나 온화했던가! 그대의 얼굴은 폭우가 쏟아진 후의 해와 같았고, 고요한 밤에 비치는 달과도 같았다. 그대의 가슴은 사나운 바람이 잦아든 호수처럼 고요했도다.

지금 그대의 거처는 비좁고, 그대의 묘지는 어둡다! 그대의 무덤은 겨우 세 걸음밖에 되지 않는다. 오, 그대, 지난날 그렇게 위대했던 그대여! 이끼 낀 돌머리 네 개의 돌덩이가 그대에 대한 유일한 기억이니. 앙상한 나무 한 그루, 바람이 불면 속삭이는 무성한 풀이 사냥꾼의 눈에 강력했던 모라르의 무덤임을 말하고 있다. 그대를 애통해할 어머니도 없고, 사랑의 눈물을 흘릴 여자도 없다. 그대를 낳은 이는 죽었고, 모르글란의 딸도 죽어 버렸으니.

지팡이에 의지한 저 사람은 누구인가? 나이 들어 백발이 성성하고, 울어서 눈이 빨갛게 된 저 사람은 누구란 말인가? 오, 모라르여, 그대의 아버지다. 아들이라곤 하나밖에 없던 그대의 아버지. 그는 전장에서 날린 그대의 명성에 대해 들었고, 뿔뿔이 흩어진 적들에 관해서도 들었다. 그는 모라르의 명성을 들었도다! 아, 그의 부상에 관해서는 듣지 못했던가? 통곡할지어다, 모라르의 아버지여, 통곡하라! 그러나 그대는 그 통곡 소리를 듣지 못할 것이다. 죽은 자들은 깊이 잠들었고, 흙으로 된 그들의 베개는 아주 얇다. 그는 결코 목소리를 듣지 못할 것이고, 그는 너의 부름을 듣지 못할 것이다. 오 언제 무덤에 아침이 찾아와, 잠든 자에게 말할 것인가. 그에게 일어나라고!

영면하라, 인간 중에서 가장 고귀한 자여, 들판의 정복자여! 하지만 들판은 그대를 다시 보지 못할 것이며, 음산한 숲이 그대의 칼의 번득임으로 빛날 일도 없을 것이다. 그대는 자식을 남기지 않았으나 노래가 그대의 이름을 기릴 것이며, 미래의 사람들이 그대 이야기를 들을 것이다. 그대 전사한 모라르 이야기를.

영웅들의 애도 소리가 크게 울렸으나, 그중에서도 아르민의 찢어지는 탄식 소리가 가장 컸다. 그의 아들이 죽었다는 것을 그에게 기억하게 했기 때문이다. 그의 아들은 젊은 나이에 전사한 것이다. 명성이 자자한 갈말의 영주 카르모르는 그 영웅 옆에 앉아 있었다. 그가 말했다. "어째서 아르민의 탄식은 저리 슬픈가? 무슨 이유로 저렇게 통곡하는가? 노래와 곡조는 마음을 녹이고 즐겁게 해주지 않는가? 그 노래와 곡조는 호수에서 솟아 올라와 계곡으로 퍼지고 촉촉한 물기로 만발하는 꽃들을 적셔 주는 부드러운 안개 같다. 그러나 태양이 다시 힘차게 떠오르자 안개는 사라졌다. 호수로 둘러싸인 고르마의 통치자 아르민이여, 어째서 그대는 그처럼 애통해하는가?"

"애통해하다! 내가 바로 그렇다. 내 고통의 원인은 결코 작은 것이 아니다. 카르모르여, 그대는 아들을 잃어 본 적이 없고, 꽃처럼 피어나는 딸을 잃어 본 일도 없다. 용감한 콜가르는 살아 있고, 더없이 아름다운 안니라도 살아 있다. 오, 카르모르여, 그대 집안의 대를 잇는 가지에는 꽃이 무성하다. 그러나 나 아르민은 우리 집안의 마지막 자손이다. 오, 다우라여, 네 잠자리는 캄캄하구나! 무덤 속에서 너는 답답하게 잠자고 있구나. 언제쯤 너는 고운 목소리로 부르면서 깨어날 것인가? 일어라, 너희 가을바람이여! 일어서 컴컴한 들판 위로 몰아쳐라! 숲속의 시냇물이여, 흘러라! 우르릉거려라, 폭풍우여, 떡갈나무 우듬지에서! 오, 달이여, 뚫어진 구름 사이를 거닐며, 너의 창백한 얼굴을 이따금 보여라! 내 아이들이 죽은 그 끔찍한 밤을 기억하게 하라. 강한 자 아린달이 쓰러진 그 밤, 사랑하는 여인 다우라가 사라진 그 밤을.

내 딸 다우라야, 너는 참으로 아름다웠다. 푸라의 언덕 위에 걸린 달처럼 아름다웠다. 땅을 덮은 눈처럼 희고, 들이마시는 공기처럼 달콤하였다! 아린달아, 전장에서 네 활은 강했고, 네 창은 빨랐으며, 네 눈초리는 물결 위의 안개 같았고, 네 방패는 폭풍우 속의 화염 같았다!

전쟁터에서 이름을 날린 아르마르가 찾아와서 다우라에게 사랑을 구했다. 다우라는 오래 버티지 않았다. 그녀의 친구들이 품은 희망은 아름다웠다.

오드갈의 아들 에라트는 이를 갈았다. 그의 형이 아르마르에게 죽임을 당했기 때문이다. 에라트는 뱃사공으로 변장하여 찾아왔다. 물 위로 떠나는 그의 조각배는 아름다웠다. 늙어서 흰 머리가 되었고, 진지한 얼굴은 평화로웠다. 그가 말했다. '소녀 중 가장 아름다운 소녀여, 아르민의 사랑스러운 딸이여! 바다에서 멀지 않은 저기 바위에서, 나무에 열린 붉은 과일이 반짝이는 저곳에서 아르마르가 다우라를 기다리고 있구나. 물결치는 바다 건너로 그의 애인 다우라를 데려가기 위해 내가 왔도다.'

다우라는 에라트에게 끌려가면서 아르마르를 소리쳐 불러보았으나 바위에서 울리는 메아리밖에 아무 소리도 들리지 않았다. '아르마르! 내 남자! 내 남자! 어찌하여 저를 이렇게 무섭게 버려두세요? 아르나르트의 아들이여, 내 말을 들어 주오! 그대를 부르는 사람은 다우라예요!'

배신자 에라트는 웃으며 뭍으로 달아났다. 다우라는 목청을 높여 아버지와 오빠를 찾았다. '아린달! 아르민! 이 다우라를 구해줄 사람이 아무도 없나요?'

그녀의 목소리는 바다 건너까지 울려왔다. 나의 아들 아린달은 사냥감을 들고 거칠게 언덕을 내려왔다. 화살통의 화살들이 옆구리에서 달그락거렸고, 손에는 활을 들고 있었으며, 흑회색 맹견 다섯 마리가 그를 에워싸고 있었다. 그는 대담한 에라트를 해안가에서 발견하고 그를 사로잡아 떡갈나무에 묶고 허리를 단단히 동여맸다. 결박당한 자의 신음이 바람을 타고 퍼졌다.

아린달은 배를 타고 물살을 가르며 다우라를 찾으러 갔다. 아르마르가 달려와 분을 이기지 못하고 회색 깃털이 달린 화살을 당겼다. 오, 내 아들, 아린달아! 화살은 소리를 내며 날아와 그대 가슴에 박혔다! 배반자 에라트를 대신하여 그대가 죽고 말았구나. 배는 바윗가에 다다랐고 거기서 아린달은 쓰러져 죽었다. 그대 비통함이 얼마나 컸겠느냐, 오, 다우라여!

파도가 배를 산산이 부숴 버렸다. 아르마르는 사랑하는 다우라를 구하기 위해서인지 죽기 위해서인지 바다로 뛰어들었다. 언덕에서 갑작스러운 돌풍이 바다로 불어왔고, 물속으로 가라앉은 그의 몸은 다시 떠오르지 못했다.

파도에 씻긴 바위 위에서 홀로 슬퍼하는 내 딸의 울음소리를 들었다. 딸의 통곡 소리는 크고도 오래 갔으나 딸의 아버지는 구하지 못했다. 나는 밤새도록 바닷가에 서서 희미한 달빛 아래 내 딸이 서 있는 것을 보았다. 그리고 밤새도록 울부짖는 소리를 들었다. 바람 소리가 거칠었고, 세찬 비가 산허리를 때렸다. 아침이 되자 딸의 목소리는 점점 희미해졌고 바위와 수풀 사이에 부는 저녁 바람처럼 숨을 거두었다. 그녀는 비통함을 가슴에 안은 채 죽고 말았다. 아르민만 혼자 남겨두고서! 전장에서 용맹했던 나의 강인함도 사라졌고, 여자들에게 얻었던 명성도 사라졌다.

산에 폭풍우가 일고 삭풍에 파도를 출렁이게 할 때면 나는 파도가 울부짖는 해안에 앉아 그 끔찍한 바위를 바라본다. 달이 이지러질 때면 종종 내 죽은 자식들의 혼령을 본다. 이들은 슬픈 모습으로 반은 어둑어둑하게 이리저리 걸어 다닌다."

로테의 눈에서 쏟아진 눈물은 로테의 갑갑하던 가슴을 후련하게 했습니다. 이로 인해 베르테르의 낭송이 중단되었습니다. 그는 원고를 내려놓고 로테의 손을 잡고 함께 비통한 눈물을 흘렸습니다. 로테는 다른 손으로 몸을 가누며 손수건으로 눈을 가렸습니다. 두 사람이 가진 마음의 동요는 감당할 수 없을 정도였습니다. 그 고귀한 사람들의 운명 속에서 자신들의 비참한 처지를 공감했으며, 눈물이 두 사람을 하나로 묶어 주었습니다. 베르테르의 입술과 두 눈은 로테의 팔등에서 뜨겁게 달아올랐습니다. 로테는 무서운 생각이 들었습니다. 그녀는 몸을 빼려고 했습니다만 아픔과 공감이 납덩이처럼 짓눌러 그녀를 꼼짝도 못 하게 했습니다. 그녀는 정신을 차리기 위해 심호흡을 하고, 여전히 울면서 낭송을 계속해 달라고 부탁했습니다. 그 소리는 마치 천상에서 울려오는 목소리 같았습니다! 베르테르는 떨고 있었고, 가슴이 찢어질 것만 같았습니다. 그러나 그는 다시 원고를 들고 갈라진 목소리로 낭송을 시작했습니다.

> 봄 하늘이여, 왜 나를 깨우는가? 그대는 나를 유혹하며 말한다. 하늘의 이슬로 적시리라! 그러나 내가 시들게 할 때가 가까웠고, 내 잎사귀들을 떨어뜨릴 폭풍우가 가까웠도다! 내일이면 나그네가 오리라. 내 아름다운 시절을 보았던 그가 올 것이다. 그의 눈은 들판을 돌아보고 나를 찾으려 할 것이나, 결국 나를 찾지 못하리라.

이 구절이 품은 강한 힘이 의기소침한 베르테르를 엄습했습니다. 그는 완전히 절망에 빠져 로테 앞에 무릎을 꿇더니 그녀의 두 손을 잡고서는 자신의 눈에 갖다 대고는 이마를 향해 끌어당겼습니다. 그때 그녀는 베르테르가 끔찍한 짓을 할 것 같다는 예감이 마음을 스치는 것 같았습니다. 그녀의 마음은 혼란스러워졌습니다. 그녀는 그의 두 손을 꼭 잡아 자기 가슴 쪽으로 끌어와서 지그시 누르고는 그에 대한 연민의 감정을 표현했습니다. 뜨겁게 달아오른 두 사람의 뺨이 서로 맞닿았습니다. 그들에게 세상은 사라지고 말았습니다. 베르테르는 로테의 몸을 두 팔로 안아 가슴으로 당겼고, 떨며 무엇을 말하려는 듯한 그녀의 입술에 광포한 키스를 퍼부었습니다. 그러자 그녀는 얼굴을 돌리며 질식할 듯한 목소리로 외쳤습니다. "베르테르! 베르테르!" 그러고는 연약한 손으로 그의 가슴을 자기 가슴에서 밀어냈습니다. 그러고는 고귀한 감정이 실린 차분한 음성으로 다시 크게 말했습니다. "베르테르!" 베르테르는 더는 버티지 않고 팔을 풀고 그녀를 놓아 주었습니다. 넋이 나간 채 그녀의 발아래 털썩 주저앉았습니다. 그에게서 빠져나온 로테는, 사랑과 분노로 떨며 불안해하고 혼란스러워했습니다. 그리고 말했습니다. "이것이 마지막이에요! 베르테르! 다시는 보지 않을 거예요." 그러고는 사랑이 담긴 눈길로 그 의기소침한 사람을 바라보며 옆방으로 가서 뒤로 문을 잠가 버렸습니다. 베르테르는 그녀의 팔을 잡으려고 했지만, 멈춰 세울 엄두를 내지는 못했습니다. 그는 바닥에 주저앉아 소파에 머리를 기댄 채, 삼십 분 이상 그런 자세로 있었습니다. 그러다가 바스락거리는 소리에 정신을 차렸습니다. 하녀가 식사를 차리는 소리였습니다. 그는 방에서 이리저리 걸었습니다. 다시 혼자 있게 되자 옆방 문 쪽으로 가서 나지막한 소리로 말했습니다. "로테! 로테! 한마디만 하고 싶어요! 작별인사요!" 그녀는 대답이 없었습니다. 그는 기다리며 애원하고 또 기다렸습니다. 그러고는 문에서 떠나며 큰소리로 말했습니다. "잘 있어요, 로테! 영원히 잘 살아요!"

베르테르는 성문 쪽으로 갔습니다. 그를 잘 아는 문지기들이 말없이 문을 열어 주자 그는 성 밖으로 나갔습니다. 진눈깨비가 흩날리고 있었습니다. 베르테르는 열한 시가 되어서야 집에 도착하여 문을 두드렸습니다. 베르테르가 집으로 돌아오자 하인은 주인이 모자를 쓰고 있지 않다는 것을 알았습니다. 그렇지만 뭐라고 말은 하지 못하고 그의 옷을 벗겨 주었는데 모든 옷이 젖었습니다. 나중에 보니 그 모자는 계곡 쪽을 내려다보는 비탈진 언덕 위의 바위에 있었습니다. 진눈깨비가 내리는 캄캄한 밤중에 어떻게 떨어지지 않고 거기까지 올라갔는지 알 수 없는 일이었습니다.

그는 침대에 몸을 눕히고 오래 잠들었습니다. 다음 날 아침 하인은 주인의 부름을 받고 커피를 들고 갔는데 주인이 글을 쓰고 있는 것을 봅니다. 그는 로테에게 다음과 같은 편지를 썼습니다.

"정말이지 마지막으로, 마지막으로 나는 눈을 뜹니다. 이 눈은, 아, 이제 다시는 태양을 바라보지 못할 것입니다. 흐리고 안개 낀 날씨가 태양을 가리고 있습니다. 자연이여, 슬퍼해다오! 당신의 아들, 당신의 친구, 당신의 연인이 작별을 고한다. 로테여, 나 자신에게 지금이 마지막 순간이라고 말하는 것이 이루 말할 수 없는 감정이지만, 그래도 이 순간이 꿈에서 깨어나는 순간에 가장 가까이 있는 듯합니다. 마지막 아침입니다! 로테, 마지막 아침이라는 말이 뭘 의미하는지 나는 모르겠습니다. 내일이면 내가 내 힘으로 일어서지 못한다, 내일이면 사지를 뻗고 바닥에 늘어져 있다, 죽었다! 그 말이 무슨 말일까요? 봐요, 우리가 죽음에 관해 이야기한다면 우리가 꿈을 꾸고 있는 것입니다. 나는 사람이 죽어가는 것을 많이 보았습니다. 하지만 인간은 워낙 편협하여서 자기 존재의 시작과 끝에 대해 알지 못합니다. 아직까지는 이 몸이 나의 것, 그대의 것! 오, 사랑하는 여인, 그대의 것입니다! 그런데 눈 깜짝할 사이에 — 갈라지고 이별하고 — 그것도 어쩌면 영원히? — 아닙니다, 로테, 그렇지 않습니다 — 어떻게 내가 사라질 수 있습니까? 어떻게 그대가 사라질 수 있습니까? 우리는 당연히 여기 존재합니다! — 그런데 사라지다니요! — 그것은 무슨 뜻일까요? 그것은 내 가슴에 느껴지지 않는, 그저 말이자, 공허한 울림입니다. —— 죽으면, 로테! 차가운 흙 속에 묻히지요! 그렇게 답답한 곳! 그렇게 어두운 곳에! — 여자 친구 하나가 있었답니다. 의지할 데 없는 나의 어린 시절에 그녀는 나의 전부였습니다. 그런데 그녀가 죽고 저는 운구를 따라 묘지까지 갔습니다. 그러고는 관을 내려놓고, 관을 들던 밧줄을 빼내어 재빨리 끌어당기는 것을 지켜보았습니다. 첫 삽으로 흙을 던져 넣으면 비좁은 관의 덮개에서 둔탁한 소리가 나고, 점점 더 둔탁한 소리가 나고 마침내 완전히 덮이고 맙니다! — 나는 무덤가에 털썩 주저앉았습니다. — 내 마음은 떨리고 혼미하고, 두렵고 갈기갈기 찢어지는 것 같았습니다. 하지만 나에게 무슨 일이 벌어졌는지 몰랐습니다. — 앞으로 무슨 일이 일어날지도 몰랐습니다. — 죽음! 무덤! 나는 그런 말이 무슨 말인지 알지 못합니다.

오, 나를 용서하세요! 용서해 주세요! 어제 일을요! 그게 제 삶의 마지막 순간이 되었을 것입니다. 오, 그대 천사여! 처음으로, 처음으로 내 마음속에 조금의 의심도 없이 환희의 감정이 생겼습니다. 그녀가 나를 사랑하는구나! 그녀가 나를 사랑하는구나! 나의 입술에서는 아직 그대의 입술에서 흘러들어온 그 신성한 불꽃이 이글거리고, 제 가슴은 새롭고도 따스한 환희가 자리하고 있습니다. 나를 용서하세요! 나를 용서하세요!

아, 나는 알고 있었어요. 그대가 나를 사랑한다는 것을. 마음이 담긴 첫 눈길에서, 처음으로 악수할 때부터 그것을 알고 있었습니다. 하지만 알베르트가 그대 곁에 있는 것을 보고 결국 그대를 떠났을 때, 나는 다시 열병처럼 의심이 들어 절망하고 말았지요.

언젠가 그 운명적인 모임에서 내게 한마디 말도 못 하고 악수도 청할 수 없었을 때 저에게 꽃을 보냈던 일을 기억합니까? 나는 거의 밤을 새우다시피 그 꽃 앞에 무릎을 꿇고 있었습니다. 그 꽃은 나에게 그대의 사랑을 확증해 주었습니다. 그러나 아, 이 강렬한 인상도 사라졌습니다. 마치 한때 성령이 충만하여 직접적인 표를 보았던 신자의 마음에서 점차 하나님의 은혜에 대한 감정이 희미해지듯이 말입니다.

그 모든 것은 덧없는 일입니다. 그러나 어제 그대의 입술에서 맛보고 지금 내 마음속에서 느끼고 있는 불타오르는 삶은 그 영원함을 삭제할 수 없을 것입니다! 그녀는 나를 사랑하고 있어! 이 팔이 그녀를 안았고, 이 입술이 그녀의 입술 위에서 떨었으며, 이 입이 그녀의 입에서 머뭇거렸다. 그녀는 내 것이다! 그대는 내 것이다! 그래요, 로테, 영원히.

알베르트가 그대의 남편이라는 사실이 도대체 무슨 의미인가요? 남편! 그것은 이 세상일일 것입니다. — 내가 그대를 사랑하는 것, 내가 그대를 그의 팔에서 낚아채 내 팔로 안아본다면 이 세상에서는 죄가 되겠지요? 죄라고요? 좋습니다. 그렇다면 나 스스로 벌하겠습니다. 나는 그 죄를 천국의 기쁨 속에서 온전하게 맛보았으며, 그 강장제와 그 힘을 내 가슴속에 빨아들였습니다. 이 순간부터 그대는 나의 것입니다! 오, 로테, 그대는 내 것입니다! 나는 먼저 갑니다! 내 아버지이자 그대의 아버지인 그분께로 말입니다. 그분께 나는 호소하겠습니다. 그러면 그분은 그대가 오실 날까지 나를 위로해 주시겠지요. 그대가 오면 그대에게로 날아가 그대를 잡고, 포옹을 한 채 무한자 앞에 있는 그대에게서 영원히 머무를 것입니다.

나는 꿈을 꾸는 것도, 망상을 하는 것도 아닙니다! 무덤에 가까워질수록 내 정신은 밝아집니다. 우리는 살아납니다! 우리는 다시 만나게 됩니다! 그대의 어머니를 볼 것입니다! 나는 그녀를 볼 것이고 그녀를 찾게 될 것입니다. 아, 그리고 그녀 앞에서 내 흉금을 털어놓겠습니다! 그대의 어머니, 그대와 꼭 닮은 그분을."

열한 시 경에 베르테르는 하인에게 알베르트가 돌아왔는지 물어보았습니다. 하인은 "예, 그의 말이 끌려나가는 것을 보았어요."라고 대답했습니다. 이 말을 듣고 베르테르는 하인에게 다음과 같은 내용의 봉하지 않은 쪽지를 건네주었습니다.

"여행을 할 생각인데 자네의 권총을 빌려주지 않겠나? 행복하게 살게나!"

지난밤 그 사랑스러운 부인은 조금밖에 잠을 자지 못했습니다. 그녀가 두려워하던 일이 드디어 벌어졌습니다. 더구나 그녀가 전혀 예상하거나 생각하지 못했던 방식으로 그 일이 벌어진 것입니다. 평상시라면 아주 순수하고 평온하던 기분이 열병처럼 끓어올랐고, 온갖 감정들이 아름다운 가슴을 짓밟아 놓았습니다. 가슴으로 느낀 것이 베르테르의 포옹에서 온 불길이었을까요? 아니면 그의 무례함으로 인한 불쾌감이었을까요? 한때 아무런 거리낌 없이 천진난만하게 자기 자신을 믿었던 시절과 지금의 상태를 비교하니 불쾌해진 것일까요? 그녀는 남편에게 무슨 말을 어떻게 해야 했을까요? 솔직히 말해도 거리낄 게 없겠지만, 스스로 말하고 싶지 않은 그 일을 어떻게 말해야 했을까요? 부부는 서로에 대해 침묵으로 일관해 왔는데, 이제 그녀가 먼저 침묵을 깨고 하필이면 이처럼 부적절한 시기에 뜻하지도 못한 일을 알려야 했을까요? 베르테르가 왔었다는 사실만으로도 남편에게 불쾌한 인상을 줄까 봐 그녀는 걱정이 되었습니다. 하물며 이런 예상치 못한 사건은 어떤 결과를 초래할지! 남편이 자신을 제대로 보고 어떤 편견도 없이 받아들여 주기를 기대할 수 있었을까요? 남편이 자신의 진심을 읽어 주기만을 바랄 수 있었을까요? 지금까지 남편 앞에서 수정같이 투명하게 솔직한 마음을 털어놓고, 자신의 감정을 숨기지 않았으며, 앞으로도 숨길 수 없을 텐데 그런 남편에게 어떻게 다르게 말할 수 있을까요? 이런저런 생각을 할수록 걱정만 더해 갔고 그녀는 혼란스러웠습니다. 그러면서 생각의 끝은 항상 베르테르에게 돌아갔습니다. 그는 그녀에게서 떠나 버렸지만 그녀가 내버려 둘 수 없는 존재이자, 그녀 자신이 — 유감스럽게도! — 방임할 수밖에 없는 존재인 그에게로 말입니다. 로테를 잃어 버릴 경우, 아무것도 가진 것이 없는 베르테르에게로 말입니다.

이 순간 로테 스스로 분명하게 할 수 없었던 것이 지금 어려운 상황을 만들었는데, 그것은 바로 이들 둘 사이에 자리 잡은 소통 부재였습니다! 그처럼 이해심 많고 좋은 사람들이 서로 간의 어떤 은밀한 의견 차이 때문에 침묵하기 시작했습니다. 각자가 자기는 정당하고 다른 사람은 부당하다고 생각했습니다. 그리하여 상황은 헝클어지고 서로 상처를 주어, 모든 것이 달려 있는 위기 상황에 그 매듭을

푸는 일이 불가능할 지경까지 이르렀습니다. 신뢰감이 생겨 이들을 좀 더 일찍 편하게 만들었더라면, 그리고 상대를 향한 사랑과 배려가 적극적으로 일어나서 그 부부가 마음을 열었다면, 아마도 우리의 친구를 구할 여지가 있었을지도 모릅니다.

이런 상황에서 한 가지 특별한 일이 발생했습니다. 베르테르는 그의 편지에서도 알 수 있듯이 세상을 버리고 싶다는 생각을 굳이 숨기지 않았습니다. 알베르트는 이 문제로 종종 베르테르와 논쟁을 벌였고, 로테와 남편도 이 문제를 두고 이야기를 나눈 적이 있습니다. 그럴 때마다 알베르트는 이런 행동에 대해 단호한 거부감이 있었기에 평소 그의 성품과는 전혀 다른 다소 예민함을 보였습니다. 그는 자살 생각을 진지하게 말하는 데서 의심하는 이유를 찾고 있으며, 자살에 관한 농담까지 하며, 그런 생각을 믿지 않는다고 로테에게 말했습니다. 이런 말은 한편으로는 로테가 슬픈 모습을 상상할 때면 그녀를 안심하게도 했지만, 다른 한편 그 순간 자신을 괴롭히던 근심들을 남편에게 말할 수 없어 답답하기도 했습니다.

알베르트가 돌아왔습니다. 로테는 당황하여 조급하게 남편에게 갔습니다. 남편은 자기가 하던 일에 성과가 없어서 밝은 기분은 아니었습니다. 이웃 영지의 영지 행정관은 외고집이고 옹졸한 사람이었습니다. 도로 사정이 좋지 않아서 불쾌한 것도 있었습니다.

남편은 아무 일 없었느냐고 물었고, 로테는 다급하게 어제저녁에 베르테르가 다녀갔다고 대답했습니다. 그러자 남편은 편지 온 것이 없냐고 물었고, 로테는 편지 한 통과 소포가 그의 방에 있을 거라고 대답했습니다. 남편은 자기 방으로 건너갔고, 로테는 혼자 남게 되었습니다. 사랑하고 존경하는 남편이 있다는 사실이 그녀의 마음속에 새로운 느낌을 주었습니다. 남편의 고결한 성품과 사랑과 선의를 생각하자 마음이 다소 안정되었고, 자기도 모르게 남편을 따라가고 싶은 충동이 생겨서 평소 늘 하던 대로 일거리를 들고 그의 방으로 갔습니다. 그녀는 남편이 소포를 풀고 편지를 읽느라 분주한 것을 보았습니다. 어떤 것들은 크게 유쾌하지 않은 내용인 것 같았습니다. 로테가 남편에게 이것저것 물어보자 남편은 간단히 대답하고는 책상에 가서 뭔가를 쓰기 시작했습니다.

두 사람은 그런 식으로 한 시간쯤 함께 앉아 있었는데, 로테의 마음은 점점 어두워졌습니다. 그녀는 남편이 아무리 기분이 좋을 때라도, 마음에 두고 있는 것을 그에게 털어놓는 것이 얼마나 힘든지 느꼈습니다. 그녀는 마음이 우울해졌고, 그런 기분을 드러내지 않고 눈물을 삼키려고 애쓸수록 점점 더 불안해졌습니다.

베르테르의 심부름꾼 아이가 찾아오자 로테는 아주 당황스러웠습니다. 소년은 알베르트에게 쪽지를 건네주었고, 알베르트는 무심히 부인 쪽으로 몸을 돌리며 "이 아이에게 총들을 내주어요."라고 했다. 소년에게는 "여행 잘 다녀오시라고 말씀드려라."라고 말했습니다. 그 순간 로테는 벼락이라도 맞은 것 같았습니다. 그녀는 일어서다가 넘어질 것 같았는데, 자신이 뭔가 이상해졌다는 것을 몰랐습니다. 그녀는 천천히 벽으로 가서 떨면서 총을 내리고, 먼지를 닦아내고는 머뭇거렸습니다. 알베르트가 뭐 하느냐는 눈치를 주지 않았었더라면 더 지체했을지도 모릅니다. 그녀는 그 불길한 도구를 그 심부름꾼 아이에게 건네주면서 말 한마디 하지 못했습니다. 소년이 집으로 돌아가려고 밖으로 나가자 로테는 하던 일들을 주섬주섬 들고 말할 수 없는 불안감에 휩싸인 채 자기 방으로 갔습니다. 그녀의 마음은 끔찍한 일이 일어날 것만 같은 예감이 들었습니다. 그녀는 남편 앞에 엎드려 어젯밤 있었던 일과 자신의 잘못, 그리고 불길한 예감 등 모든 것을 털어놓고 싶은 마음이 굴뚝같았습니다. 하지만 그렇게 한다 해도 출구가 보이지 않았습니다. 남편을 설득하여 베르테르에게 가보라고 하는 것이 쉽지 않아 보였습니다. 식사시간이 되었습니다. 가까운 친구 하나가 뭔가 물어보러 와서는 금방 돌아가려 하였으나 머물러 있게 되어 식사 분위기가 어색하지는 않았습니다. 로테는 억지로 견디고, 말을 하고, 대화를 하면서 자신을 잊었습니다.

심부름꾼 아이가 베르테르에게 권총을 가지고 왔습니다. 로테가 주더라는 아이의 말을 듣자 베르테르는 황홀한 기분으로 그 총을 받아들었습니다. 베르테르는 빵과 포도주를 가져오게 했고, 아이보고 가서 먹으라고 한 다음 자리에 앉아 글을 쓰기 시작했습니다.

"이 권총은 그대의 손을 거쳐 왔습니다. 그대가 그 위의 먼지도 닦아냈다 하네요. 저는 이 권총에 수도 없이 입을 맞춥니다. 그대가 만진 것이니까요! 하늘의 영이시여, 그대는 제 결심에 은혜를 베푸셨습니다. 그리고 로테, 그대 손에서 죽음을 맞이하기를 바랐는데, 그대가 결심을 실행할 도구를 제게 건네주셨군요. 오, 심부름하는 아이한테 물어보았습니다. 그대가 권총을 건네주며 떨었다고 하더군요. 잘 가라는 말도 하지 않았고요! — 아! 아! 잘 가라는 말도 안 하다니! — 나를 그대에게 영원히 잡아맨 순간 때문에 꼭 저에게 마음을 닫아야만 하나요? 로테, 천년이 흘러도 그 순간의 감동은 지울 수 없습니다! 그대 때문에 이렇게 마음을 불태우는 사람을 그대도 미워하지는 않으리라는 생각이 듭니다."

식사를 마치자 베르테르는 심부름하는 아이에게 짐을 완전히 다 싸라고 지시하고는 많은 서류를 찢어 없앴으며, 밖으로 나가서 아직 처리하지 못한 작은 빚들을 정리했습니다. 그러고는 다시 돌아와 비가 내리는데도 아랑곳하지 않고 성문 앞쪽으로 가 백작의 정원으로 들어가더니 이 지역의 더 넓은 곳을 돌아다니다가 밤이 되어서야 돌아와 편지를 썼습니다.

"빌헬름, 마지막으로 들판과 숲과 하늘을 돌아보았어. 너도 잘 살길! 사랑하는 어머니, 저를 용서해 주세요! 빌헬름, 어머니를 위로해 드려! 하나님이 너와 어머니를 축복하시길! 내 물건들은 모두 정리해 두었네. 잘 살아! 언젠가는 다시 만나 더 기쁜 마음이 되겠지."

"알베르트, 여러 가지로 폐를 많이 끼쳤네. 용서하길. 내가 가정의 평화를 해쳤고, 너희 부부 사이에 불신을 키웠어. 잘 살아! 나는 이런 상황을 끝내려고 해. 오, 나의 죽음으로 그대들이 행복해질 수만 있다면! 알베르트! 알베르트! 그 천사 같은 사람을 행복하게 해 줘! 하나님의 축복이 너와 함께하기를!"

베르테르는 그날 저녁에 많은 서류를 뒤적이고 많은 문서를 찢어 난로에 집어넣었고, 몇몇 보따리는 빌헬름을 수신인으로 해서 봉했습니다. 거기에는 소논문과 단편적인 생각을 적은 글들이 들어 있었는데, 나는 다양한 글들을 직접 읽어 보았습니다. 그는 밤 열 시에 벽난로에 불을 더 지피라고 하고, 포도주를 한 병 더 가져오게 하고서 하인을 자라고 내보냈습니다. 하인의 방은 이 집에 딸린 다른 사람들의 침실과 마찬가지로 후미진 곳에 있었습니다. 하인은 아침 일찍 부르면 빨리 나갈 수 있도록 옷을 입은 채 잠자리에 들었습니다. 주인이 아침 여섯 시 전에 우편 마차가 집 앞에 당도할 거라고 했기 때문입니다.

밤 11시 넘어

"내 주변은 너무나 고요하고, 내 마음도 고요합니다. 하나님, 감사합니다. 당신은 마지막 순간에 따스한 마음과 힘을 주셨습니다.

나의 사랑, 나는 창가로 갑니다! 그리고 휘몰아치며 내달음치는 구름 사이로 영원한 하늘의 별들을 하나씩 보고 또 봅니다! 그래, 너희는 떨어지지 않을 것이다! 영원하신 하나님께서 너희를 가슴에 품고 계시고, 나를 품고 계시니. 나는 성좌 중에서도 가장 좋아하는 큰곰자리의 꼬리별을 바라봅니다. 밤에 그대를 떠나올 때면, 그대 집 대문을 나설 때면, 저 별이 나를 바라보곤 했습니다. 종종 저 별을 바라볼 때마다 얼마나 황홀했는지요! 그리고 두 손을 든 채 그 별을 얼마나 자주 현재의 행복에 대한 표시로, 신성한 이정표로 삼았는지요! 그리고 또한 — 오, 로테, 무엇인들 그대를 생각나게 하지 않겠습니까! 그대가 나를 둘러싸고 있는데요! 신성한 그대가 만진 것이면 무엇이든, 만족할 줄 모르는 아이처럼 시시한 것일지라도 손에 넣으려고 애쓰지 않았겠어요!

사랑스러운 그대의 실루엣! 로테, 이것을 기념으로 그대에게 남기니 소중히 대해 주기 바랍니다. 저는 집을 나갈 때나 집에 들어올 때면, 이 그림에 수없는 입맞춤을 했고, 수없는 눈인사를 했습니다.

그대 아버지께는 제 시신을 잘 거두어 달라는 쪽지로 부탁을 드렸습니다. 교회 묘지 뒤쪽 들판을 바라보는 구석에 보리수나무가 두 그루가 서 있습니다. 그곳에 나를 묻어 주세요. 아버지께서는 가깝게 지낸 사람에게 그 정도는 해주실 것입니다. 하지만 그대도 부탁드려 주세요. 독실한 기독교인이라면 이렇게 축복받지 못한 사람 옆에 묻히기를 바라지 않을 겁니다. 아, 차라리 그대들이 나를 길가에나 적적한 골짜기에 묻었으면 싶기도 합니다. 그러면 제사장이나 레위 사람들은 묘비 앞에서 지나쳐 버리겠으나 사마리아 사람은 눈물이라도 흘리겠지요.

자, 로테! 나는 두려워하지 않고, 저 차갑고 두려운 술잔을 잡고 황홀한 죽음을 마시겠습니다. 그대가 그 술잔을 내게 건네주었습니다. 나는 주저하지 않겠습니다. 모든 것이! 모든 것이! 내 삶의 모든 소원과 희망이 이렇게 다 이루어진 것입니다! 그렇게 차갑고 뻣뻣하게 죽음의 쇠문을 두드립니다.

그대의 행복을 위해 죽는 행운을 누릴 수 있다면 얼마나 좋을까 생각했습니다! 로테, 그대를 위해 나를 바칠 수 있기를 말입니다! 그대에게 삶의 안식과 기쁨을 되찾아 드릴 수만 있다면 저는 과감히, 그리고 기쁨으로 죽겠습니다. 하지만 아! 자기 사람을 위해 피를 흘리고 죽음으로써 친구들에게 수백 배의 새로운 생에 활기를 불어넣는 일은 오직 소수의 고귀한 사람들만이 해낼 수 있습니다.

로테, 지금 입은 옷 그대로 묻히고 싶습니다. 이 옷은 그대가 만졌으므로 거룩한 옷이 되었습니다. 그렇게 해달라고 그대의 아버지께도 부탁했습니다. 이제 나의 혼은 관 위를 떠다닙니다. 제 주머니를 뒤지지 말아 주십시오. 이 분홍색 레이스를 호주머니에 넣어 가겠습니다. 그대의 동생들과 함께 있는 모습을 처음 보았을 때, 그대가 가슴에 달고 있었던 레이스입니다. 오, 그 아이들에게 많이 입 맞춰 주시고 축복받지 못한 사람의 운명에 관해 이야기해 주길 바랍니다. 그 사랑스러운 아이들! 그 아이들이 지금 우르르 몰려오는 것 같습니다. 아, 그대와 어떻게 만나게 되었는지요! 처음 만난 순간부터 그대를 놓을 수 없었습니다! 이 띠를 저와 함께 묻어 주십시오. 제 생일날 선물해 주신 것이지요! 이 모든 것을 나는 잘도 받았지요! — 아, 그런데 내 인생이 이렇게 될 줄이야! — 조용히 해주세요! 부탁이니 조용히 해주세요!

권총은 장전되어 있습니다. 시계가 열두 시를 울립니다! 그러라지요! 로테! 잘 사세요! 잘 사세요!"

이웃 사람이 화약의 섬광을 보았고, 총소리를 들었습니다. 그러나 그 후에는 조용했기 때문에 더는 그 소리에 신경을 쓰지 않았습니다.

아침 여섯 시에 하인이 등불을 들고 베르테르의 방에 들어왔습니다. 그는 주인이 바닥에 쓰러져 있는 것을 보았고, 권총과 피를 보았습니다. 그는 소리치고 주인을 잡아보았지만 아무런 대답도 없었고, 그저 숨을 헐떡일 뿐이었습니다. 하인은 의사를 부르러 갔고, 알베르트에게도 달려갔습니다. 로테는 초인종 소리를 듣습니다. 그녀의 손발에 전율이 일어납니다. 그녀는 남편을 깨웠고, 두 사람은 함께 일어났습니다. 하인이 소리치고 말을 더듬으며 소식을 전하였습니다. 로테는 기절하여 알베르트 앞에 쓰러졌습니다.

의사가 이 불행한 사람의 방에 도착했으나 그는 이 사람이 도저히 회복할 수 없는 상태라는 것을 알았습니다. 맥박은 뛰고 있었지만 사지는 굳어 있었습니다. 총알은 오른쪽 눈 위에서 머리를 관통하였고, 뇌수가 밖으로 흘러나와 있었습니다. 의사는 그래도 팔의 정맥을 째고 피를 냈습니다. 피가 흘러나왔습니다. 베르테르는 아직 숨을 쉬고 있었습니다.

의사는 의자 팔걸이에 묻은 피로 미루어보아 그가 책상 앞에 앉아서 그 일을 저질렀다는 것을 알 수 있었습니다. 그 후 그는 의자에서 미끄러져 내려 경련을 일으키며 의자를 잡고 고꾸라진 것입니다. 그는 탈진한 채 창문을 향해 누워 있었는데, 옷은 차려입은 상태였습니다. 장화도 신고 푸른 연미복에 노란 조끼를 입고 있었습니다.

그 집과 이웃, 도시 전체가 발칵 뒤집혔습니다. 알베르트가 방으로 들어왔습니다. 베르테르는 침대 위에 누운 채, 이마에는 붕대를 감고 있었습니다. 그의 얼굴은 이미 죽은 사람의 얼굴이었습니다. 사지는 전혀 움직이지 않았습니다. 허파만이 끔찍한 소리를 내고 있었는데, 때로는 약한 소리를, 때로는 강한 소리를 냈습니다. 그는 곧 숨을 거둘 것 같았습니다.

따놓은 포도주는 한 잔밖에 마시지 않았습니다. 책상 위에는 '에밀리아 갈로티'가 펼쳐져 있었습니다.

알베르트가 받은 충격이나 로테의 비통함에 관해서는 얘기하지 않겠습니다.

영지 행정관이 소식을 듣고 날듯이 뛰어 들어왔습니다. 그는 죽어가는 베르테르에게 뜨거운 눈물을 흘리며 입을 맞추었습니다. 그의 큰 아이들이 그를 따라 곧장 걸어 들어왔습니다. 아이들은 견딜 수 없이 고통스러운 표정으로 침대 옆에 쓰러져 베르테르의 손과 입에 입을 맞추었습니다. 베르테르가 가장 사랑했던 맏이는 베르테르의 숨이 멎을 때까지 그의 입술에서 떨어지지 않아, 사람들이 강제로 떼어 놓아야 했습니다. 베르테르는 정오 열두 시에 숨을 거두었습니다. 영지 행정관이 현장에서 직권으로 일 처리를 한 탓에 큰 소동이 벌어지는 것을 막았습니다. 밤 열한 시쯤 영지 행정관은 베르테르를 그가 원하던 장소에 묻어 주게 했습니다. 그와 그의 아이들이 유해를 따라갔습니다. 알베르트는 가지 못했습니다. 로테의 건강이 염려되었기 때문이었습니다. 일꾼들이 그의 시신을 운구했습니다. 목사는 아무도 동행하지 않았습니다.

작품 해제

이 서간 소설 《젊은 베르테르의 슬픔》은 괴테의 나이 스물다섯이 되던 해인 1774년에 출간되었다. 책이 출간되자마자 유럽에서 선풍적인 인기를 끌며 베스트셀러가 되었다. 소설은 제국대법원에 인턴으로 근무하게 된 법률가인 청년 베르테르가 발하임이라는 곳에서 로테라는 여자를 만나 사랑에 빠지는 내용이다. 그러나 베르테르의 사랑은 일방적이고, 로테에게 사랑을 거부당하자 절망한 나머지 권총으로 자살하고 만다. 이야기 전개의 시간은 1771년 부활절 경부터 1772년 성탄절까지이다.

이 서간 소설은 형식적으로 루소의 《신 엘로이즈》에 영향을 받았다. 그러나 이야기가 한 사람의 목소리로 전개된다는 점이 다르다. 베르테르는 빌헬름이라는 친구에게 보내는 편지에서 자기가 겪은 일, 마음속에 일어나는 감정을 토로한다. 그러나 편지를 받은 빌헬름이 어떤 반응을 보였는지 독자로서는 알 수가 없다. 빌헬름이 했을

지도 모를 충고나 생각은 기껏해야 베르테르가 쓴 편지로 유추해볼 수 있을 뿐이다. 그래서 이 편지는 편지라기보다는 일기에 가깝고, 베르테르 개인의 주관적 감정에만 의존하고 있기에 소설보다는 시에 가깝다. 사람과 사회에 대한 베르테르의 생각, 자연에 대한 감정, 이미 약혼한 여인에 대한 구애, 자살 행위 등은 사회의 도덕과는 충돌하는 것이어서 당시는 물론 오늘날까지도 논란을 불러일으킨다. 심지어 아이들이 자살을 모방하지 않게 경고를 내기도 했다. 이 책이 출간되고 난 뒤 실제로 많은 자살이 일어났고, 그에 따라 '베르테르 효과'라는 말이 생겨났다.

괴테는 1787년에 이 소설의 개정판을 내는데 제목도 약간 바꾸고 제2부에서 편집자가 객관적으로 베르테르의 상황을 언급하게 함으로써 독자가 주인공과의 동일시를 어렵게 만들었다. 거기에 더해 농부 머슴의 에피소드를 추가하였으며, 알베르트에 대한 이미지를 좀 더 긍정적으로 바꾸었다. 그래야 그의 모습이 계몽주의의 이상에 더 가깝기 때문이었다. 이 책의 번역은 바로 이 개정판을 저본으로 삼았다.

1. 베르테르의 복음과 이 책의 제목

이 소설 제목의 번역을 두고 많은 의견이 제시된다. 그래서 '베르테르의 슬픔'이 아니라 '베르터의 고통', '베르터의 고뇌' 등으로 번역하기도 한다. 한 가지 분명한 것은 괴테가 이 소설의 제목을 그리스도의 '십자가 고난'에서 따왔다는 것이다. 그런 측면에서만 본다면 이 소설은 제목이나 내용에서 토마스 아 켐피스Thomas von Kempen

가 쓴 《그리스도를 본받아Imitatio Christi, 준주성범》라는 책과 매우 흡사한 구조로 쓰였다. 토마스 아 켐피스의 이 책은 중세에 가장 많이 읽힌 신앙 서적으로 신도들에게 예수처럼 살라고 권면하고 있다. 그러나 두 책의 차이는 분명하다. 하나는 성사를 다루고 다른 하나는 속사를 다룬다.

이렇게 본다면 베르테르의 고난은 예수 그리스도와 닮은 생각을 가진 이단아가 내린 세속적 세계이해라 하겠다. 베르테르는 그리스도처럼 계몽주의라는 율법 대신 자신의 복음인 자연, 예술, 사랑을 세상에 전파했으나 사람들로부터 외면당했다. 그로 인해 그는 고난을 겪고, 고통을 당한다. 문제는 지금부터다. 이 작품이 다른 나라 말로 처음 번역된 것은 스코틀랜드의 비평가인 토머스 카알라일에 의해서 영어로 번역된 것이다. 카알라일은 독일 말 'Leiden그리스도의 십자가 고난'을 'sufferings종교적'로 번역할까, 'sorrows세속적'라고 번역할까를 놓고 고민했다. 그런데 이 작품은 무엇보다 문학이다. 그래서 '슬픔'이라는 말을 선택했다. 이 제목이 일본을 거쳐 우리말에 정착하였다.

이 작품을 문학적으로 읽는다면 카알라일의 생각처럼 '슬픔'이라는 제목이 괴테의 의도에 더 가깝다. 그리고 Leiden은 가령 크라이슬러의 'Liebesleid'가 〈사랑의 슬픔〉으로, 슈베르트의 〈보리수〉에서도 "Es zog in Freud' und Leide기쁠 때나 슬플 때나"를 노래할 때 슬픔으로 번역한다. '슬픔은 죽음에 의해 방해받은 감정'이라는 언어철학자 길버트 라일Gilbert Ryle의 사유에 따르면 굳이 Leiden을 '고통'이나 '고뇌'라고 번역할 필요는 없을 듯하다.

2. 계급과 신분 사회

독일은당시에 독일은 없었으니 독일어권이라고 하자 18세기에 경제적으로 부를 축적한 시민계급이 성직자와 귀족왕에 이어 제3계급으로 부상하였다. 그러나 사회적 제도는 중세 봉건주의와 크게 다르지 않았다. 거주 이전의 자유가 없었고, 계층의 구분은 공고하였다. 이들은 경제적인 측면을 넘어 사회적 지위를 다지기 위해 Bildung, 즉 교양과 교육에 집중하였다. 괴테는 그런 시민계급의 일원이었다. 이 시기에 시민계급은 이제 더 이상 귀족의 후원을 받지 않고도 글을 써서 문학적 자율성과 문학적 대중을 얻게 된다. 이를 토대로 시민계급은 귀족들의 생활, 강압, 음란행위, 낭비벽 등을 비판하고, 그 대신 내면성, 자연, 소박함, 정직함, 솔직한 감정을 글로 표현할 수 있었다.

이런 분위기는 차츰 귀족들의 사랑과 결혼 방식인 인습에 대해 비판적이며, 글쓰기에서 감정의 자유로운 방출을 요구하였다. 《젊은 베르테르의 슬픔》에도 그런 상황이 많이 등장한다. 베르테르가 공사와의 갈등을 겪는다든지, 귀족 모임에서 쫓겨난다든지, 농부 머슴이 주인 여자와 결혼을 생각하는 소재들이 이것을 방증한다. 이제 사랑이 차츰 배우자 선택의 중요한 가치로 바뀌어 간다. 그런 만큼 소설의 언어도 인습적이고 세속적인 사랑에 대한 표현보다는 말더듬, 얼굴의 홍조, 격한 눈물 같은 신체적 반응이 더욱 적절한 표현으로 자리하게 되었다.

그러나 이 소설의 가장 큰 동기인 사랑과 연애의 현상은 어디까지나 미적인 영역, 즉 괴테의 상상 공간에서나 가능한 일이었지 실제적으로는 불가능한 일이었다. 18세기에는 시민계급의 성과 사랑을 표현하는 직접적인 언어가 없었다. 그것은 그저 신체의 우아함과 도덕이 결부된 어떤 이상적인 성격의 것이었다. 그러므로 사랑에 대한 로테의 생각이나 베르테르의 집착은 연애소설로서 한계를 노정하고 있다. 그런 의미에서 독자는 같은 시대에 나온《위험한 관계》나 그 후에 나온《마담 보바리》,《안나 카레니나》의 연애를 기대해서는 안 된다. 오히려 그런 봉건적 사회에서 불가능한 사랑이기에 예술적 성공을 거둘 수 있었다고 보는 편이 낫다.

이 소설의 다른 동기는 신분 사회에서 일어나는 시민계급과 귀족 간의 차이와 갈등이라 할 수 있다. 당연히 베르테르는 시민계급에 속한다. 베르테르가 처음에 발하임에 갔을 때, 평범한 사람들, 이를테면 농부나 하녀, 하인들이 자기를 피한다는 느낌을 받는다. 그러나 베르테르가 그들을 무시하지 않는 것을 알자 차츰 가까워진다. 동시에 베르테르는 신분 사회를 비판하고 귀족과 성직자들을 불쾌해한다. 어느 날 베르테르는 C백작 집에서 귀족들로부터 무시를 당하는 일을 겪는다. 그들은 낮은 계층의 사람들과 같이 있을 수 없다며 베르테르를 그 집에서 나가 달라고 모욕을 준다. 이 모욕이 그의 절망을 키웠고, 로테에게 이루지 못한 사랑과 더불어 그에게 자살의 동기로 작용한다.

3. 자연

질풍노도 시대 독일 문학은 주관적 체험에 있어서 자연과 자연의 의미가 매우 컸다. 이 소설에서 자연은 처음부터 하나의 실마리로, 주된 동기로 작용한다. 베르테르의 내적인 느낌은 그를 둘러싼 자연과 상응하고 일치한다. 처음에 베르테르가 발하임으로 종종 산책하러 가던 봄이 만든 자연은 그를 생기 있게 하고, 그의 마음을 충만하게 한다. 이는 마치 성경 속의 소박한 인물들이 겪는 것처럼 베르테르를 감동과 행복감에 젖게 한다. 이런 자연에 대한 그의 감정은 빌헬름에게 쓴 첫 번째 편지에 고스란히 담겨 있다. 아름다운 자연을 찬양하고 거기서 그는 도피처를 찾는다. 그는 말하는 것이 아니라 시를 쓰듯 자연에 대한 감정을 편지에 담는다.

"나무 한 그루, 울타리 하나하나가 내게는 모두 다 꽃다발이라네."

베르테르가 무도회에서 로테를 처음 만난 저녁에 천둥과 번개가 치고 폭우가 쏟아진다. 이것은 그의 앞날에 갈등이 전개되리라는 암시가 된다. 자연은 베르테르의 일이 잘 풀리지 않을수록 더 어둡게 되고 그를 위협하는 모습이 된다. 그가 다시 발하임의 로테에게 돌아와 오시안을 번역하고 그의 시를 읽어주는데 그 노래에는 노호하는 폭우와 낭떠러지와 심연이 있어 그의 심정을 대변해주고 있다. 알베르트가 출장에서 돌아오자 음울한 자연 이미지들이 자주 묘사된다. 이것이 베르테르가 갖는 자연에 대한 감정이다. 그는 학문적이거나 이성적이지 않고 내면의 감정을 분출한다. 그때마다 자연은 그의 내면을 환등기로 비춰주는 영사막이 된다. 결국, 이 음울한 자연마저도 베르테르에게서 사라지고 그는 무관심과 무기력으로 일관한다. 베르테르의 우울한 증상이 심화하고 있다는 것을 알 수 있다. 18세기에는 이런 멜랑콜리나 우울함이 무엇인지 지식으로 규정할 줄도 몰랐다.

4. 주체와 정열

질풍노도 시대의 정신적, 문학적 동기들은 주로 감정의 분출과 내적 직관이었다. 괴테를 위시한 젊은 작가들은렌츠, 클링어 등 글을 쓰는 데도 규칙이나 규범을 무시했다. 그보다는 천재적인 것, 자연적인 것, 의미심장한 것에 관심을 두었다. 베르테르는 이런 신조에 따라 그의 상관인 공사를 거부하고 비난한다. 그리고 생각이 없고 인간성이 없는 귀족들을 비판한다. 이 귀족들이 예술가이자 법률가인 베르테르의 눈에는 권위의 상징이었다. 그는 이 권위에 반항했다. 소설의 후반부에 가면 갈수록 베르테르의 이런 반항이 안으로 굽어들어 내면화된다. 그러나 그의 진정한 반동은 아직 생기지 않고 오직 마음속에만 남아 있을 뿐이다. 사회적 행동으로 옮기는 것을 망설이는 베르테르는 늘 발하임이라는 자연과 사람로테 속으로 도피한다. 그런 의미에서 로테도 자연의 일부라고 할 수 있다. 그녀는 어머니가 죽고 난 후, 여덟 명의 동생을 돌보는 '어머니 자연'이었다. 그러나 그가 발하임으로 갈 때마다 로테에게 일말의 희망을 두지만 그것은 늘 실패한다. 그래서 결국 그는 자살이라는 파국으로 치닫고 만다. 로테를 향한 베르테르의 정념은 이 소설의 주요 주제이다. 그것은 인간 베르테르를 해방하는 듯 보인다. 그러나 이로써 베르테르는 자신의 사랑을 호소하는 여인 로테에게 점점 더 의존하게 된다. 자연은 이제 처음에 베르테르가 생각한 자연이 아니다. 그것은 오히려 아이러니로 귀착된다. 베르테르가 자연적이 되려고 할수록 자신이 자연스럽지 않다는 것을 안다. 그는 그에 대한 해결책이 단 하나뿐이라는 것을 안다. 그것은 그가 말한 대로 죽음에 이르는 병이었던 것이다.

5. 언어와 문체

베르테르가 그의 편지에서 쓰는 말은 전형적인 질풍노도의 언어이다. 그 언어는 감정을 분출하고, 급진적이며, 정열적이고, 무엇보다 구어적 톤이다. 루소의 《신 엘로이즈》는 좀 더 학자다운 문어인데 반해 그의 언어는 즉각적이고 자발적이다. 편지 수신인에게도 직접적이고 감정에 충만한 채, 감탄사와 의문표를 남발한다. 이것은 비단 편지 수신인에게뿐만 아니라 독백을 할 때도 그렇다. 이러한 감정을 살리기 위해 괴테는 문장부호를 많이 쓴다. 우리말 번역에서는 최소한만 살렸지만 생략, 붙임표, 괄호, 콜론 등이 많이 쓰인다. 심지어 베르테르는 문장을 쓸 때 왜 그렇게 쓰는지 알베르트에게 설명까지 한다. 이런 표현 방식은 수사학과는 거리가 먼 셰익스피어적 언어로서, 문장이 서로 호응하지도 않고, 단어 배열도 일반적인 배열이 아니라 전도된 배열을 선호한다. 새로운 생각들이 갑자기 튀어나오고 베르테르가 주장하듯 천재적 어법들이 나온다. 이런 것이 전통적 글 읽기에 익숙한 독자들에게는 낯설고 힘들다.

물론 이런 여백은 괴테에게서 단순히 통사론적이고 구문론적인 영역에만 머무는 것이 아니다. 그의 새로운 언어는 언어적 역동성에서도 찾아볼 수 있다. 자연을 찾되 아주 소박한 분위기를 창출하기 위해서 엄마같이 아이를 돌보는 로테를 등장시키고, 아이를 좋아하는 그리스도를 인용한다. 친절함과 정다움을 연출하기 위해 호메로스의 서사시를 동원하고, 성서의 '족장 시대'와 과부의 이야기를 하며, 죽음에 이르는 병을 나사로 이야기와 접속한다. 아주 격렬한 감정을 나타내기 위해서 클롭슈토크의 시나 오시안의 시를 음송하고,

자유를 실현하기 위해서 레싱의 《에밀리아 갈로티》를 펴놓는다. 그리고 솔직한 고백을 위해서는 《웨이크필드의 목사》를 언급한다.

계몽적 이성에 대해 비판하기 위해 귀족들의 고자세를 만들어내고, 뮤즈의 감흥이나 시적인 분위기를 창출하기 위해서는 오늘날 마치 영화에서나 가능한 음악적 정조를 모방한다. 그곳에는 왈츠와 영국식 춤과 클라비코드를 치는 로테의 음악이 등장한다. 현실에 대한 혐오를 나타내기 위해 자연의 아름다움을 그려내고, 근대적 자아 확립을 위해 실패한 예술가를 만들어 낸다. 로테의 얼굴을 그리는 데 실패한 베르테르는 그녀의 실루엣을 그린다. 자기의 의견이나 감정을 강조하기 위해 사랑에 실패하고 정신 이상을 겪는 하인리히라는 인물의 에피소드를 넣고, 억울함을 토로하기 위해 여주인을 사랑한 농부 머슴의 이야기를 동원하고, 동화와 마법 같은 말셴의 이야기를 한다.

괴테의 '새로운 언어'는 그런 기법으로 대변될 수 없는 셰익스피어의 언어와 비교할 수 있는 언어이다. 이 언어는 새로운 언어였고 또 전승한 언어였다. 이런 언어는 성경에서 자주 볼 수 있는 불완전함의 언어이자, 구어적 표현이다. 이런 명명할 수 없는 것에 대한 언어란 결국 우리의 심층에서 나온 고백 같은 언어를 말하는데, 말이 없는 마음의 동요動搖 같은 것을 표현하는 데 필요한 언어이다. 그의 언어는 종래의 수사학이 발휘하던 어렵고 아름다운 단어들의 전시장이 아니라 쉽고 소박한 단어들이 많다. 별과 꽃, 시냇물과 밤하늘 그리고 아이들과 보리수, 로테 같은 성정의 인물은 기독교 목사관에서 읽은 어휘 목록에서 나온 것들이다.

6. 소설의 실제 배경과 인물들

현대 문학을 읽고 이해하는 데 작가의 실증적 체험은 중요하지 않다. 다만 외국 문학을 읽고 이해하려는 사람에게 그 문학의 배경이 되는 역사와 문화 그리고 인물의 실제적 체험은 텍스트를 이해하는 데 중요한 바탕이 된다. 예를 들면 영화화된 문학이 그렇다. 물론 영화를 먼저 보면 문학적 상상력이 다 깨어지기도 하지만 그 문학을 잘 이해할 수 있도록 도움을 주기도 한다. 그런 관점에서 배경이 되는 베츨라어와 제국대법원오늘날 독일의 헌법재판소, 그곳에서 같은 시간을 보낸 괴테, 로테의 약혼자인 케스트너소설에서는 알베르트, 그리고 예루살렘이라는 친구들에 대해, 그리고 로테에 대해 살펴보는 것은 이 소설을 이해하는 데 많은 도움을 준다.

우선 이 편지 소설 《젊은 베르테르의 슬픔》의 배경은 독일 헤센주의 '베츨라어'라는 중세도시이다. 괴테는 라이프치히에서 법을 공부하고 슈트라스부르크에서 법학박사 학위를 받고, 프랑크푸르트에 가서 변호사를 지낸 후, 1772년 여름 4개월간5-9월 제국대법원에서 인턴으로 일했다. 이때 그는 샤를로테 부프Charlotte Sophie Henriette Buff라는 여성을 알게 되고 사랑에 빠진다. 이 여성이 소설에서의 로테이다. 그는 이 넉 달 동안 샤를로테와 그의 11명의 동생들, 심지어 약혼자 케스트너와 아주 가까이 지낸다. 그러나 그녀는 이미 1768년부터 케스트너Johann Christian Kestner와 약혼한 상태여서 사랑은 실패로 돌아간다. 그 결과 괴테는 이 도시를 떠난다. 그 후 괴테는 케스트너로부터 예루살렘Karl Wilhelm Jerusalem이라는 친구가 권총으로 자살했다는 편지를 받는다. 샤를로테와의 사랑과 이별, 친구의 자살, 두 사건은 그의 소설《젊은 베르테르의 슬픔》이 탄생하는 동기가 되었다.

괴테가 만난 실존 인물 샤를로테는 독일 기사단의 작은 영지소설에서는 발하임이라고 명명한다 행정관이자 재정 관리인인 아버지 부프Heinrich Adam Buff의 딸로서 그녀의 어머니가 16명의 자녀를 낳고그중 4명은 사망 죽자, 11명소설에서는 8명의 동생을 돌보고 있었다. 괴테는 소설에서도 말하듯이, 베츨라어 근처 폴페르츠하우젠Volpertshausen에서 열린 무도회를 계기로 그녀를 알게 된다. 이 무도회에 가기 전 그녀를 마차에 태우러 부프 집안에 들렀다가 아이들을 좋아하고, 아이들이 좋아하는 그녀 '로테'에게 마음을 빼앗기게 되었다. 그러나 그녀는 이미 앞에서 말한 대로 케스트너라는 남자와 약혼한 상태였다. 괴테보다 여덟 살이나 많은 케스트너는 1767년부터 1772년 당시까지 제국대법원에서 하노버 공사관 서기로 일하고 있었다.

예루살렘이라는 청년은 누구인가? 당시 유럽의 청년들이 베르테르 열병을 겪을 때 입었다는 노란 조끼와 파란 연미복을 입은 사람이 바로 이 예루살렘이라는 청년이다. 그는 1765년 라이프치히 대학에서 법학을 공부하였는데, 이때 이미 괴테를 알았다. 그는 1769년 괴팅겐 대학에서 공부를 마치고 1771년 브라운슈바이크 공사관 서기로 임명되어 베츨라어의 제국대법원에 파견되었다. 여기서 그는 재판 진행에 관한 연구를 하도록 되어 있었다. 그는 여기서 다시 괴테를 만난다. 그러나 예루살렘은 여기서 일하면서 상관과 의견 충돌이 많았고, 신분이 귀족이 아니라 평민시민이라는 이유로 여러 가지 불합리한 상황을 겪자, 고통을 받기 시작했다. 여기에 더해 이 작은 도시에 그가 쿠어팔츠 추밀원 비서인 헤르트의 부인을 짝사랑하고 있다는 소문이 돌기 시작했다. 평민이 귀족을 연모해서는 안 되는 것이 당시 관습이었다. 그 결과 그는 자신의 명예에 타격을 입는다. 그는 결국 이 일을 참지 못하고 1772년 10월 29일 베츨라어의 실러 광장Schillerplatz에 있는 자기 집에서 권총으로 자살을 한다.

괴테는 이 소식을 듣고 충격을 받는다. 더군다나 그 권총이 케스트너에게 빌린 총이라는 점이 더욱 그랬다. 그는 이 모든 이야기를 케스트너에게 듣고 그의 부검서를 입수하여 소설 후반부에 넣었다. 케스트너는 예루살렘이 당시에 권총으로 자살하려면 자기 눈에 방아쇠를 당겨야 했는데 그만 실수로 머리를 쏘았고, 결국 뇌수가 흘러나온 채 12시간이 지나서야 숨진다. 자살한 그의 주검을 케스트너가 와서소설에서는 로테가 충격 받을까 봐 가지 않는다 거두었다. 그가 자살하였기에 장례식에는 성직자가 오지 않았다.

이 소설은 단번에 괴테라는 인물을 세계문학의 반열에 올려놓았다. 그러나 당시 독자들은 둘로 갈렸다. 소위 말하는 선량한 시민과 교회는 기존의 도덕과 질서를 위협한다는 이유로 이 소설을 배척했다. 하지만 다른 한쪽에는 열광적인 팬덤이 있었다. 이 사람들은 주로 청년들이었는데, 그들은 베르테르를 숭배한 나머지 베르테르처럼 옷을 입고 다녔다. 노란색 바지에 조끼 그리고 파란색프러시안 블루 연미복을 입었다. 그리고 젊은 여성들은 로테처럼 분홍색 옷깃레이스을 장식한 하얀 원피스로테 하우스에 전시되어 있다를 입고 다녔다. 그리고 베르테르의 자살도 들불처럼 번져갔다. 오늘날도 '베르테르 효과'라고 하여 이 작품에 악명의 세례를 받게 하였다. 그러나 괴테는 이런 격렬한 반응에 대해 소설에서 위안을 얻기 바라지 자살할 동기를 찾지 말라고 부탁했다.

로테가 연주하던 클라비코드

로테 하우스

로테의 드레스

베르테르의 조끼와 연미복

작품 줄거리

《젊은 베르테르의 슬픔》은 2부로 구성되어 있다원전에는 1권, 2권으로 표현되어 있으나 편의상 여기서는 1부와 2부로 칭한다. 1부와 2부 모두 베르테르가 친구 빌헬름에게 부치는 편지로 되어 있고 서술이나 묘사는 아주 적은 부분으로 이루어져 있다. 1부에서 베르테르는 작은 도시에 와서 겪은 일들을 이야기하고, 2부는 새로운 환경, 다시 말해 그가 로테를 떠났다가 그녀 옆에서 다시 지내기 위해 돌아온 후 겪은 일들에 관해 이야기하고 있다. 《젊은 베르테르의 슬픔》은 소설 속의 편지 날짜로 볼 때 1771년 5월 4일에서 1772년 12월 24일 사이에서 전개된다. 우선 허구의 편집자는 서문에서 베르테르가 빌헬름에게 보낸 편지를 모아 놓았다고 말을 한다. 이 편지들은 오직 베르테르가 쓴 것밖엔 없고, 그에 대한 빌헬름의 답장 또한 없다. 편집자는 사건에는 개입하지 않았지만, 마지막 베르테르의 모습을 관찰해서 기록했기에 매우 중요한 역할을 한 셈이다.

1부

청년 베르테르는 자기가 찾아온 이 도시를 이곳저곳 돌아본다. 1771년 5월 4일 자 첫 편지에는 그가 이 작은 도시이름을 알 수 없다. 다만 연구자들은 그 도시가 베츨라어라고 추측한다에 왜 오게 되었는지를 말한다. 베르테르는 어머니가 부탁한 아버지아버지는 죽고 없다의 유산 문제를 고모와 해결하고 오라고 보낸다. 베르테르는 편지의 첫 구절부터 이 도시에 오니 기쁘고 마음이 편하다고 말한다. 그 이유는 레오노레좋아하던 여자 친구의 언니가 자신을 좋아하게 되면서 마음이 불편했기 때문이다. 그가 온 이 도시는 크게 매력적이지는 않았기에 그는 매일 근교의 발하임이라는 작은 마을로 산책을 다닌다. 그리고 이 마을의 주민들과 아이들을 알게 된다. 물론 이 사람들은 베르테르를 건성으로 대하지만, 그들을 관찰하는 일은 베르테르에게 즐거움을 준다. 그는 자기가 본 아름다운 자연을 그림으로 그리기도 한다.

베르테르가 로테를 알게 된다

같은 해 6월, 드디어 베르테르는 로테를 만난다. 그는 어느 날 독일 기사단의 발하임 영지 행정관 S씨를 알게 되는데 그는 홀아비로서 아홉 자녀의 아버지이다. 이 사람이 자기 집으로 베르테르를 초대한다. 그러나 베르테르는 이 초대에 곧장 응하지 않고 미루다가 아예 그 사실을 잊어버리고 만다. 그러던 어느 날 다른 청년들과 무도회에 가기로 한날 마차를 타고 전날 자기를 초대한 영지 행정관의 집에서 그 집 맏딸인 로테를 태우기 위해 잠시 머문다. 여기서 베르테르는 로테가 여덟 명의 동생들에 둘러싸여 빵을 잘라 그들에게 주는 것을 보게 되는데, 베르테르는 이 장면을 보고 깊이 감동받는다. 무엇보다 아름다운 아가씨가 엄마의 역할을 하는 것이 베르테르의 감수성 있는 가슴에 큰 인상을 남긴다.

베르테르는 무도회에 가는 마차 안에서 로테가 약혼했다는 사실을 알게 된다. 두 사람이 드디어 대무對舞를 하게 되었을 때 한 부인이 로테에게 눈짓을 하며 '알베르트'를 생각하라고 말한다. 이 말을 듣고 난 후, 베르테르는 당혹감에 사로잡히게 되고 결국 무도회가 어수선하게 되었다.6월 16일 자 편지 그러는 가운데 폭풍우가 몰아친다. 로테와 베르테르는 창문을 내다보며 비에 젖은 신선한 자연을 바라본다. 두 사람은 누구랄 것 없이 클롭슈토크의 〈봄의 제전〉이라는 시를 떠올리며 감동한다. 베르테르는 이것을 두고 두 사람의 영혼이 같다는 암시를 받고 이제부터 자주 로테의 곁에 가려고 한다.

무도회 이후 로테를 향한 베르테르의 정열은 잦아드는 것이 아니라 점점 더 강해진다. 베르테르는 가능한 한 자주 로테를 찾아간다. 그리고 그녀의 동생들과 잘 놀아준다.6월 29일 자 편지 편지에서 베르테르는 빌헬름에게 로테와 사랑에 빠졌다고 고백한다. 그리고 그녀가 약혼했음에도 자기와 같은 감정을 가지게 되길 바란다고 빌헬름에게 보낸 편지에서 고백한다.7월 8일, 7월 13일 그러나 베르테르가 너무 자주 로테를 찾아가는 것이 주위 사람들의 눈에 띄고 소문이 잦자, 빌헬름과 어머니로부터 조심하라는 충고를 받고야 만다. 베르테르는 이런 충고를 단칼에 거절하고, 7월 30일 자 편지에 오히려 매일 로테를 만나겠다고 말한다.

알베르트가 돌아오다

베르테르는 7월 30일 자 편지에 로테의 약혼자 알베르트가 돌아왔다고 쓴다. 베르테르는 계속 로테를 만나지만 로테와의 사랑이 시간이 가면 갈수록 가망이 없다는 것을 알게 된다. 삼각관계가 발생하고, 거기에서 베르테르는 로테가 자신에게 아무런 욕망도 느끼지 않는 성녀처럼 보인다. 편지에서 베르테르는 알베르트가 격정적인 자신에 비해 진중한 인격을 갖고 있다고 쓴다. 친해진 알베르트와 베르테르는 많은 대화를 하고 논쟁을 한다. 예를 들어 자살과 '죽음에 이르는 병' 즉 우울증에 대한 것들이다. 이런 논쟁을 통해 두 인격 사이에 베르테르는 감정적인, 알베르트는 보수적인 성격이 뚜렷이 드러나게 된다. 알베르트는 자살에 대한 생각은 허약함이라고 말하고 근본적으로 자살을 배척한 데 반해 베르테르는 상황에 따라 자살이 용인될 수 있는 것이라고 옹호한다. 이제 베르테르는 자신이 전에 그렇게 찬양하던 자연을 더 이상 향유하지 못한다. 그는 이제 로테에 대한 희망 없는 사랑에 고통을 받으며 멀리 떠나기로 마음먹는다. 결국 로테에게 이별을 고하지도 않은 채 그는 발하임을 떠나고 만다.

2부

이 소설의 2부는 1771년 10월 20일 자 편지로 시작된다. 1부의 마지막 편지9월 10일 이후 다시 편지를 쓰기까지 한 달 이상이 걸렸다. 베르테르는 그간 공사관이라는 새로운 곳에서 일자리를 얻었다. 그러나 이곳에서의 생활은 그의 감성적 스타일과 맞지 않는다. 공사의 융통성 없음과 형식과 의례에 치우친 공사관 내의 지루한 분위기에서 베르테르는 자신이 이 사회에서 아웃사이더 밖에 되지 않고, 다른 사람들은 자신과 전혀 어울리지 않는 사람들이라는 것을 깨닫는다. 11월 26일에 그는 자신이 하는 일 때문에 로테를 생각하지 않고 살 수 있다고 쓴다. 그 이외에도 그는 여러 사람과 사귀고 그중에서도 어느 백작과 사귀게 되었다고 쓴다.

귀족들과의 갈등

한 달 뒤인 12월 24일 자 편지에서 베르테르는 귀족들의 공사와의 갈등과 귀족들의 행동에 대해 비난한다. 그는 거기서 로테와 닮아 공감하는 사이가 된 B양을 알게 되었는데, 하루는 베르테르가 C백작에게서 시민계층인 그가 거기 와 있으면 귀족들이 불편해한다는 조심스러운 말을 듣고 그 자리를 떠나는 일이 발생한다. 심지어 B양조차도 눈짓하면서 떠나라고 해서 베르테르는 거의 심적으로 파멸이 된 채 그곳을 떠난다. 그리고는 M이라는 곳으로 가서 돼지목동 에우마이오스가 거지처럼 변한 오디세우스를 대접하는 호메로스의 글 오디세이아를 읽는다. 게다가 베르테르는 얼마 전에 로테와 알베르트가 결혼했지만, 자기에게 알리지도 않고 초대도 하지 않았다는 것을 알게 된다. 그 이후 베르테르는 공사관에 사직서를 내고 여행을 떠난다.

직장을 떠난 베르테르

2부 5월 9일 자 편지에 보면 베르테르는 자기가 태어난 곳을 돌아보고 수많은 추억을 되새긴다. 그가 후작의 집에 도착했을 때 후작이 자신을 좋아하는 것이 그에게 큰 감동을 준다. 그러나 한 달 후에 거기도 마음에 들지 않아 이곳을 떠난다. 그는 군인이 되어 전장으로 떠날까도 생각해 본다. 하지만 곧 이 생각도 버린다. 그는 다시 로테가 있는 발하임으로 되돌아간다. 이제 베르테르는 정기적으로 로테를 방문하기 시작한다. 로테는 무의식적으로 애교를 부려 베르테르의 감정에 호소하기도 한다. 한번은 카나리아가 그녀에게 입을 맞추고 난 뒤, 베르테르의 입을 맞추도록 한다. 그러자 로테에 대한 베르테르의 정열이 다시 끓어 오르기 시작한다. 로테는 그들 두 사람에 대한 소문이 마을에 퍼지자 불안해져 '진정한 우정의 감정만 즐기자'고 제안하지만, 베르테르는 거절한다.

베르테르의 마지막 날들

12월 7일 이후 사건들은 베르테르가 쓴 직접적인 편지가 아니라 허구적 편집자에 의한 보고로 이어진다. 편집자는 베르테르의 곁에서 마지막을 함께 보낸 사람들의 이야기를 토대로 사건을 재구성한다. 물론 몇몇 편지는 베르테르가 직접 쓴 것도 있지만 편집자에 의해 내용에 맞게 구성된다. 로테는 알베르트의 생각이라면서 너무 자주 방문하지 말 것을 부탁한다. 그리고 나흘만 견디다가 성탄절 날 다시 만나자고 제안한다. 베르테르가 로테의 제안을 무시하고 성탄 전야에 다시 찾아와 그가 번역한 '오시안의 시셀마의 노래'를 읽어 준다. 베르테르 때문에 로테는 정서적으로 혼란스러워지자 운다. 그러자 베르테르는 감정의 소용돌이에 압도되어 그녀를 안고 키스를 한다. 순간 로테는 당황하여 그에게 떠나라고 하며 옆방으로 도망가 문을 잠근다. 그런데도 베르테르는 아직도 로테가 자신을 사랑한다고 확신한다.

그러나 다음 날 베르테르는 로테의 명예와 결혼생활을 깨지 않기 위해 더는 로테를 괴롭히지 않고 죽기로 결심한다. 죽기 전에 마지막으로 쓴 편지에서 베르테르는 다음 세상에서 로테를 다시 만날 것이라는 마음을 전한다. 성탄절 전날 자정에 베르테르는 책상 앞에서 알베르트에게 빌린 권총으로 머리를 쏘아 자살하고 만다. 다음 날 아침 베르테르는 큰 상처를 입고 피를 흘린 몸으로 뇌수가 튀어나온 채 새벽 여섯 시에 발견된다. 레싱의 시민 비극인 《에밀리아 갈로티》를 책상 위에 펼쳐놓은 채. 심각하게 다친 그는 목숨이 붙어 있다가 정오에 숨을 거둔다. 기독교 목사는 자살한 사람의 장례를 치르지 않으므로 아무도 장례식에 오지 않았고, 알베르트는 로테가 염려되어 나타나지 않는다.

요한 볼프강 폰 괴테 연보

1749년 8월 28일 프랑크푸르트 암 마인에서 출생한다.

1764년 15세 때 그레트헨과의 첫사랑을 경험한다.

1765년 아버지의 강요로 라이프치히 대학에 들어가 법률을 공부한다.

1767년 첫 희곡 《연인의 변덕》을 집필한다.

1768년 각혈을 동반한 폐결핵에 걸려 학업을 중단한다. 집에 돌아와 있는 동안 신비주의와 연금술, 경건주의에 관심을 갖는다.

1770년 다시 슈트라스부르크 대학으로 가서 법학 공부를 계속한다. 이때 헤르더를 알게 되어 프랑스의 문학관은 철저히 배제하고, 셰익스피어의 위대함을 배우게 된다. 그것은 바로 자연 감정의 순수성에서 시의 본질을 찾으려는 노력이다. 이 기간에 슈트라스부르크 근교 제젠하임에 있는 목사의 딸 프리데리케 브리온과 사랑에 빠졌고 약혼까지 하였으나 이별한다.

1771년 변호사가 되어 고향 프랑크푸르트에서 변호사를 개업한다. 이때 오펜바흐에 사는 은행가의 딸 릴리 쇠네만과 알게 되어 약혼까지 하지만 파혼한다.

1772년 제국 고등법원의 실습생으로서 몇 달 동안 베츨라어에 머무른다. 이때 약혼자가 있던 샤를로테 부프를 만나 사랑에 빠진다. 이 비련은 훗날 《젊은 베르테르의 슬픔》의 소재가 된다.

1773년 《파우스트》를 집필하기 시작한다.

1774년 《젊은 베르테르의 슬픔》을 완성한다. 이 작품으로 일약 세계적인 작가의 반열에 들어선다.

1775년 바이마르 공국의 젊은 대공大公 칼 아우구스트의 초청을 받고 바이마르로 간다. 이후 재상이 되어 10년 남짓 국정에 참여한다. 그는 이 시기에 지질학, 광물학을 비롯하여 자연과학 연구에도 몰두하며, 샤를로테 폰 슈타인 부인과 12년에 걸친 연애를 한다. 그녀에게서 인간적, 예술적 영향을 받지만, 1786년에 이탈리아 여행을 떠나며 부인과의 애정 관계는 끝을 맺는다.

1776년 바이마르 공국에서 추밀원 고문관에 임명된다.

1780년 《파우스트》의 원고를 아우구스트 공 앞에서 낭독한다.

1782년 황제 요제프 2세로부터 귀족의 칭호를 받는다.

1788년 평민 출신의 크리스티아네 불피우스와 동거한다. 정식 결혼은 1806년에 한다.

1789년　아들 아우구스트가 태어난다. 1789년 이후의 프랑스 혁명의 격동은 바이마르 공국도 휩쓸게 된다. 희곡 《타소》를 발표한다.

1790년　관능의 기쁨을 노래한 《로마 비가》를 발표한다.

1791년　궁정 극장의 감독이 되었으며, 그때부터 고전주의 연극 활동이 시작된다.

1792년　아우구스트 대공을 따라 프랑스로 종군한다.

1794년　실러가 기획한 잡지 《호렌Horen》에 협력하여 굳은 우정을 맺는다. 실러와의 우정은 실러가 죽을 때(1805년)까지 계속된다.

1796년　《빌헬름 마이스터의 수업 시대》를 완성한다.

1797년　서사시 《헤르만과 도로테아》를 발표한다. 실러의 《시신연감》에 공동작의 《크세니엔》을 발표하여 문단을 풍자한다.

1808년　《파우스트》 1부를 출간한다.

1809년　미나 헤르츨리프와의 사랑을 토대로 소설 《친화력》을 쓴다.

1810년　《색채론》을 완성한다. 괴테는 문학 작품이나 자연 연구에 있어서 신神과 세계를 하나로 보는 범신론적汎神論的 세계관을 보인다.

1819년 아내 크리스티아네가 죽은 뒤에 알게 된 빌레머 부인과의 사랑을 토대로 《서동시집》을 출간한다.

1823년 마리엔바트로 여행을 갔다가 19세의 처녀 울리케 폰 레베초프를 사랑하게 된다. 이 사랑을 토대로 《마리엔바트 비가》를 쓴다. 에커만이 찾아와 비서가 된다. 후일 《괴테와의 대화》가 이 만남에서 시작된다.

1829년 《빌헬름 마이스터의 편력 시대》를 집필한다. 당시의 시대와 사회를 묘사한 걸작이라 할 수 있다.

1831년 《파우스트》 2부를 완성한다. 《파우스트》는 23세 때부터 쓰기 시작하여 죽기 1년 전에 완성된 대작이다.

1832년 3월 22일 운명한다.